中國語言文字研究輯刊

二四編

許學仁 主編

第9冊

孔壁遺文二集（下）

季旭昇 編

花木蘭文化事業有限公司

國家圖書館出版品預行編目資料

孔壁遺文二集（下）／季旭昇 編 -- 初版 -- 新北市：花木蘭
文化事業有限公司，2023〔民 112〕
目 2+172 面；21×29.7 公分
（中國語言文字研究輯刊　二四編；第 9 冊）
ISBN 978-626-344-245-0（精裝）
1.CST：古文字學　2.CST：文集
802.08　　　　　　　　　　　　　　　　　111021976

ISBN-978-626-344-245-0

中國語言文字研究輯刊
二四編　第九冊　　　　　ISBN：978-626-344-245-0

孔壁遺文二集（下）

編　　　者　季旭昇
主　　　編　許學仁
總 編 輯　杜潔祥
副總編輯　楊嘉樂
編輯主任　許郁翎
編　　　輯　張雅淋、潘玟靜　美術編輯　陳逸婷
出　　　版　花木蘭文化事業有限公司
發 行 人　高小娟
聯絡地址　235 新北市中和區中安街七二號十三樓
　　　　　　電話：02-2923-1455／傳真：02-2923-1452
網　　　址　http://www.huamulan.tw 信箱 service@huamulans.com
印　　　刷　普羅文化出版廣告事業
初　　　版　2023 年 3 月
定　　　價　二四編 9 冊（精裝）新台幣 30,000 元

孔壁遺文二集（下）

季旭昇 編

目次

從義素觀點論《素問》疾病之「發」

呂佩珊

慈濟大學國際暨跨領域學院助理教授

作者簡介

　　呂佩珊，國立臺灣師範大學國文研究所博士，目前為慈濟大學國際暨跨領域學院助理教授，榮獲第二十二屆中國文字學會優秀青年學人獎。研究領域為戰國出土文獻、古文字學、華語教學，發表期刊、研討會論文數十篇。

提　要

　　本文整理先秦典籍發字的用法，分析先秦傳世文獻發字有〔＋箭＋位置移動〕、〔＋人＋地點＋移動＋位置改變〕、〔＋人＋移動＋改變〕、〔＋能量＋啟動＋形態改變〕、〔＋開端＋啟動＋運作〕、〔＋啟動＋開〕以及〔＋啟動＋公開〕等七類用法；在出土文獻中，有〔＋人＋拉弓＋箭＋位置移動〕、〔＋人＋移動＋改變〕、〔＋開端＋啟動＋運作〕、〔＋人＋啟動＋物品＋打開〕、〔＋能量＋啟動＋形態改變〕以及〔＋人＋啟動＋語言文字＋公開〕六類用法。

　　綜合上述先秦文獻以及出土文獻中的發字義素分析結果來看，發字從造字本義開始，主要是朝著意義擴大、引申的方向進行，可以分成四個階層：本義、字義擴大、擴大引申、限定引申。而從詞義發展來看，《黃帝內經・素問》（以下簡稱《素問》）中出現了一種先秦典籍未見的用法，即發病、病發之「發」，可分析為〔＋病症＋開端＋啟動＋顯露〕；可據此推測《素問》疾病之「發」的出現時代應晚於先秦，這或許可作為推估《素問》成書年代的參考因素。

一、前 言

發字出現甚早，從殷商時期的甲骨文、西周金文，到春秋戰國時期的金文簡帛，都可見到「發」字的蹤跡。在漫長的時代中，與多數文字相同，「發」字無論是字音、字形或是字義都有各種的變化。

從字形來說，主要是從象形變為形聲的演變過程；〔註1〕從字義來說，發字的字義也有所變化，主要是朝著意義擴大、引申的方向進行。而在字義擴大、引申的過程中，我們觀察到《黃帝內經‧素問》（以下簡稱《素問》）中出現了一種先秦典籍未見的用法：發病。這個用法在先秦傳世文獻中沒有出現，在目前出土的先秦簡帛文獻中也未見相同用法。

從性質而言，《素問》屬於傳統醫學文獻，是《黃帝內經》（以下簡稱《內經》）的一部分。《內經》首次被著錄是在漢‧劉歆《七略》書中，後來也出現在東漢‧班固《漢書‧藝文志‧方技略》，可以確定《內經》成書年代最晚不遲於西漢；然而確切著作年代的問題卻極為複雜，目前學者傾向支持內容的主體部分取材於先秦，成書於西漢的說法。《內經》非儒家之經，而以「經」命名，是因為書中內容是中醫理論，是懸壺濟世的醫者必須遵循的原理，所以是醫家之經。因此，《內經》是中醫早期的重要文本，內容豐富，反映秦漢之際的宇宙觀、自然觀與生命觀，不僅是中醫理論的奠基之作，更是醫書之首。

在這本醫書之首中，首次出現了發病之發的相關用例，影響了後世描述疾病發生的使用字詞；時至今日，我們依然使用發病、病發等詞彙。

這類發字的釋義，以及在字義變化過程中出現的源由，將是本文嘗試論述的問題。本文整理先秦典籍發字的用法，藉由分析先秦傳世文獻、出土文獻的發字義素，總結先秦發字核心義素，嘗試論述發病之發的字義源由。

二、發字字形簡述

發字出現甚早，在殷商時期就有相關的文例出現。根據甲骨文「𢎥」（《甲骨文合集》21242）、「𢎥」（《甲骨文合集》27689）、「𢎥」（《甲骨文合集》4416）等字形，裘錫圭認為可析作從弓，弓旁的小點是表示弓弦不斷顫動，

〔註1〕季師旭昇：《說文新證》（臺北：藝文印書館，2014.9），頁 881。

全字用以表示弓箭發射，可隸定為「弓」或「弜」；而後來又出現加「攴」字形，如「𦔮」（《甲骨文合集》41429）；以及省略小點的字形，如「𢼸」（《甲骨文合集》26917）之形。〔註2〕

後來到了春秋時期，出現加「癶」聲的字形，如「𤼲」（《集成》11718）之形；而楚系文字作從弓、癹聲的字形，如「𤼲」（《包山》2.143）。因此，季師旭昇指出發字初文為象形，後來演變為形聲字。〔註3〕

三、發字義項

發字常見於傳世文獻，相關文例相當豐富。這些文例與用法，經過專家學者的審閱後，在各類字典、詞典中被分為許多義項用法。官方出版且收詞豐富的字典，如《重編國語辭典修訂本》，將發字分為十個義項：〔註4〕

表1：《重編國語辭典修訂本》「發」字義項

編　號	義　項	例　詞
1	放射	百發百中
2	生長、產生	發芽
3	開始、啟動	一觸即發
4	興起	發跡
5	起程	出發
6	啟發	振聾發瞶
7	現露	懷怒未發
8	送出、付出	發放
9	計算槍、炮、子彈等數量的單位	四發子彈
10	計算槍、炮、子彈等發射數量的單位	射炮十二發

這十個義項似乎能概括發字的各種用法，但發病之發應歸入哪一個一項之中比較恰當，是值得深思的問題。是疾病生長？是疾病開始？還是疾病興起？抑或是疾病現露？可以發現，這些解釋都難以精確表示發病之發的意思。

〔註2〕裘錫圭：《釋勿發》，原載香港中文大學《中國語文研究》1981年第2期；收入《古文字論集》（中華書局，1992），頁78。

〔註3〕季師旭昇：《說文新證》（臺北：藝文印書館，2014.9），頁881。

〔註4〕教育部國語推行委員會原著：《重編國語辭典修訂本》，臺灣學術網路第六版。查詢日期為2022.7.5。

　　除了《重編國語辭典修訂本》之外，同類型著作又如《漢語大字典》，則將發字用法細分為三十個義項：〔註5〕

表2：《漢語大字典》「發」字義項

編　號	義　項	例　詞
1	發射	彼茁者葭、壹發五豝
2	離去	在我闥兮、履我發兮
3	派遣	王何不發將而擊之？
4	送出、交付	晉大夫發焉。
5	出、生	實發實秀，實堅實好。
6	發端、開始	開春發歲兮，白日出之悠悠。
7	行、舉事	陰將始刑，無發大事
8	啟動、震動	地無以寧，將恐發
9	開啟、打開	書未發
10	徵召、徵集	材之大小長短及凡數，即急先發
11	啟發、闡明	不憤不啟，不悱不發。
12	發布、公布	發號施令，罔有不臧。
13	散發	散鹿臺之財，發鉅橋之粟。
14	興起、興旺	舜發於畎畝之中。
15	高揚	春氣奮發
16	張大、擴大	迨伏秋水發
17	揭露	發姦之密、告過者，免罪受賞。
18	顯現、呈現	發為五色。
19	毀壞	陳無宇濟水，而戕舟發梁
20	卸下、解開	發纜帶村烟
21	持、舉	發鯨魚，鏗華鐘。
22	標示	每遇亡有字，必以朱發平聲。
23	感到	發暈
24	癰疽之毒發於外者	胸發
25	計量行動發生的量詞。	車三發
	計量箭的量詞	一發不中，前功盡矣。
26	通伐	求有功發勞力者而舉之。

〔註5〕漢語大字典編輯委員會：《漢語大字典》（第二版）（四川辭書出版社、湖北辭書出版社，2018），頁2953～2954。

27	通廢	先生既來，曾不發藥乎
28	通旆	詩曰：武王載發
29	族名、國名	發、朝鮮之文皮，一筴也。
30	擬聲詞。疾風或魚躍的聲音。	南山烈烈、飄風發發

上述這三十個義項應能涵蓋發字各類用法，然而關於發病之發應置於哪個義項之下的提問，無論是生、開始，或是顯現及感到，仍然產生難以以精確表示發病之發的現象。

相同的發字，相同的文例，由於解釋方式的差異，而在不同的字典中出現了不同的義項。面對解釋歧異的情形，「義素分析」是一種可能的方式。義素分析是一種將語言意義的內容與以分解，以找出詞彙具有的意義特徵為目標，並從詞義的最小單位進行分析、對比。〔註6〕這種嘗試找出字義最小單位，並給予關鍵性描述的研究，是當今語義學界所重視的研究法。

義素分析法在漢語研究中更多的是被運用做對詞義引申的分析，這對古漢語詞義演變的研究有著重大的意義，因為詞義的引申與義素的關係極其密切。〔註7〕

四、先秦傳世文獻

筆者整理先秦傳世文獻發字用例，依據主體、方式、動作、客體、因果等〔註8〕，對「發」字在文例中的各種義項進行義素分析，〔註9〕可以分成七大類：〔＋箭＋位置移動〕、〔＋人＋地點＋移動＋位置改變〕、〔＋人＋移動＋改變〕、〔＋能量＋啟動＋形態改變〕、〔＋開端＋啟動＋運作〕、〔＋啟動＋開〕以及〔＋啟動＋公開〕。

（一）〔＋箭＋位置移動〕

《詩·召南·騶虞》：「彼茁者葭、壹發五豝。」〔註10〕

〔註6〕劉桂芳〈義素分析之我見〉，《語言教學與研究》，1996 年第 1 期。

〔註7〕陳平：《古漢語心理動詞詞義演變研究》，福建師範大學博士論文，2012.6，頁 24。

〔註8〕鄔桂芳（2007）。義素分析在語言教學中的運用。華中師範大學學科教學碩士論文，未出版，武漢。

〔註9〕此處分析不包含發字用作人名、地名以及通假他字等文例。

〔註10〕中央研究院歷史語言研究所「漢籍電子文獻資料庫」網站，網址為 https://hanchi.ihp.sinica.edu.tw/ihp/hanji.htm。本文傳世文獻引自此，則不另注解。

《戰國策·西周策》：「一發不中，前功盡矣。」

上述發字，《漢大》分別歸入「發射」、「計量箭的量詞。」的義項中。這裡的發字可以分析出〔＋箭＋位置移動〕兩個核心義素。

「壹發五豝」之發，可以分析出〔＋人＋拉弓＋箭＋位置移動〕四個義素，施作者是人，用拉弓的動作，施作對象是箭，產生了箭位置移動的結果。

「一發不中」之發，可以分析出〔＋箭＋位置移動＋次數〕三個義素，意思是計算箭之位置移動的次數。

（二）〔＋人＋地點＋移動＋位置改變〕

《詩·齊風·東方之日》：「在我闥兮、履我發兮。」

上述發字，《漢大》歸入「離去」的義項中。這裡的發字可以分析出〔＋人＋地點＋移動＋位置改變〕這四個義素，施作者是人，以「地點」的「移動」完成「位置改變」的目的。

（三）〔＋人＋移動＋改變〕

《戰國策·齊策一》：「王何不發將而擊之？」

《禮記·檀弓下》：「晉獻文子成室，晉大夫發焉。」

《尚書·周書》：「散鹿臺之財，發鉅橋之粟。」

《墨子·雜守》：「先舉縣官室居、官府不急者，材之大小長短及凡
數，即急先發。」

上述發字，《漢大》分別歸入「派遣」、「送出、交付」、「徵召、徵集」、「散發」的義項中。其實，這些發字可以分析出〔＋人＋移動＋改變〕三個義素，是這些發字的共同義素。

「王何不發將而擊之」的「發」可分析出〔＋有權者＋命令＋移動＋被管理者＋任務改變〕這五個義素，施作者是「人」，且可以進一步描述「有權力的管理者」；「有權者」以「命令」的方式使「被管理者」「移動」去執行一個新任務，而產生「任務改變」的結果。

「晉大夫發焉」、「發鉅橋之粟」、「即急先發」的「發」可分析出〔＋擁有者＋移動＋物品＋所有權改變〕這四個義素，施作者是人，且可以進一步描述「擁有物品的所有者」；擁有者使物品從「此方」「移動」到「彼方」，達成物品「所

有權改變」的目的。

（四）〔＋能量＋啟動＋形態改變〕

《詩·大雅·生民》：「實發實秀，實堅實好。」孔穎達疏：「發者，
穗生於苗。」

《禮記·月令》：「日夜分，雷乃發聲。」

《左傳·昭公元年》：「天有六氣，……發為五色。」

上述發字，《漢大》分別歸入「出、生」、「產生」、「顯現、呈現」的義項中。
其實，這些發字可以分析出〔＋能量＋啟動＋形態改變〕這三個義素，是這些
發字的共同義素。

「實發實秀」之發，可以分析出〔＋農作物＋能量＋啟動＋形態改變〕，是
「農作物」的「能量」從內部往外「啟動」，完成「形態改變」的結果，也就是
長出新作物。而「雷乃發聲」、「發為五色。」之發，可以分析出〔＋自然現象
＋能量＋啟動＋形態改變〕，是「自然現象」的「能量」從內部往外「啟動」，
完成「形態改變」的結果，也就是產生了聲、五色。

（五）〔＋開端＋啟動＋運作〕

《孟子·告子》：「舜發於畎畝之中。」

《楚辭·九章·思美人》：「開春發歲兮，白日出之悠悠。」

《呂氏春秋·重言》：「齊桓公與管仲謀伐莒，謀未發而聞於國」

《呂氏春秋·音律》：「林鐘之月，草木盛滿，陰將始刑，無發大事，
以將陽氣。」

《周禮·夏官·大司馬》：「車三發」

上述「發」字，《漢大》分別歸入「興起、興旺」、「發端、開始」、「行、
舉事」、「計量行動發生的量詞」的義項中。其實這些文例中的「發」皆具有
〔＋開端＋啟動＋運作〕這三個共同義素。

「舜發於畎畝之中」之「發」，可以分析出〔＋聲名＋開端＋啟動＋運作＋
正向〕這五個義素。主體是人、物品或事件的「聲名」，從「開端」階段「啟動」，
並且持續「正向」地「運作」。

「開春發歲兮」之「發」，可以分析出〔＋時間＋開端＋啟動＋運作〕這四個義素。主體是「時間」，從開端階段「啟動」，完成了「運作」的結果。「無發大事」、「謀未發而聞於國」之「發」，可以分析出〔＋事件＋開端＋啟動＋運作〕這三個義素。主體是「事件」，從「開端」階段「啟動」，完成了「運作」的結果。

「車三發」之「發」，可以分析出〔＋行為＋開端＋啟動＋運作＋次數〕這五個義素。主體是「行為」，從「開端」階段「啟動」，到完成「運作」的「次數」。

（六）〔＋啟動＋開〕

《老子·第三十九章》：「天無以清，將恐裂；地無以寧，將恐發。」

《戰國策·齊策四》：「齊王使使者問趙威后。書未發，威后問使者曰：「歲亦無恙耶？」

《呂氏春秋·音律》：「太蔟之月，陽氣始生，草木繁動，令農發土，無或失時。」

《論語·述而》：「不憤不啟，不悱不發。」

上述「發」字，《漢大》分別歸入「啟動、震動」、「開啟、打開」、「啟發、闡明」的義項中。這裡的發字皆具有〔＋啟動＋開〕兩個共同義素。

「將恐發」之「發」，可以分析出〔＋地面＋啟動＋分開〕三個義素。主體是「地面」，從關閉狀態「啟動」，形成「分開」的結果。「令農發土」之「發」，可以分析出〔＋人＋啟動＋物品＋掘開〕四個義素。施作者是「人」，使「物品」從關閉狀態「啟動」，達成「掘開」的目的。「書未發」之「發」，分析出〔＋人＋啟動＋物品＋打開〕六個義素。施作者是「人」，使「物品」從關閉狀態「啟動」，完成「打開」的結果。

「不悱不發」之「發」可以分析為〔＋人＋啟動＋思緒＋開悟〕這四個義素。施作者是「人」，是一位有能力的教導者，「啟動」學習者的「思緒」，從封閉狀態到「開悟」的結果。

（七）〔＋啟動＋公開〕

《尚書·周書》：「發號施令，罔有不臧。」

《韓非子·制分》：「發姦之密、告過者，免罪受賞。」

上述發字，《漢大》分別歸入「發布、公布」、「揭露」義項中。這裡的發字具有〔＋啟動＋公開〕這兩個共同義素。

「發號施令」之「發」，可以分析出〔＋人＋啟動＋語言文字＋公開〕四個義素。主體是人，且是有管理權的人；「啟動」了特定的「語言文字」，達到「公開」的結果。而「發姦之密」之「發」，可以分析出〔＋人＋啟動＋事件＋公開〕這四個義素。主體是人，「啟動」原本不為人知的「事件」，達到「公開」的結果。

五、先秦出土文獻發字

相對於先秦傳世文獻而言，雖然先秦出土文獻中的發字較少，但用法的種類卻差距不多。在使用相同方法進行義素分析，〔註 11〕可以分成六大類：〔＋人＋拉弓＋箭＋位置移動〕、〔＋人＋移動＋改變〕、〔＋開端＋啟動＋運作〕、〔＋人＋啟動＋物品＋打開〕、〔＋能量＋啟動＋形態改變〕以及〔＋人＋語言文字＋啟動＋公開〕。

（一）〔＋人＋拉弓＋箭＋位置移動〕

《睡虎地秦簡・秦律雜鈔》：「除士吏、發弩嗇夫不如律【2】」

《睡虎地秦簡・秦律雜鈔》：「及發弩射不中，尉貲二甲。【2】」

《睡虎地秦簡・秦律雜鈔》：「發弩嗇夫射不中【2】，貲二甲，免，嗇夫任之。【3】」〔註 12〕

（二）〔＋人＋移動＋改變〕

《甲骨文合集》：「戊子卜令發往雀師【8006.1】」

《上博四・柬大》：「發駐（駐）迊（蹠）四＝疆＝（四疆，四疆）皆篙

〔註 11〕先秦出土文獻之發字有許多用作人名、地名以及官名的文例，例如《清華一・程寤》：「王及大（太）子發並拜吉夢，受商命【03】」、《清華一・楚居》：「至酓（熊）䏿、酓（熊）【05】䢔（摯）居發漸【06】」、《包山》：「發尹利【141】」等；亦有通假廢、伐的文例，例如《殷周金文集成》：「宓（密）白（伯）于成周休眡（賜）小臣金，弗敢發（廢），易（揚）用乍（作）寶旅鼎。【02678】」、《清華七・越公其事》：「亓（其）才（在）邑司事及官帀（師）之人則發（廢）也。【40】」、《郭店・老子甲》：「果而弗發（伐），果而弗喬（驕），果而弗矜（矜），是胃（謂）果而不但（強）。【7】」等，此處分析不包含上述用法。

〔註 12〕睡虎地秦墓竹簡整理小組編：《睡虎地秦墓竹簡》（北京：文物出版社，1990 年 9 月）頁 79。

（熟）■【16】」〔註13〕

《包山》:「既雙（發）竿,遷（將）以廷。【085 反】」

《包山》:「既雙（發）竿,廷疋昜（陽）之酷官之客。【125 反】」

《包山》:「客發竿。【148】」

《包山》:「客發竿。【150 反】」

《包山》:「既雙（發）竿,埶（執）勿遊（逸）。【80】」

《睡虎地・金布》:「乃發用之。【65】」〔註14〕

上述發字具有〔＋人＋移動＋改變〕三個核心義素,可再分為兩小類:

1.〔＋有權者＋命令＋移動＋被管理者＋任務改變〕,如「戊子卜令發往雀師」、「發騀蹠四疆」之發。

2.〔＋擁有者＋移動＋物品＋所有權改變〕,如《包山》:「客發竿。【148】」之發。

（三）〔＋開端＋啟動＋運作〕

《睡虎地秦簡・日甲》:「冬三月之日,勿以筑（築）室及波（破）地,是胃（謂）發蟄。【142 背】」〔註15〕

《上博五・競建》:「愛（發）古簷＝（盧）,行古退（作）【03】」〔註16〕

《睡虎地・為吏》:「發正亂昭。【27 肆】」〔註17〕

（四）〔＋人＋啟動＋物品＋打開〕

《睡虎地・倉律》:「長吏相雜以入禾倉及發,見屚之粟積,義積之,勿令敗。【27】」〔註18〕

〔註13〕季旭昇:〈《東大王泊旱》解題〉,《哲學與文化》第卅四卷第三期,2007 年 3 月。

〔註14〕睡虎地秦墓竹簡整理小組編:《睡虎地秦墓竹簡》（北京:文物出版社,1990 年 9 月）頁 36。

〔註15〕睡虎地秦墓竹簡整理小組編:《睡虎地秦墓竹簡》（北京:文物出版社,1990 年 9 月）頁 226。

〔註16〕顏至君:《《上海博物館藏戰國楚竹書（五）》〈競建內之〉與〈鮑叔牙與隰朋之諫〉研究》,臺灣師範大學國文學系碩士論文,2008.6,頁 107～108。

〔註17〕睡虎地秦墓竹簡整理小組編:《睡虎地秦墓竹簡》（北京:文物出版社,1990 年 9 月）頁 173。

〔註18〕睡虎地秦墓竹簡整理小組編:《睡虎地秦墓竹簡》（北京:文物出版社,1990 年 9 月）頁 27。

《睡虎地・秦律十八種・效》:「入禾、發扁（漏）倉，必令長吏相雜以見之。【176】」〔註19〕

《睡虎地・法律答問》:「有投書，勿發，【53】」〔註20〕

《睡虎地・法律答問》:「見書而投者不得，燔書，勿發【53】」〔註21〕

《睡虎地・倉律》:「自封印，皆輒出，餘之索而更為發戶。【22】」〔註22〕

《睡虎地・倉律》:「嗇夫免，效者發【22】」〔註23〕

《睡虎地・語書》:「發書，移書曹，曹莫受，以告府【13】」〔註24〕

《睡虎地・效律》:「入禾及發扁（漏）倉，必令長吏相雜以見之。【37】」〔註25〕

《睡虎地・日乙》:「虛日，不可以臧（藏）蓋，臧（藏）蓋，它人必發之。【45壹】」〔註26〕

《睡虎地・法律答問》:「發偽書，弗智（知），貲二甲。【57】」〔註27〕

《睡虎地・法律答問》:「今咸陽發偽傳，弗智（知），即復封傳它縣，它縣亦傳其縣次，到關而得，今當獨咸陽坐以貲，【57】」〔註28〕

〔註19〕睡虎地秦墓竹簡整理小組編:《睡虎地秦墓竹簡》（北京:文物出版社，1990 年 9 月）頁 59。

〔註20〕睡虎地秦墓竹簡整理小組編:《睡虎地秦墓竹簡》（北京:文物出版社，1990 年 9 月）頁 106。

〔註21〕睡虎地秦墓竹簡整理小組編:《睡虎地秦墓竹簡》（北京:文物出版社，1990 年 9 月）頁 106。

〔註22〕睡虎地秦墓竹簡整理小組編:《睡虎地秦墓竹簡》（北京:文物出版社，1990 年 9 月）頁 26。

〔註23〕睡虎地秦墓竹簡整理小組編:《睡虎地秦墓竹簡》（北京:文物出版社，1990 年 9 月）頁 26。

〔註24〕睡虎地秦墓竹簡整理小組編:《睡虎地秦墓竹簡》（北京:文物出版社，1990 年 9 月）頁 15。

〔註25〕睡虎地秦墓竹簡整理小組編:《睡虎地秦墓竹簡》（北京:文物出版社，1990 年 9 月）頁 73。

〔註26〕睡虎地秦墓竹簡整理小組編:《睡虎地秦墓竹簡》（北京:文物出版社，1990 年 9 月）頁 233。

〔註27〕睡虎地秦墓竹簡整理小組編:《睡虎地秦墓竹簡》（北京:文物出版社，1990 年 9 月）頁 107。

〔註28〕睡虎地秦墓竹簡整理小組編:《睡虎地秦墓竹簡》（北京:文物出版社，1990 年 9 月）頁 107。

《睡虎地‧法律答問》:「咸陽及它縣發弗智（知）者當皆貲。【58】」

〔註29〕

《睡虎地‧為吏》:「璽而不發，身亦毋薛（辥）。【34伍】」〔註30〕

（五）〔＋能量＋啟動＋形態改變〕

《郭店‧成之》:「型（形）於中，發於色【24】」

（六）〔＋人＋啟動＋語言文字＋公開〕

《睡虎地秦簡‧為吏》:「將發令，索其政。【13伍】」〔註31〕

《睡虎地‧徭律》:「御中發徵，乏弗行，貲二甲。【115】」〔註32〕

《睡虎地‧效律》:「上節（即）發委輸，百姓或之縣就（僦）及移輸者，以律論之【49】」〔註33〕

《上博二‧昔者》:「〔☒各敬〕尒（爾）司，各共（恭）尒（爾）事，發命不夜（斁）。【4】」〔註34〕

六、《素問》疾病之「發」用例

《素問‧繆刺論》:「病初發，歲一發，不治」

《素問‧陰陽別論》:「一陽發病，少氣善欬善泄」

《素問‧刺熱》:「病雖未發，見赤色者刺之，名曰治未病。」

《素問‧繆刺論》:「不已，左取右，右取左，病新發者取五日已。」

《素問‧金匱真言論》:「八風發邪，以為經風，觸五藏，邪氣發病。」

〔註29〕 睡虎地秦墓竹簡整理小組編:《睡虎地秦墓竹簡》（北京:文物出版社，1990 年 9 月）頁107。

〔註30〕 睡虎地秦墓竹簡整理小組編:《睡虎地秦墓竹簡》（北京:文物出版社，1990 年 9 月）頁176。

〔註31〕 睡虎地秦墓竹簡整理小組編:《睡虎地秦墓竹簡》（北京:文物出版社，1990 年 9 月）頁173。

〔註32〕 睡虎地秦墓竹簡整理小組編:《睡虎地秦墓竹簡》（北京:文物出版社，1990 年 9 月）頁47。

〔註33〕 睡虎地秦墓竹簡整理小組編:《睡虎地秦墓竹簡》（北京:文物出版社，1990 年 9 月）頁75。

〔註34〕 季旭昇師:〈上博二小議（三）:魯邦大旱、發命不夜〉，簡帛網，2003.05.21（2017.6.23 上網）。

《素問·標本病傳論》：「病發而有餘，本而標之，先治其本，後治其標。」

《素問·宣明五氣》：「陰病發於骨，陽病發於血，陰病發於肉，陽病發於冬，陰病發於夏」

上述為《素問》發病及病發用例，這些用例中的「發」與上述〔+開端+啟動+運作〕的用例相近。可以分析為〔+病症+開端+啟動+顯露〕，主體是病症，從「開端」階段「啟動」，達成「顯露」的結果。

七、結　論

根據上文關於討論出土文獻及傳世文獻的分析，《素問》發病及病發用例與部分先秦發字具有〔+啟動〕、〔+開端〕這兩個共同義素。

綜合上述先秦文獻、出土文獻以及《素問》中的發字義素分析，可以分成四個階層：本義、字義擴大、擴大引申、限定引申，如下表：

表3：「發」字義素

一	二	三		四
本　義	字義擴大	擴大引申		限定引申
+箭 +位置移動	+人 +地點 +移動 +位置改變	+人+移動 +改變		+有權者+命令+移動+被管理者 +任務改變
				+擁有者+移動+物品+所有權改變
		+能量+啟動 +形態改變		+農作物++能量+啟動+形態改變
				+自然現象+能量+啟動+形態改變
		+開端 +啟動	+開端 +啟動 +運作	+聲名+開端+啟動+運作+正向
				+時間+開端+啟動+運作
				+事件+開端+啟動+運作
				+行為+開端+啟動+運作+次數
			+病症+開端+啟動+顯露	
		+啟動+開		+地面+啟動+分開
				+人+啟動+物品+掘開
				+人+啟動+物品+打開
				+人+啟動+思緒+開悟
		+啟動+公開		+人+啟動+語言文字+公開
				+人+啟動+事件+公開

　　第一階層是本義的關鍵義素是〔＋移動〕，到了第二層時，增加了一個新義素〔＋位置改變〕。在第三層中，有兩個重要的變化：第一，〔＋位置改變〕義素到了第三層擴大為〔＋改變〕，保留在部分義項中；第二，〔＋移動〕引申為〔＋啟動〕，再進一步加入不同義素而形成新用法。在第四層中，加入更多限定義素，使字義有所限定。這正是蔣紹愚先生所說：「從義素分析的角度來說，（引申）就是甲乙兩義的義素必然有共同的部分。一個詞的某一義位的若干義素，在發展過程中保留了一部分，又改變了一部分（或增，或減，或變化），就引申出一個新的義位，或構成一個新詞。」〔註35〕的具體例子。

　　而《素問》疾病之「發」即是第三層〔＋啟動、＋開端〕擴大引申後再加入〔＋病症〕、〔＋顯露〕等義素，限定一個新義位。而從詞義發展來看，目前在先秦傳世文獻以及出土文獻中都沒有出現這種用法，可以知道《素問》疾病之「發」的出現時代應晚於先秦，這或許可作為推估《素問》成書年代的參考因素。

　　目前學界對於《素問》的研究數量不少，在醫學領域和人文社會科學領域皆有成果，而以《素問》文字作為切入點的研究，相對來說，是較為少數。本文嘗試藉由整合出土及傳世文獻，從字義演變去觀察《素問》字詞，希望能推動人社領域與醫學領域的跨域研究。

　　最後，依據上表的發字義素四個階層，再反思上述《重編國語辭典修訂本》將發字分為十個義項、《漢語大字典》發字分為三十個義項的情形，就可以理解這是源自於不同的字辭典從不同階層去描述時，就會出現義項或多或少的現象。

八、參考書目

1. 蔣紹愚：《古漢語詞匯綱要》，北京：北京大學出版社，1989 年。
2. 裘錫圭：《釋勿發》，原載香港中文大學《中國語文研究》1981 年第 2 期；收入《古文字論集》，第 78 頁，中華書局，1992 年。
3. 睡虎地秦墓竹簡整理小組編：《睡虎地秦墓竹簡》（北京：文物出版社，1990.9。
4. 王貴元等主編：《評析本白話黃帝內經》，北京：北京傳播學院，1992 年。
5. 南京中醫學院編著：《黃帝內經素問譯釋》，臺北：文光圖書，1994 年。

〔註35〕蔣紹愚：《古漢語詞匯綱要》，北京：北京大學出版社，1989 年，第 71 頁。

6. 何三本、王玲玲：《現代語義學》，臺北：三民書局，1995 年。

7. 劉桂芳〈義素分析之我見〉，《語言教學與研究》，1996 年第 1 期。

8. 季旭昇師：〈上博二小議（三）：魯邦大旱、發命不夜〉，簡帛網，2003.05.21
　（2017.6.23 上網）。

9. 季師旭昇主編：《《上海博物館藏戰國楚竹書(二)》讀本》，臺北：萬卷樓，2003.7。

10. 季師旭昇主編：《《上海博物館藏戰國楚竹書（一)》讀本》，臺北：萬卷樓，2004.7。

11. 季師旭昇主編：《《上海博物館藏戰國楚竹書（三)》讀本》，臺北：萬卷樓，2005.10。

12. 季師旭昇主編：《《上海博物館藏戰國楚竹書（四)》讀本》，臺北：萬卷樓，2007.3。

13. 鄢桂芳：〈義素分析在語言教學中的運用〉，華中師範大學學科教學碩士論文，2007
　年。

14. 陳鼓應：《黃帝四經今注今譯——馬王堆漢墓出土帛書》，商務印書館，2007 年。

15. 顏至君：《《上海博物館藏戰國楚竹書（五)》〈競建內之〉與〈鮑叔牙與隰朋之諫〉
　研究》，臺灣師範大學國文學系碩士論文，2008.6。

16. 田代華：《黃帝內經素問校注》，北京：人民軍醫出版社，2011 年。

17. 陳平：《古漢語心理動詞詞義演變研究》，福建師範大學博士論文，2012.6。

18. 郭藹春：《黃帝內經素問校注》，北京：人民衛生出版社，2013 年。

19. 陳九如：《黃帝內經今義》，臺北：正中書局，2013 年。

20. 季師旭昇：《說文新證》，臺北：藝文印書館，2014.9。

21. 徐芹庭註譯：《新細說黃帝內經》，臺北：聖環圖書，2016 年。

22. 教育部國語推行委員會原著：《重編國語辭典修訂本》，臺灣學術網路第六版，
　2021.10。

23. 中央研究院歷史語言研究所「漢籍電子文獻資料庫」網站，網址為 https://hanchi.
　ihp.sinica.edu.tw/ihp/hanji.htm。

楚地喪葬禮俗「鎮墓獸」性質之檢討與探究

陳炫瑋

國立臺灣師範大學國文系副教授

作者簡介

陳炫瑋，國立清華大學中國文學系博士，現任國立臺灣師範大學國文學系副教授。著有《考古發現與《左傳》文獻研究》，另發表多篇與左傳、考古材料與出土文獻相關的論文。

提　要

在先秦楚地墓葬禮俗中，常可發現一種漆木雕塑，在一方座上皆立有長頸的獸頭，有時頭上或插有兩隻長而高大的鹿角，這種以獸形為座的陪葬品，學界普遍稱為「鎮墓獸」。然而「鎮墓」一詞在先秦文獻中並非一個習慣用語，這個詞主要是出現在東漢以後的鎮墓文中，故過去學界對「鎮墓獸」有不同的看法，甚至有一派學者對「鎮墓獸」之命名並不認同。其次，學界對「鎮墓獸」的性質爭議甚多，目前尚未有共識。本文除了分析前人的各種說法外，並認為「鎮墓獸」之最可能的性質就是辟邪用，用以辟邪外鬼。最後本文還對過去認為是「鎮墓獸」之銘文及有關的文字進行辨正。

一、前 言

　　在先秦楚系墓葬中，常可發現一種漆木雕塑，其特徵為在一方座上，皆立有長頸的獸頭，有時上部接近人形，在其頂上或插有兩隻長而高大的鹿角，這種以獸形為座的葬具，學界普遍稱為「鎮墓獸」。墓葬中埋入這類器物的禮俗大致從春秋時期開始。〔註1〕尤其到了戰國時代的楚國墓葬中，更是蔚為風潮。當然並非僅有楚墓才有鎮墓獸，其他國別的墓葬中偶見此類器物，如固始侯古堆一號墓勾敔夫人的墓葬中即有發現殘損的木雕鎮墓獸（M1P：24），〔註2〕此外新鄭鄭公大墓曾出土一件鎮墓獸（圖1），〔註3〕但新鄭此器還是一種帶有楚國風格的器物。〔註4〕除了木質器物外，戰國楚地甚至還出土陶製鎮墓獸，如羅坡崗墓葬 M93 出土一件戰國晚期陶質鎮墓獸（圖2），頭、身皆為陶質，器的底座則屬木質，惟底座已腐朽，僅存痕跡，〔註5〕但以陶土為材質的鎮墓獸畢竟屬少數。少數鎮墓獸之底部呈現臥虎形，但上部仍與一般的鎮墓獸相同，皆為獸首形（如余崗楚墓 M145 出的鎮墓獸，圖3）。由於楚墓所出的數量蔚為大觀，〔註6〕這為我們探究此類器物提供了充分的材料，因此本文的討論就以楚墓中的鎮墓獸為集中討論對象。

〔註1〕孫作雲認為侯家莊西北崗 1550 號大墓所出一的一件「石虎首人身跪姿立雕」（圖版見《殷墟出土器物選粹》，台北：中央研究院歷史語言研究所，2009，頁143）是一種鎮墓獸，其作用為辟邪，見氏著：〈信陽戰國楚墓——兼論「鎮墓獸」及其他〉，《孫作雲文集——美術考古與民俗研究》（開封：河南大學出版社，2003），頁109，劉源認為這種虎首人身的石雕像即神話中的彊良（或強梁），其性質為驅鬼逐疫用，見氏著：〈殷墟「虎首人身」石雕像和「彊良」〉，《殷墟與商文化——殷墟科學發掘 80 周年紀念文集》（北京：科學出版社，2011），頁 171～176，不過此說仍有諸多疑問，有待更多資料來檢視。

〔註2〕河省文物考古研究所：《固始侯古堆一號墓》（鄭州：大象出版社，2004），頁83。

〔註3〕圖版見《新鄭鄭公大墓青銅器》（台北：國立歷史博物館，2001），頁144。徐中舒認為新鄭遺物中的銅製操蛇之神，古或以為鎮墓之用，見氏著：〈古代狩獵圖像考〉，《徐中舒歷史論文選輯》（北京：中華書局，1998），頁286。

〔註4〕楊式昭：《青秋楚系青銅器轉型風格之研究》（台北：國立歷史博物館，2005），頁63～67。

〔註5〕湖北省文物考古研究所、荊門市博物館：《荊門羅坡崗與子陵崗》（北京：科學出版社，2004），頁94。

〔註6〕丁蘭對於楚墓所出的鎮墓獸數量有作過統計，見丁蘭：〈楚式「鎮墓獸」特徵綜論〉，《江漢考古》2010.1，頁99「楚式『鎮墓獸』統計表」。聶菲亦針對湖南出土的鎮墓獸進行統計，見氏著：《湖南楚漢漆木器研究》（長沙：岳麓書社，2013），頁90～92。

圖 1　新鄭鄭公大墓鎮墓獸　　　圖 2　羅坡崗墓葬 M93 出土

《新鄭鄭公大墓青銅器》，頁 144。　　《荊門羅坡崗與子陵崗》圖版 44。

圖 3　余崗楚墓 M145 出土

《余崗楚墓》彩版 46。

二、楚地鎮墓獸的型制演變及原始形態

　　楚墓的鎮墓獸型式大致可分為四個階段，如附表一所示。

　　第一階段為春秋中晚期。此時的鎮墓獸身軀為四棱柱形，下接覆斗狀方座，頭面圓鼓，無目、舌，面部一周邊框，上部亦無鹿角。基本上，此時期的面部表情是較模糊的，因此學者命此型式為「模糊型」、[註7]「祖型」。[註8]

　　第二階段為戰國早期。此期的鎮墓獸型態已有所變化，尤其是頭部已出現

────────────────

〔註 7〕耿華玲：〈楚「鎮墓獸」的源起與楚國族類〉，《衡陽師範學院學報》2007.8，頁 92。
〔註 8〕（日）吉村苣子稱之為「鎮墓獸的祖型」，見氏著：〈楚墓鎮墓獸的產生和展開〉，
　　　　《南京藝術學院學報》（美術及設計版）1997.3，頁 31。

鹿角，但鹿角的樣式還十分的單調。臉部表情比前一階段還要豐富，有時是雙目圓大，甚至呈現吐舌之態。在信陽楚墓中，鎮墓獸還出現兩手，手中抓著兩條小蛇，作欲吞食之狀，但丁蘭認為此器下無器座，因此不認為此器為鎮墓獸，反而認為同墓編號 M1：716 之雙角器座才是鎮墓獸（作者將之列為 F 型鎮墓獸）。〔註9〕只是 M1：716 此器上部並無任何鎮墓獸形貌。其次，像信陽楚墓 M2 就出土兩件雙角器，〔註10〕通常一墓之中僅有一件鎮墓獸，但 M2 中卻出土兩件，視為鎮墓獸顯然不合理。此外，像九店楚墓 M254 之鎮墓獸，其臉形特徵幾乎無存，類似第一階段的樣式，惟其上部仍存鹿角插孔，因此當歸入此期。

第三階段為戰國中期。此階段算是鎮墓獸型態最為繁複的一段，此時頭上鹿角比前期來得繁多。在頭部方面，有時是單首，頭上插有一對鹿角，有時上部呈現身首相背的雙頭獸，頭上各插雙鹿角，形成四隻大鹿角。另外此時期已出現人面形鎮墓獸，如九店楚墓 M617，惟其臉部特徵並不是很明顯。

第四階段為戰國晚期。此期的頭部又回復人面，「不大見恐怖的獸面形象，面部多方形，五官也從彩繪到雕刻，擬人化趨勢明顯。」〔註11〕然此期仍可發現狗頭形的鎮墓獸，〔註12〕如曹家崗 M5 所出的鎮墓獸，甚至亦有面部似鴨嘴形，長舌向外伸展之形的鎮墓獸，如益陽羊舞嶺農機廠 M3 鎮墓獸。

有關鎮墓獸的原始型態，因其認定之性質不同，自然得出的原始型態亦不相同。學者對於其型態觀點不外認為鎮墓獸像山神、土伯、龍等（諸家說法詳見「附表二」）。陳振裕認為鎮墓獸是鹿、龍、怪獸等動物形象的變幻，〔註13〕此說法以目前楚地所出的鎮墓獸來看，應是最中肯的。彭浩認為鎮墓獸是龍的化身，但龍的形態主要是出現在第二階段，如信陽楚墓 M1 所出的吐舌吞蛇鎮墓獸，其背部繪有紅黃相間的鱗紋，且底部又作雙尾外捲之狀，類似蛇龍之形。不過身上繪有鱗紋的鎮墓獸仍屬少數，一些則是繪有小龍之形，如江陵雨台山

〔註 9〕 丁蘭：〈楚式「鎮墓獸」特徵綜論〉，《江漢考古》2010.1，頁 98。

〔註10〕 河南省文物研究所，《信陽楚墓》（北京：文物，1986），頁 114。

〔註11〕 黃瑩：〈楚式鎮墓獸鹿角研究〉，《江漢論壇》2009.12，頁 72。

〔註12〕 「狗頭形」之稱採用丁蘭的說法，見氏著：《湖北地區楚墓分區研究》（北京：民族出版社，2006），頁 112。

〔註13〕 陳振裕：〈略論鎮墓獸的用途和名稱〉，《楚文化與漆器研究》（北京：科學，2003），頁 506。

楚墓 M264 所出的一件鎮墓獸，其頸部飾龍紋，但身及座則繪「S」形紋和幾何雲紋。〔註14〕這些近似龍形的鎮墓獸主要是出現在戰國早期至中期階段，到了戰國晚期，鎮墓獸的形態又恢復了早期到「祖型」，即以人面為主，因此說鎮墓獸的原型為龍形，證據上仍嫌不足。

三、前人對鎮墓獸性質檢討──以「土伯」說為例

至於性質方面，因為認定之形象不同，當然所得出的性質亦有所差異。目前學界比較主流的有以下幾種說法：一種是認為辟邪用，另一種則認為是引領墓主之靈魂升天用，甚至有些學者認為鎮墓獸兼具辟邪及引魂升天兩個作用，另外有一些學者從形態上加以論說其性質，這些論點皆詳見「附表二」。

其次，鎮墓獸究竟是古代的哪一位神靈的化身？古史渺邈，加之神本來是人通過主觀想像塑造而成，往往是把不同動物的特徵合在一起，〔註15〕因此若要將鎮墓獸強加比附古代某一神明之化身，現階段的鎮墓獸形象還很難面面俱到，這裡筆者就以「土伯說」為例說明。

主張土伯說的學者，其前提是承認鎮墓獸具有辟邪的性質。《楚辭‧招魂》：

> 土伯九約，其角觺觺些。敦然血拇，逐人駓駓些。參目虎首，其身
> 若牛些。

王逸《章句》：

> 土伯，后土之侯伯也。約，屈也。觺觺，猶狺狺，角利貌也。言地
> 有土伯，執衛門戶，其身九屈，有角觺觺，主觸害人也。敦，厚也。
> 胈，背也。拇，手丹指也。駓駓，走貌也。言土伯之狀，廣肩厚背，
> 逐人駓駓，其走捷疾，以手中血漫污人也。〔註16〕

有關〈招魂〉中的土伯形象，過去學者討論相當多，〔註17〕在諸說中，以湯炳正之說最可參考。湯炳正詳參曾侯乙墓中的棺木圖像後，他認為其圖像就是文

〔註14〕中國社會科學院考古研究所編：《江陵雨台山楚墓》（北京：文物出版社，1984 年），頁 108。

〔註15〕吳榮曾：〈戰國漢代的操蛇神怪及有關神話迷信的變異〉，《先秦兩漢史研究》（北京：中華書局，1995），頁 348。

〔註16〕宋‧洪興祖：《楚辭補注》（南京：鳳凰出版社，2007），卷 9〈招魂〉，頁 179。

〔註17〕有關此段解釋之歷來說法，詳見崔富章、李大明主編：《楚辭集校集釋》（武漢：湖北教育，2003），頁 2160～2162。

獻中的土伯,茲將他的論點摘錄如下:〔註18〕

1. 「九約」實即「九稍」,「九」言其多,謂每個土伯皆手執長矛耳。

2. 觺觺,從曾侯乙墓的全部棺畫來看,每個「土伯」頭上都是有角的,只是角的形狀不同而已。

3. 「敦脄血拇」,即「敦頯」,亦即土伯的顴骨高大突出。血拇,就是血遺淋漓的手爪,從全部棺畫來看,每個土伯都生有狀如鉤鐮的手爪。

4. 參目,並非三目,實為「覢目」之異文,「眈目」之借字。「眈目」,即形容「虎視眈眈」之貌。

5. 虎首,曾侯乙棺畫上有一對「土伯」,的確是虎頭虎腦,鼻眼畢肖,而且還有長長的虎鬚分列於兩頰。

6. 其身若牛,從曾侯乙全部棺畫來看,所謂「若牛」,不僅是狀其「肥大」,而且是狀其體型的特徵。

關於湯炳正的說法,徐廣才提出一些修正意見,如「九約」,他認為當訓讀為「拘稍」,「土伯九約」即「土伯拘稍」,意謂土伯執矛。〔註19〕現在筆者就根據學者對土伯的形象描述,來檢視鎮墓獸的形象。

(一)若「土伯九約」可以讀為「土伯拘稍」,那麼目前所見的楚地鎮墓獸,皆未見手執武器的形體,只有手抓小蛇,如信陽楚墓 M1 所出的鎮墓獸,其兩手抓蛇作欲吞食之狀。

(二)「其角觺觺些」,在鎮墓獸圖像中,頭角主要是以鹿角為主,且戰國時代才出現有角的鎮墓獸,春秋晚期的祖型尚未有此型態。馬王堆一號墓棺畫上,亦繪有多個頭長鹿角的神怪,獸頭、人立,孫作雲認為此或即土伯之形象。〔註20〕

(三)「敦脄血拇」之特徵,在鎮墓獸圖像中最不明顯,目前所見的楚地鎮墓獸大部分沒有手爪,僅信陽楚墓 M1 所出的鎮墓獸可見手爪,大約到了漢

〔註18〕湯炳正:〈曾侯乙墓的棺畫與《招魂》中的「土伯」〉,《屈賦新探》(修訂版)(北京:華齡出版社,2010),頁 220～223。

〔註19〕徐廣才:《考古發現與《楚辭》校讀》(北京:線裝書局,2009),頁 314。

〔註20〕孫作雲:〈馬王堆一號漢墓漆棺畫考釋〉,《美術考古與民俗研究》(開封:河南大學出版社,2003),頁 133。

初，有手臂之鎮墓偶人才漸漸成為固定形態，顯見先秦時代，手爪特徵在鎮墓獸身上並非常態。

（四）「參目」（眈目）此特徵倒是常見，如信陽楚墓的鎮墓獸，兩眼特別突出，其他鎮墓獸基本上眼睛亦特別明顯。至於「虎首」形象，像慈利石板村M23 鎮墓獸及臨澧九里 M1 所出的鎮墓獸，其頭型皆為虎首，但畢竟這種造型的鎮墓獸是較晚才出現的。

（五）至於「其身若牛」之特徵，就很難在每座鎮墓獸身上適用。

古史傳說中的神靈，往往是時人想像的產物，不同時期皆有不同的造型，因此鎮墓獸是否為土伯形像，就目前的資料來看，還很難找到一個可完全契合的形象。目前我們僅能說鎮墓獸乃結合了鹿、龍、虎、怪獸及人等諸多造形組合而成，換言之，即是一個「複合的形象」，[註21]現階段要「將這些形象與古代傳說中某一位神祇相聯繫是很困難的」。[註22]

四、「鎮墓獸」之可能性質推敲

學者對於鎮墓獸的性質，爭議如此之多，目前還沒有一個具體的共識。且即便是「辟邪說」，其所象徵的形象又有所不同，比較多學者支持所謂的「土伯」說，另有一些學者僅說其形象為祛禳鬼魂的神。除此，有些學者認為鎮墓獸所鎮的對象非針對鬼怪，而是針對盜墓者，說法相當歧異。不過筆者認為將鎮墓獸之性質界定為「辟邪」用，仍是最接近事實，茲將相關的論點補述於下。

（一）信陽楚墓 M1 所出的鎮墓獸，其兩手抓蛇作欲吞食之狀（圖4），[註23]又湖南湘鄉牛形山 M1 出土一件雙首鎮墓獸（圖5），「其一為蛇類，另一鎮墓獸作噬蛇狀，蛇似乎已被鎮住不能動彈」。[註24]類似這種操蛇神像常見於銅器上，如〈神人凹點紋劍〉（《商周青銅兵器》86，[註25]戰國），其上神人像為張腿，頂飾羽冠，頰側有鬚，耳向兩旁伸張，瞠目張口，裸身露乳。右手持

〔註21〕耿華玲：〈楚「鎮墓獸」的源起與楚國族類〉，頁93。

〔註22〕潘佳紅：〈小議「鎮墓獸」——與〈「鎮墓獸」意義辨〉一文商榷〉，《江漢考古》1992.2，頁82。

〔註23〕這種噬蛇形像鎮墓獸又見於牛形山楚墓 M1，只是該件鎮墓獸殘損，但仍可見其輪廓，見湖南省博物館：〈湖南湘鄉牛形山一、二號大型戰國木槨墓〉，《文物資料叢刊》（3）（1980年5月），頁103。

〔註24〕聶非：《湖南楚漢漆木器研究》，頁94。

〔註25〕王振華：《商周青銅兵器》（古越閣藏）（台北：古越閣，1993），頁253。

戈戟，左手操長蛇，李學勤認為類似這一類圖像的性質為辟除兵刃傷害之用。
〔註26〕除此，類此操蛇神像又見淮陰高莊戰國墓中的青銅殘器中（圖6），學者
或認為中間人物為巫師，將這種巫師戲蛇、操蛇的圖像裝飾於隨葬器物上，其目
的是期能達到鎮墓安魂，驅蛇驅鬼的作用。〔註27〕然而操蛇神像何以跟驅鬼有
關？約成書於東漢末年的《神異經‧東南荒經》中有一段神話記載：

> 東南方有人焉，周行天下，身長七丈，腹圍如其長。頭戴雞父魋頭，
> 朱衣縞帶，以赤蛇繞額，尾合於頭。不飲不食，朝吞惡鬼三千，暮
> 吞三百。此人以鬼為飯，以露為漿。〔註28〕

此資料雖是較晚的材料，但其神話傳說當其來有自。因此在古代墓葬中放置這
一類的操蛇圖像，或許傳達古人希冀鎮蛇或驅鬼的念頭。

圖4　信陽 M1 鎮墓獸　　　圖5　湘鄉牛形山 M1 雙頭鎮墓獸

《信陽楚墓》圖版 58　　　　　　《湖南楚漢漆木器研究》，頁 79。

圖6　高莊青銅器操蛇、戲蛇圖

《淮陰高莊戰國墓》，頁 214。

〔註26〕李學勤：〈台北古越閣所藏青銅器叢談〉，《四海尋珍──流散文物的鑒定和研究》
（北京：清華大學，1998），頁 130。

〔註27〕王崇順、王厚宇：〈淮陰高莊戰國墓銅器圖像考釋〉，《淮陰高莊戰國墓》（北京：文
物，2009），頁 220。

〔註28〕《神異經》文句引自王根元、黃益元、曹光甫等校：《漢魏六朝筆記小說大觀》（上
海：上海古籍，1999），頁 50～51。

（二）鹿在古代除了代表祥瑞現象外，在楚文化中往往還有辟除不祥的性質。〔註29〕《楚辭・天問》：「驚女采薇，鹿何祐？」王逸《注》：「言昔者有女子采薇菜，有所驚而走，因獲得鹿，其家遂昌熾，乃天祐之。」在楚文化的器物或圖像中，出現鹿角造型的器物相當多，如長沙馬王堆《辟兵圖》中，中央神人頭上即呈現雙鹿角之形（圖7），〔註30〕而此圖直接關係到辟除兵害。此圖像與後來漢墓用以守墓門之人形木偶相當近似。〔註31〕在《辟兵圖》中，其他神人頭部亦皆有鹿角（圖8），既然太一神人或其他神人皆配帶鹿角，且其性質可用以辟除不祥（兵害），那麼插有鹿角之形的鎮墓獸，其性質似乎可以太一神人之性質來類推。在秦代，時人甚至宣稱麋鹿之角可以用來抵觸敵人，〔註32〕因此古人或以同樣的心理認為鹿角（或獸角）可以抵觸鬼怪，故在漢晉以下的墓葬中，或見獨角鎮墓獸，如甘肅武威磨嘴子漢墓 M22（圖9），此木獨角獸所放之位置就在墓道進來之洞室最前方，考古人員因而研判其作為鎮邪壓勝用，〔註33〕反映著古人認為獸角可以抵觸入侵的鬼怪。

圖7　太一神　　　　　圖8　神人不詳

《湖南省博物館文物精粹》，頁 112。

〔註29〕黃瑩，〈楚文化中鹿形象的文化考釋〉，《楚學論叢》（第三輯）（武漢：湖北人民，2014 年 3 月），頁 238。

〔註30〕黃儒宣認為其上當為牛角，其觀點基本上認為中央神人為蚩尤，蚩尤頭上為牛角，見氏著：〈馬王堆《辟兵圖》研究〉，《中央研究院歷史語言研究所集刊》85.2（2014 年 6 月），頁 167～208。不過此說仍有疑義，因為中央神人是前後各一對雙角形，基本上，目前所出的楚文物中，類似這一類的圖像大都是以鹿角呈現，如楚墓及漢墓的鎮墓獸，未見以牛角呈現前後各一對雙角形，故將此說成牛角仍有疑點。

〔註31〕連劭名認為中央神人頭上插有鹿角，即楚墓中的鎮墓獸演化而成的，連說見氏著：〈馬王堆帛畫《太一避兵圖》與南方楚墓中的鎮墓神〉，《南方文物》1997.2，頁 109。

〔註32〕漢・司馬遷撰、南朝宋・裴駰集解、唐・司馬貞索隱、唐・張守節正義：《史記》（北京：中華書局，2013），卷 126〈滑稽列傳〉，頁 3863：「寇從東方來，令麋鹿觸之足矣。」

〔註33〕甘肅省博物館：〈甘肅武威磨嘴子漢墓發掘〉，《考古》1960.9，頁 22。

圖9 武威磨嘴子木獨角獸

《甘肅省博物館文物精品圖集》，頁 134。

（三）戰國晚期，部分楚墓鎮墓獸形像為人面形（如長沙楊家灣 M569 之鎮墓獸，圖 10），其位置大都位處於墓葬頭箱中。而與之近似的人面形木偶，如馬王堆二號、三號墓道口處即置有兩座人形木偶（圖 11），〔註34〕另外河南淮陽平糧台西漢墓 M181，其墓道口亦出有一件木偶（圖 12），這三者的比較圖如下。據馬王堆發掘出土的簡報描述：

> 中心木樁頂部嵌入大圓木雕刻成的頭顱，鼻梁突出，大眼，眦牙，張耳，平頂。頭顱後頂用一根直徑 4，長 20 厘米的木棍插入，上纏以細麻繩，似總髮於後頂，編結成髻。頭顱的正頂兩邊，插入二支鹿角。〔註35〕

馬王堆漢墓發掘報告又說：「三號墓遣策中有『偶人二，其一操遷蓋，一人操矛』可能是指這一種『偶人』」，〔註36〕但此說基本上是有問題的，〔註37〕「偶人二」實即三號墓 T 形帛畫中層墓主人身後的二位，陳松長認為：

> 簡 1（按：當指簡 7）「偶人二人，其一人操遷蓋，一人操矛」。簡 2「遷蓋一」（按：當為簡 8）。按，簡 1 當指 T 形帛畫上之持遷蓋和長矛的偶人。簡 2 當指此帛畫之上擊於墓主人身後之遷蓋。〔註38〕

〔註34〕 王瑞明，〈「鎮墓獸」考〉，《文物》1979.6，頁 87；（日）吉村苣子，賈曉梅譯：〈楚墓鎮墓獸的產生和展開〉（續），《南京藝術學院學報》（美術及設計版）1997.4，頁 30 皆指出此看法。

〔註35〕 湖南省博物館、湖南省文物考古研究所編：《長沙馬王堆二、三號漢墓》（第一卷田野考古發掘報告）（北京：文物，2004），頁 9。

〔註36〕 同前注，頁 9。

〔註37〕 張如栩：《長沙馬王堆三號漢墓遣策研究》（鄭州：鄭州大學中國古代史碩士論文，2011），頁 12 指出：「其身分應是墓主人家中的人員。」

〔註38〕 陳松長：〈馬王堆三號漢墓「車馬儀仗圖」試說〉，《簡帛研究文稿》（北京：線裝書局，2008），頁 382。

若此墓道口中的二尊木偶當與遣策中的「偶人二人」無關。其位置身處墓道口處，且墓道口左右各一位，似與辟邪性質有關。這樣的安排讓我們聯想起漢代墓室中，其墓門口往往繪有兩個武士形像。這種左右各有一位武士立於門板的圖像起源於戰國時代，如曾侯乙墓墓主內棺東西兩側壁板花紋圖中，各畫有四個格子門，而格子門的左右兩側，分別繪有諸多的武士來守衛著，這些武士手中所持的往往是戈戟類的武器（圖13）。但其圖像繪製在墓主內棺上，因此湯炳正認為這些武士當即楚地傳說中的土伯。〔註39〕不論其形象是否即土伯，但從中亦可以看出，戰國時代，時人已將門戶守護者圖像添加了武器以作防衛。後來漢墓門戶守護者圖像基本上皆左右各一位，同時手中亦皆握有工具，甚至還將守門者繪以神怪翼龍形象，如陝西綏德縣延家岔出土一一件壁門左右立柱畫像（圖14），其左方一翼龍人即立持長戈。李立將這一類「把戈」的門吏圖像視為「大行伯」，〔註40〕然而文獻中對於「大行伯」形象描述僅提到「把戈」，〔註41〕將這一類的圖像視為「大行伯」，其實並沒有太多堅強的證據。漢墓門戶守護者圖像手中所持的工具並非固定，據學者統計，這些門吏的工具包括了盾、彗（篲）、戟、棒、幡、錘、斧、弩、矛、劍、環首刀、叉形物、雷及箕等。〔註42〕另外，在一些立柱門吏圖像下方還繪有兩犬（如《綏德漢代畫像石》33，圖15），犬善守門，〔註43〕更顯見其辟邪性質。或將門吏的形象呈現比較凶猛或醜陋，就成為神話傳說中的「神荼、鬱壘」圖像（圖16）。長沙馬王堆漢墓本身具有濃厚的楚系色彩，推測馬王堆二號墓道口處之兩座人形木偶就是從戰國晚期的人形鎮墓獸演變而成的。〔註44〕據發掘報告：

> 東邊偶人通高 109 釐米，左手平伸，右手略彎曲，並持八方形的木

〔註39〕湯炳正：〈曾侯乙墓的棺畫與《招魂》中的「土伯」〉，《屈賦新探》（修訂本），頁217。

〔註40〕李立：《漢墓神畫研究──神話與神話藝術精神的考察與分析》（上海：上海古籍，2004），頁200。

〔註41〕袁珂：《山海經校注》（成都：巴蜀書社，1993），〈海經新釋〉，頁359：「有人曰大行伯，把戈。其東有犬封國。貳負之尸在大行伯東。」

〔註42〕有關漢畫中門區執武器守衛畫像統計表詳參陳亮：〈漢代墓葬門區符籙與陰陽別氣觀念研究〉之附表三「門區執武器守衛畫像表」，《中國漢畫研究》（第三卷）（桂林：廣西師範大學，2010），頁168～205。

〔註43〕王利器：《風俗通義校注》（北京：中華書局，2010），卷8〈祀典〉，頁377：「俗說：狗別賓主，善守禦，故著四門，以辟盜賊也」。

〔註44〕吳榮曾：〈戰國漢代的操蛇神怪及有關神話迷信的變異〉，《先秦兩漢史研究》，頁349；轟菲，《湖南楚漢漆木器研究》，頁94。

制武器一柄，可能為矛，通長54釐米。〔註45〕

這樣持武器立於墓道口兩旁，其性質與後來漢墓墓門前的門神圖像極為相似，皆具有辟邪的作用。尤其到了魏晉時代，很多鎮墓獸或鎮墓俑放置的地方往往就在俑道附近或俑道口，〔註46〕如河南鞏義市倉西西晉墓 M40 中，武士俑及陶獸就出土在墓室口近甬處，〔註47〕更凸顯這一類造型木偶之辟邪作用。〔註48〕

圖10　長沙 M569 人面鎮墓獸　　圖11　馬王堆二號墓東側墓道偶人

《長沙楚墓》圖版 121。　　　　《長沙馬王堆二三號漢墓》圖版四。

圖12　淮陽平糧台西漢 M181 墓道偶人

《中國古代鎮墓神物》，頁 56。

〔註45〕湖南省博物館、中國科學院考古研究所編：《長沙馬王堆一號漢墓》，頁 9。

〔註46〕張成：《魏晉鎮墓獸俑分期研究》（北京：中央民族大學考古學及博物館學碩士論文，2010），頁 48。

〔註47〕河南省文物考古研究所：〈河南鞏義市倉西戰國漢晉墓〉，《考古學報》1995.3，頁 386。

〔註48〕楊怡認為：「墓道在象徵性上有陰陽兩隔的作用，墓道中設置對峙的二偶人一方面是引導墓主的亡魂進入墓室，另一層含義則在把守門戶，防止死魂重返陽間作祟，這亦符合漢人有祭祖而又畏鬼的心態。」見氏著：〈楚式鎮墓獸的式微和漢俑的興起——解析秦漢靈魂觀的轉變〉，頁 57。

圖 13　曾侯乙墓內棺東側壁畫

《曾侯乙墓》，頁 39。

圖 14　綏德縣延家岔墓前東壁
　　　　門左右立柱畫像

圖 15　陝西延家岔漢墓立柱畫像

《中畫全》（5），頁 80。　　　　　《綏德漢代畫像石》，頁 76～77。

圖 16　南陳東關神荼鬱壘圖

《中畫全》（6），頁 166～167。

（四）在楚墓中，常見一種虎座飛鳥器物，如江陵雨台山楚墓所出六件虎座飛鳥（如下圖17），在鳥背上皆插有雙鹿角，有學者認為其與曾侯乙墓的「鹿角立鶴」（《集成》10439，戰國早期，圖18）可以相參照。〔註49〕黃瑩認為這種虎座飛鳥被信巫淫祀的楚人用作巫師的法器，其目的是為了引魂歸天。〔註50〕這個圖像所重的飛鳥形象，象徵人乘坐飛鳥歸天，鹿角只是讓整個圖像增加祥瑞意象而已。在楚墓中，我們常見墓中假如有虎座飛鳥，就罕見鎮墓獸，但楚墓中仍可見到兩者同出於一墓的現象，如包山楚墓 M1 同時出現鎮墓獸和虎座飛鳥（圖19），鎮墓獸出現在頭箱（東室），虎座飛鳥出現在邊箱（南室）。〔註51〕天星觀二號墓，虎座飛鳥放在東室（第一層），鎮墓獸則放在西室第四層，〔註52〕顯見這兩者性質當有所區分。若虎座飛鳥在墓中具有引魂歸天之性質，那麼鎮墓獸在楚墓中應非引魂歸天用，否則兩者性質豈不重疊。

圖17　江陵雨台山虎座飛鳥

《江陵雨台山楚墓》，圖版66。

圖18　曾侯乙鹿角立鶴

《中國青銅器全集》（10），頁147。

〔註49〕郭德維：〈楚墓出土虎座飛鳥初釋〉，《江漢論壇》1980.5，頁99，後又收入《楚史‧楚文化研究》（武漢：湖北人民，2013），頁139～140；《楚系墓葬研究》（武漢：湖北教育，1995 年），頁207～214。

〔註50〕黃瑩：〈虎座飛鳥形象功能分析〉，《楚文化研究論集》（第十集）（武漢：湖北美術出版社，2011），頁508，另外有學者認為「虎座飛鳥」具有溝通天地，興瑞辟邪的功力，將之視為一種神器，見成都華通博物館、荊州博物館編：《楚風漢韻——荊州出土楚漢文物集萃》（北京：文物出版社，2011），頁121「虎座飛鳥」文字解說，不過此說過於籠統，我們認為此器在性質上還不易認定是否有辟邪的作用。

〔註51〕湖北省荊沙鐵路考古隊：《包山楚墓》（北京：文物，1991），頁38～39。

〔註52〕出土器物分布圖詳見湖北省荊州博物館：《荊州天星觀二號楚墓》（北京：文物出版社，2003），頁30～32。

圖 19 虎座飛鳥

《包山楚墓》彩版 2。

（五）少數鎮墓獸之底座是以臥虎為主題，面部亦相當睜睜（如余崗楚墓 M128，圖 20）。甚至有些鎮墓物的頭形即以口吐長舌之虎形呈現，如 1980 年臨澧九里 M1 所出的虎頭鎮墓獸（圖 21）。虎在古代被視為死亡世界的主宰或戰神，〔註53〕《風俗通義・祀典》：

> 虎者，陽物，百獸之長也，能執搏挫銳，噬食鬼魅。〔註54〕

圖 20 余崗鎮墓獸（臥虎形）　　圖 21 湖南臨澧九里 M1 鎮墓獸（全身、頭部）

《余崗楚墓》彩版 46。

《楚文物珍品展——南國楚寶驚彩絕豔》，頁 112（全身），《湖南楚漢漆木器研究》，頁 61（頭部）。

〔註53〕 王小盾：《中國早期思想與符號研究——關於四神的起源及其體系形成》（上海：上海人民出版社，2008），頁 370。

〔註54〕 王利器：《風俗通義校注》，卷 8〈祀典〉，頁 368。

《太平御覽・木部三・柏》引《風俗通義》佚文：「墓上樹柏，路頭石虎，《周禮》：『方相氏入壙，毆魍像。』魍像好食亡者肝腦，人家不能常令方相立於墓側以禁禦之，而魍像畏虎與柏。」〔註55〕老虎對古今人類而言是一種危險的動物，因此古人以相同心理揣測鬼怪當亦怕老虎，故墓中立石虎及柏樹，目的就是用以威嚇惡鬼。睡虎地秦簡《日書甲種・夢篇》記載一則方術：

> 人有惡瞢（夢），覺（覺）。乃繹（釋）髮西北面坐，鑄（禱）之曰：「皋（嗥）！敢告墾（爾）豹埼。某有惡瞢（夢），豹埼之所。豹埼強飲強食，賜某大幅（富），非錢乃布，非繭【13背】乃絮。」則止矣。
>
> 【14背壹】〔註56〕

此段咒文與《白澤精怪圖》（伯2862號）可相互參照：

> 人夜得惡夢，旦起，於舍東北被髮呪曰：「伯奇伯奇，不飲酒食宍，常食高興地，其惡夢歸於伯奇，厭夢息興大福。」如此七呪，無咎也。〔註57〕

兩相比較，豹埼即伯奇，是大儺十二神之一，專司食夢。〔註58〕但「豹埼」何以能食夢？饒宗頤推測「豹埼」即《山海經》之「窮奇」，其狀如虎有翼。〔註59〕就音理來說，「豹」從「今」聲，「今」古音為見母侵部，「窮」古音為群母冬部，〔註60〕聲同為喉音，韻屬旁轉。此外，「窮」可通「躬」，「躬」與「今」又可相通，〔註61〕因此「豹埼」其實就是「窮奇」之異寫，至於《白澤精怪圖》將「窮奇」寫成「伯奇」，大概是將兩者的角色相混淆了。〔註62〕若此，如虎有翼的窮奇可以吞噬夢中鬼魅，亦屬一種以虎圖像來壓鎮惡鬼之信仰禮俗。後

〔註55〕宋・李昉：《太平御覽》（台北：台灣商務印書館，1999），卷954〈木部三・柏〉，頁4367。

〔註56〕睡虎地秦墓整理小組：《睡虎地秦墓竹簡》（北京：文物，1990），釋文頁210。

〔註57〕圖版見法國國家圖書館、上海古籍出版社編：《法國國家圖書館藏敦煌西域文獻》（第十七冊）（上海：上海古籍出版社，2001），頁232。

〔註58〕劉樂賢：《睡虎地秦簡日書研究》（台北：文津，1994），頁213。

〔註59〕饒宗頤：《雲夢睡虎地秦簡日書研究》，《楚地出土文獻三種研究》（北京：中華書局，1993），頁423。

〔註60〕郭錫良：《漢字古音手冊》（增訂本）（北京：商務，2010），頁375、459。

〔註61〕高亨：《古字通假會典》（濟南：齊魯書社，1997），頁31、32。

〔註62〕劉釗：〈虎形枕與「多鬼夢」〉，《出土簡帛文字叢考》（台北：台灣古籍，2004），頁216。

代方術或透過虎形枕以禳除夢魘，《醫心方・治魘不寤方第五》中錄有一方：
「以虎頭為枕」，〔註63〕凡此皆與古人相信虎能吞噬夢中厲鬼之信仰禮俗密切
相關。因此鎮墓獸底座以臥虎之形呈現，或頭部呈現虎頭吐舌之狀，皆是古代
鎮懾鬼怪的一種圖像表現。

　　根據以上五個論點，我們認為傳統將鎮墓獸視為辟邪用，應當是比較接近
事實的說法。至於所辟之邪究竟是何物？古代「事死如事生，事亡如事存」，
《荀子・禮論》：「喪禮者，以生者飾死者也，大象其生以送其死也。故如死如
生，如亡如存，終始一也。」〔註64〕古代喪葬禮俗往往依死者生前時的禮制來
作安排，換言之，墓葬中的禮制其實就是死者生前社會的縮影。《史記・秦始
皇本紀》《正義》引《三輔舊事》：「阿房宮東西三里，⋯⋯又鑄銅人十二於宮
前。」〔註65〕又《後漢書・孝靈帝紀》李賢《注》：「時使掖廷令畢嵐鑄銅人，
列於倉龍、玄武闕外。」〔註66〕這些銅人立於宮殿門外，其作用皆為守衛辟
邪。〔註67〕生人宮殿門前尚且如此設計，那麼死後的世界自然也是仿傚相同
的禮制。在楚墓中的鎮墓獸，基本上其外形大部分以獸首為主，從這一點來
看，鎮墓獸基本上應視為防制入侵的惡鬼而設計。不過，像漢初馬王堆二號
墓道口的鎮墓偶人，其一手持有武器，臉部也已人面之形呈現，像防守的衛
士。木偶人外表均塗以硃砂，而硃砂在古代也有方術意義在，此時的鎮墓偶
人可能已兼具防制入侵鬼怪及盜墓賊兩層用意在了。〔註68〕

　　至於楚國的鎮墓獸，大部分出於頭箱或邊箱，楊怡因此認為這些放置在頭
箱或邊箱中的鎮墓獸，位處墓主近旁，其象徵意義在於死者的靈魂從容尸的棺
箱中進出時，鎮墓獸正好是靈魂離開尸身飛升成仙的承載者。〔註69〕但此說仍

〔註63〕（日）丹波康賴編、沈澍農等校注：《醫心方校釋》（北京：學苑出版社，2001），
　　　　卷14〈治魘不寤方第五〉，頁913，關於古代「虎形枕」的問題，可參看劉釗：〈虎
　　　　形枕與「多鬼夢」〉，《出土簡帛文字叢考》，頁213～216。

〔註64〕清・王先謙：《荀子集解》（北京：中華書局，2010），卷13〈禮論〉，頁366。

〔註65〕《史記》，卷6〈秦始皇本紀〉，頁323。

〔註66〕南朝宋・范曄撰、唐・李賢注：《後漢書》（北京：中華書局，2010），頁353。

〔註67〕劉增貴：〈門戶與中國古代社會〉，《中央研究院歷史語言研究所集刊》68.4（1997
　　　　年12月），頁833。

〔註68〕王子今認為鎮墓獸大約還含有辟去邪惡的用意，至於像漢代以後持武器之鎮墓俑，
　　　　已經具有威懾盜墓者的作用，見氏著：〈秦漢鎮墓方式及其意識背景〉，《秦漢社會
　　　　意識研究》（北京：商務印書館，2012），頁393～395。

〔註69〕楊怡：〈楚式鎮墓獸的式微和漢俑的興起——解析秦漢靈魂觀的轉變〉，《考古與文
　　　　物》2004.1，頁55。

存在疑點。鎮墓獸所放置的位置在頭箱，而頭箱也是最接近墓道的入口，如望山1號墓中，漆木鎮墓獸即放在於頭箱，即對著墓道口處，〔註70〕若此將鎮墓獸視為防辟外鬼入侵亦未嘗不可。然而有些鎮墓獸並非放置在頭箱，如天星觀二號楚墓中，鎮墓獸放置在西室第4層，即非直接面對著墓道口處，〔註71〕因此楚地鎮墓獸在墓室的位置及其性質是否有絕對的關聯，目前仍有待進一步探究。不過也必需承認，「鎮墓」一詞來源很晚，主要是受到東漢鎮墓瓶命名的影響，現階段所發現的鎮墓獸大都缺乏銘刻文字的記載，因此僅能就其外形特徵及與後來漢代墓道口處的鎮墓俑來推敲其最有可能之性質。

五、鎮墓獸的自名及其他相關問題檢討

由於鎮墓獸往往沒有相關的文字記載，因此對其性質上的判斷也造成諸家看法分歧。在楚地淅川和尚嶺二號墓中曾出土一件有銘文的器座，〔註72〕座底下有銘文作：「曾中（仲）郦（蘯）虛膡之且𣃔」（《新收》521，春秋晚期，圖22），關於此器之銘文，學者有多方的討論，李零認為「且𣃔」為銅器的名稱，其中「且」字可讀為「祖」，至於下一字仍有待推敲，同時他還進一步認為「且𣃔」可能與唐宋以來的「祖明」、「祖司」有關。〔註73〕趙平安則將「且𣃔」讀為「宛奇」，是食鬼之神，放於墓葬中主要是保護墳墓和死者。〔註74〕不過，依趙平安的讀法，那整句就成了「曾仲蘯之宛奇」，則神名宛奇豈不成了墓主人之專屬，顯然此說於理不合。〔註75〕高崇文認為「祖𣃔」即祖重，符合

〔註70〕湖北省文物考古研究所：《江陵望山沙塚楚墓》（北京：文物，1996），頁23。

〔註71〕湖北省荊州博物館：《荊州天星觀二號楚墓》（北京：文物，2003），頁32。

〔註72〕圖版見河南省文物考古研究所等編：《淅川和尚嶺與徐家嶺楚墓》（鄭州：大象出版社，2004），頁109～110，不過張正明認為此器座並非鎮墓獸之底座，因迄今楚墓所出的鎮墓獸皆是木質品，從未見銅質的，張說轉引自耿華玲：〈楚「鎮墓獸」的源起與楚國族類〉，《衡陽師範學院學報》2007.8，頁93。根據發掘者曹桂岑的印象，此器出土時，上面有漆片發現，並有鹿角一對，且器座中有朽木柄的殘痕，發掘報告將此器視為鎮墓獸之器座大概也是基於這個因素，曹桂岑的說法引見李零：〈說中國古代的鎮墓獸，兼及何家村銀盤上的怪鳥紋和宋陵石屏〉，《入山與出塞》（北京：文物出版社，2004），頁151。另外，淅川縣博物館編著：《淅川楚國青銅器精粹》（鄭州：中州古籍，2013），頁151 圖錄說明亦有類似的說明。

〔註73〕圖版見河南省文物考古研究所等編：《淅川和尚嶺與徐家嶺楚墓》，151～155。

〔註74〕趙平安：〈河南淅川和尚嶺所出鎮墓獸銘文和秦漢簡中的宛奇〉，《新出簡帛與古文字古文獻研究》（北京：商務，2009），頁322～325。

〔註75〕高崇文：〈楚「鎮墓獸」為「祖重」解〉，《文物》2008.9，頁59。

喪葬禮制中設「重」之意。〔註76〕或認為「且埶」之「埶」有榜樣、標準之意，
〔註77〕裘錫圭認為「且埶」可讀為祖設，為行祖禮時之所陳設，但其基本上亦
認定此器為鎮墓獸。〔註78〕以上諸說皆從古文字的層面來說解，不過從文字
的內容中難以看出此器之正名，且正如我們所列的楚墓各期鎮墓獸形制，其
器座基本上以木質為主，少數是陶土製，但就是未見銅質的。因此方輝綜合
考察之後，認為此器非鎮墓獸座，而是一種「春秋時期流行於黃淮諸國貴婦
人間用以懸掛玉器首飾的實用之器。」（圖23、24）〔註79〕「且埶」意即放置
在臥席之上的器座或座墊。〔註80〕這一類的器座皆為銅質，惟上部長竿有時
是木質，如本節所列之器座，其出土時上部孔竅內就有朽木把殘把。因為上
部往往會懸掛首飾，銅製器座也比木製來得穩固，故這一類的器座以銅製為
主，原因即此。過去諸家僅就文字層面來推測，卻忽略了相關的器型研究，
因此得出的結論自然也就不近事實。

此外，信陽楚簡遣策3：「一戚盟之柜，⬛土蠹，卻（漆）青黃之劃。」李
家浩認為簡文的「土蠹（螻）」可能即墓中的鎮墓獸，〔註81〕不過劉國勝對此說
仍存疑：

> 該墓鎮墓獸出自後室，而簡文所記「樂人之器」大都出在前室。不
> 過，在長台關2號墓中、鐘磬、鼓等樂器所在的東室出土「虎座飛

〔註76〕高崇文：〈楚「鎮墓獸」為「祖重」解〉，頁59。

〔註77〕李家浩：〈麗鐘銘文考釋〉，《著名中年語言學家自選集·李家浩卷》（合肥：安徽教育出版社，2002），頁78；湖北省文物考古研究所編：《曾國青銅器》（北京：文物出版社，2007），頁404。

〔註78〕裘錫圭：〈再談古文獻以「埶」表「設」〉，《先秦兩漢古籍國際學術研討會論文集》（北京：社會科學文獻出版社，2011），頁3，後又收入《裘錫圭學術文集》（語言文字與古文獻卷）（上海：復旦大學，2012），頁484～495。

〔註79〕方輝：〈春秋時期方座形銅器的定名與用途〉，《海岱地區青銅時代考古》（濟南：山東大學出版社，2007），頁451。宋華強不認同方輝的銘文解釋，他認為銘文當讀為「曾仲嬀君薦之祖禰」，大意是「曾仲嬀君精誠絜敬地（將此器物）進獻給祖考」，但他基本上亦不同意此器為鎮墓器，宋說見氏著：〈淅川和尚嶺「鎮墓獸座」銘文小考〉，武漢大學簡帛網站，網址：http://www.bsm.org.cn/show_article.php?id=1425，2011年3月28日發表。至於丁蘭認為這樣的立柱長竿飛鳥形設計是與引魂升天有關，不過此說流於猜測，本文不採，見氏著：〈東周時期青銅方座與楚墓「鎮墓獸」關係探討〉，《楚文化研究論集》（第十集），頁493。

〔註80〕方輝之說，同上註頁449。

〔註81〕李家浩：〈信陽楚簡「樂人之器」研究〉，《簡帛研究》（第三輯）（南寧：廣西教育出版社，1998），頁17；房振三亦同意李說，見氏著：《信陽楚簡文字研究》（合肥：安徽大學漢語言文字學碩士論文，2003），頁55。

鳥」漆木器。楚墓的這類「雙鹿角器」、「虎座飛鳥」、鎮墓獸皆體態神異，但很可能也屬日常生活實用器，用途尚待研究。〔註82〕

其中「土」上一字作「」，其偏旁疑从「塵」，〔註83〕楚文字的「塵」字一般作：

（《郭店・緇衣》簡36）

（墨《上博・緇衣》簡18）

（纏，《上博・曹沫之陣》簡18）

「」字右旁的寫法與這些「塵」相似。「」似可讀為「纏」，《說文・糸部》：「繞也。」「土蠹」或為「威盟之柜」外所纏繞之裝飾品。田河認為「『威盟之柜』應與上舉之『柜』屬於同樣性質的器物。『□土蔞』為另一物。」〔註84〕劉思亮認為土蔞即「虡架上的這種浮雕獸紋，應該就是虡獸，即簡文所謂的土蔞」。〔註85〕筆者認為此器既然名為「土蠹」，其材料或許類似陶土之類的東西，當非木製。在同批簡中，常見「木器」一詞（如簡2-11），顯見陶土器具或木製器具在此墓中是截然劃分的。不過其可能是鐘虡上的附屬品，惟目前的考古報告中，尚難看到具體的文物。在信陽墓中之鎮墓獸皆為木製，若此，「土蠹」屬鎮墓獸的可能性當排除，且此簡皆記載樂人之器，〔註86〕從目前楚墓所出的鎮墓獸性質來看，鎮墓獸不可能為樂器之屬。

〔註82〕劉國勝：《楚喪葬簡牘集釋》（北京：科學出版社，2011），頁36。

〔註83〕陳偉主編：《楚地出土戰國簡冊〔十四種〕》（北京：經濟科學，2009），頁389；武漢大學簡帛研究中心、河南省文物考古研究所編著：《楚地出土戰國簡冊合集》（二）（北京：文物，2013），頁154注〔105〕疑為「疆」字的異體。

〔註84〕田河認為「『威盟之柜』應與上舉之『柜』屬於同樣性質的器物。『□土蔞』為另一物。」不過具體所指仍不詳，見氏著：《出土戰國遣冊所記名物分類匯釋》（長春：吉林大學古籍研究所博士論文，2007），頁261。

〔註85〕劉思亮：〈說「土蔞」〉，《出土文獻》2022年第1期（2022年3月），頁72。

〔註86〕范常喜：〈《信陽楚簡》遣冊所記編鐘、鐘槌名新釋〉，《出土文獻名物考》（北京：中華書局，2022年），頁65。

圖 22　銅器座及銘文

《淅川和尚嶺與徐家嶺楚墓》彩版 15。

圖 23　銅鳥形首筒帽、器座　　　　　　圖 24　青銅鳥柱

《棗陽郭家廟曾國墓地》，彩圖 15。　　　《中國青銅器全集》(9)，頁 95。

六、結　論

　　鎮墓獸是楚地喪葬文化中的一個特色，在其他國別中，這一類的器物基本上是少見的。其形態從原始的祖型（或稱模糊型）過渡到獸形，同時頭部的角形從原本只有一對鹿角，發展成雙頭獸，在頭上各插雙鹿角。而到了戰國晚期，鎮墓獸的面部亦從原本的獸形轉變成人形，漢初像馬王堆漢墓二、三號墓道口偶人大概就是這一類人形鎮墓獸演變而來的，但戰國晚期仍存在一些獸形鎮墓獸。

關於鎮墓獸之性質及形象，學界討論相當多，我們從操蛇、鹿角、馬王堆漢墓人面形木偶位置、虎座飛鳥、虎形等五個特徵分析，主張「辟邪」之說應是最接近事實的。至於鎮墓獸在墓室中所放置的位置是否與其性質有絕對的關聯，從目前現有考古材料來看，仍有待進一步之探究。

其次，過去或認為楚地淅川和尚嶺二號墓一件有銘文器座即鎮墓獸的文字紀錄，但學者大都集中於文字意義的探究而忽略器型本身，經過考察，此器是一種婦人用以懸掛玉器首飾的實用之器，並非鎮墓獸。至於信陽楚簡之「⿰土蠱」，李家浩認為「土蠱」即鎮墓獸，但此器被隸屬於樂人之器，及這件器又是陶土制作，因此將「土蠱」釋為鎮墓獸當不可信。

七、引用書目

一、原典文獻

1. 漢・司馬遷撰、宋・裴駰集解、唐・司馬貞索隱・唐、張守節正義：《史記》，北京：中華書局，2013。
2. 南朝宋・范曄撰，唐・李賢注：《後漢書》，北京：中華書局，2010。
3. 宋・洪興祖：《楚辭補注》，南京：鳳凰出版社，2007。
4. 宋・李昉：《太平御覽》，台北：台灣商務印書館，1999。
5. 清・王先謙：《荀子集解》，北京：中華書局，2010。

二、近人論著
（一）專　書

1. 丁蘭：《湖北地區楚墓分區研究》，北京：民族出版社，2006.8。
2. 中國社會科學院考古研究所編：《江陵雨台山楚墓》，北京：文物出版社，1984。
3. 王小盾：《中國早期思想與符號研究──關於四神的起源及其體系形成》，上海：上海人民出版社，2008。
4. 王利器：《風俗通義校注》，北京：中華書局，2010。
5. 王振華：《商周青銅兵器》，古越閣藏，台北：古越閣，1993。
6. 王根元、黃益元、曹光甫等校：《漢魏六朝筆記小說大觀》，上海：上海古籍，1999，頁 50～51。
7. 王政：《戰國前考古學文化譜系與類型的藝術美學研》，合肥：安徽大學出版社，2006。
8. （日）丹波康賴編、沈澍農等校注：《醫心方校釋》，北京：學苑出版社，2001。

9. 成都華通博物館、荊州博物館編：《楚風漢韻——荊州出土楚漢文物集萃》，北京：文物出版社，2011。

10. 李立：《漢墓神畫研究——神話與神話藝術精神的考察與分析》，上海：上海古籍2004。

11. 河南省文物研究所，《信陽楚墓》，北京：文物出版社，1986。

12. 河南省文物考古研究所：《固始侯古堆一號墓》，鄭州：大象出版社，2004。

13. 河南省文物考古研究所：《淅川和尚嶺與徐家嶺楚墓》，鄭州：大象出版社，2004。

14. 法國國家圖書館、上海古籍出版社編：《法國國家圖書館藏敦煌西域文獻》（第十七冊），上海：上海古籍出版社，2001。

15. 武漢大學簡帛研究中心、河南省文物考古研究所編著：《楚地出土戰國簡冊合集》（二），北京：文物出版社，2013。

16. 胡雅麗：《尊龍尚鳳——楚人的信仰禮俗》，武漢：湖北教育出版社，2003。

17. 徐廣才：《考古發現與《楚辭》校讀》，北京：線裝書局，2009。

18. 袁珂：《山海經校注》，成都：巴蜀書社，1993。

19. 高亨：《古字通假會典》，濟南：齊魯書社，1997。

20. 崔富章、李大明主編：《楚辭集校集釋》，武漢：湖北教育，2003。

21. 陳偉主編：《楚地出土戰國簡冊〔十四種〕》，北京：經濟科學，2009。

22. 郭德維：《楚系墓葬研究》，武漢：湖北教育，1995.7。

23. 商承祚：《長沙古物聞見記　續記》，北京：中華，1996。

24. 郭錫良：《漢字古音手冊》（增訂本），北京：商務印書館，2010.8。

25. 淅川縣博物館編著：《淅川楚國青銅器精粹》，鄭州：中州古籍，2013.8。

26. 湖北省荊沙鐵路考古隊：《包山楚墓》，北京：文物出版社，1991.10。

27. 湖北省荊州博物館：《荊州天星觀二號楚墓》，北京：文物出版社，2003.9。

28. 湖北省文物考古研究所：《江陵望山沙塚楚墓》，北京：文物出版社，1996.4。

29. 湖北省文物考古研究所：《曾國青銅器》，北京：文物出版社，2007.7。

30. 湖北省文物考古研究所、荊門市博物館：《荊門羅坡崗與子陵崗》，北京：科學出版社，2004.11。

31. 湖南省博物館、中國科學院考古研究所編：《長沙馬王堆一號漢墓》，北京：文物出版社，1973.10。

32. 湖南省博物館、湖南省文物考古研究所編：《長沙馬王堆二、三號漢墓》（第一卷田野考古發掘報告），北京：文物，2004.7。

33. 楊式昭：《青秋楚系青銅器轉型風格之研究》，台北：國立歷史博物館，2005.12。

34. 新鄭鄭公大墓青銅器編輯委員會編輯，《新鄭鄭公大墓青銅器》，台北：國立歷史博物館，2001。

35. 睡虎地秦墓整理小組：《睡虎地秦墓竹簡》，北京：文物出版社，1990。

36. 劉國勝：《楚喪葬簡牘集釋》，北京：科學出版社，2011。

37. 劉樂賢:《睡虎地秦簡日書研究》,台北:文津,1994。

38. 聶菲:《湖南楚漢漆木器研究》,長沙:岳麓書社,2013.10。

39. 饒宗頤:《雲夢睡虎地秦簡日書研究》,《楚地出土文獻三種研究》,北京:中華書局,1993,頁405~522。

(二)單篇暨學位論文

1. 丁蘭:〈試論楚式「鎮墓獸」與東周時期楚民族的巫文化〉,《中南民族大學學報》(人文社會科學版)28.3(2008.5),頁151~154。

2. 丁蘭:〈楚式「鎮墓獸」的象徵意義及其稱名的商榷〉,《楚文化研究論集》(第八集),鄭州:大象,2009.9,頁411~421。

3. 丁蘭:〈楚式「鎮墓獸」特徵綜論〉,《江漢考古》2010.1,頁99。

4. 丁蘭:〈楚式「鎮墓獸」與現代牌位關係考〉,《群文天地》2011.3,頁106。

5. 王子今:〈「鎮墓獸」原始〉,《尋根》1999.6,頁6~11。

6. 王子今:〈秦漢鎮墓方式及其意識背景〉,《秦漢社會意識研究》,北京:商務印書館,2012,頁384~399。

7. 王瑞明,〈「鎮墓獸」考〉,《文物》1979.6,頁85~87。

8. 王崇順、王厚宇:〈淮陰高莊戰國墓銅器圖像考釋〉,《淮陰高莊戰國墓》,北京:文物,2009,頁218~228。

9. 方輝:〈春秋時期方座形銅器的定名與用途〉,《海岱地區青銅時代考古》,濟南:山東大學出版社,2007,頁440~452。

10. 田河:《出土戰國遣冊所記名物分類匯釋》,長春:吉林大學古籍研究所博士論文,2007。

11. 甘肅省博物館:〈甘肅武威磨嘴子漢墓發掘〉,《考古》1960.9,頁15~28。

12. (日)吉村苣子:〈楚墓鎮墓獸的產生和展開〉,《南京藝術學院學報》(美術及設計版1997.3,頁26~30。

13. (日)吉村苣子:〈楚墓鎮墓獸的產生和展開(續)〉,《南京藝術學院學報》(美術及設計版)1997.4,頁26~30。

14. 吳榮曾:〈戰國漢代的操蛇神怪及有關神話迷信的變異〉,《先秦兩漢史研究》,北京:中華書局,1995,頁347~361。

15. 吳宜瑾:〈試論楚墓鎮墓獸的功能〉,《美與時代(上)》2012.6,頁44~46。

16. 李零:〈說中國古代的鎮墓獸,兼及何家村銀盤上的怪鳥紋和宋陵石屏〉,《入山與出塞》,北京:文物,2004,頁148~164。

17. 李家浩:〈冄鐘銘文考釋〉,《著名中年語言學家自選集·李家浩卷》,合肥:安徽教育出版社,2002,頁64~81。

18. 李學勤:〈台北古越閣所藏青銅器叢談〉,《四海尋珍──流散文物的鑒定和研究》,北京:清華大學,1998,頁120~180。

19. 李峰:〈鎮墓俑「鎮墓驅邪」功能新探〉,《長春工程學院學報》(社會科學版)14

卷 4 期（2013），頁 109～112。

20. 宋華強：〈淅川和尚嶺「鎮墓獸座」銘文小考〉，武漢大學簡帛網 2011.3.28 日首發，http://www.bsm.org.cn/show_article.php?id=1425。

21. 肖嵐：《楚國漆器「鎮墓獸」的形制演變與辯意》，上海：華東師範大學碩士論文，2008。

22. 呂曉雯：《楚國「鎮墓獸」的觀賞性解析》，南京：南京藝術學院碩士論文，2005。

23. 河南省文物考古研究所：〈河南鞏義市倉西戰國漢晉墓〉，《考古學報》1995.3，頁 365～393。

24. 邱東聯：〈「鎮墓獸」辨考〉，《江漢考古》1994.2，頁 54～59。

25. 松崎權子著，陳洪譯：〈關于戰國時期楚國的木俑與鎮墓獸〉，《文博》1995.1，頁 20～31。

26. 房振三：《信陽楚簡文字研究》，合肥：安徽大學漢語言文字學碩士論文，2003。

27. 周世榮：〈馬王堆漢墓的「神祇圖」帛畫〉，《考古》1990.10，頁 925～928。

28. 周玫：〈戰國楚墓出土漆「鎮墓獸」的圖像學研究〉，《文博》2007.6，頁 68～73。

29. 胡美芳：〈鎮墓獸的命名〉，《藝海》2010.12，頁 122。

30. 胡美芳：〈探討鎮墓獸的形制演變規律〉，《藝術教育》2011.3，頁 159～160。

31. 范常喜：《《信陽楚簡》遣冊所記編鐘、鐘槌名新釋〉，《出土文獻名物考》（北京：

32. 中華書局，2022 年），頁 60～68。

33. 胡雅麗：〈九連墩 1、2 號墓綜述〉，《九連墩——長江中游的楚國貴族大墓》，北京：文物出版社，2007，頁 17～20。

34. 徐中舒：〈古代狩獵圖像考〉，《徐中舒歷史論文選輯》，北京：中華書局，1998，頁 225～293。

35. 徐美玲：〈楚國「鎮墓獸」與喪葬文化〉，《文教資料》2010，頁 89～90。

36. 袁朝、李儒勝：〈「鎮墓獸」源流考〉，《中南民族大學學報》（人文社會科學版）25.3（2005.5），頁 147～150。

37. 孫作雲：〈信陽戰國楚墓——兼論「鎮墓獸」及其他〉，《美術考古與民俗研究》，開封：河南大學出版社，2003，頁 103～113。

38. 孫作雲：〈馬王堆一號漢墓漆棺畫考釋〉，《美術考古與民俗研究》，開封：河南大學出版社，2003，頁 130～143。

39. 孫紅梅：〈中原地區鎮墓獸藝術造型探源〉，《華夏考古》2002.3，頁 78～82。

40. 耿華玲：〈楚「鎮墓獸」的源起與楚國族類〉，《衡陽師範學院學報》2007.8，頁 91～96。

41. 高崇文：〈楚「鎮墓獸」為「祖重」解〉，《文物》2008.9，頁 54～60。

42. 陳松長：〈馬王堆三號漢墓「車馬儀仗圖」試說〉，《簡帛研究文稿》，北京：線裝書局，2008，頁 373～384。

43. 陳亮：〈漢代墓葬門區符籙與陰陽別氣觀念研究〉，《中國漢畫研究》，（第三卷），

桂林：廣西師範大學，2010，頁 168～205。

44. 陳振裕：〈略論鎮墓獸的用途和名稱〉，《楚文化與漆器研究》，北京：科學，2003，頁 497～508。

45. 陳躍均、院文清：〈「鎮墓獸」略考〉，《江漢考古》1983.3，頁 63～67。

46. 張成：《魏晉鎮墓獸俑分期研究》，北京：中央民族大學考古學及博物館學碩士論文，2010。

47. 張如栩：《長沙馬王堆三號漢墓遣策研究》，鄭州：鄭州大學中國古代史碩士學位，2011。

48. 張君：〈論楚國神秘器物鎮墓獸的文化涵義〉，《東南文化》1992.2，頁 60～73。

49. 張興國：〈楚墓中的鎮墓獸〉，《湖南考古輯刊》（第 8 集），長沙：岳麓書社，2009，頁 192～200。

50. 郭德維：〈楚墓出土虎座飛鳥初釋〉，《江漢論壇》1980.5，頁 97，後又收入《楚史·楚文化研究》，武漢：湖北人民，2013.3，頁 139～140。

51. 連劭名：〈馬王堆帛畫《太一避兵圖》與南方楚墓中的鎮墓神〉，《南方文物》1997.2，頁 109～110。

52. 傅喻：〈鎮墓獸的歷史流變〉，《文史雜誌》1993.1，頁 28～30。

53. 湖南省博物館：〈湖南湘鄉牛形山一、二號大型戰國木槨墓〉，《文物資料叢刊》（3）（1980），頁 98～112。

54. 彭浩：〈「鎮墓獸」新解〉，《江漢考古》1988.2，頁 66～68。

55. 彭德：〈楚墓「兵主」考〉，《楚文藝論集》，武漢：湖北美術，1991.12，頁 191～206。

56. 黃儒宣：〈馬王堆《辟兵圖》研究〉，《中央研究院歷史語言研究所集刊》85.2（2014.6），頁 167～208。

57. 黃瑩：〈楚式鎮墓獸鹿角研究〉，《江漢論壇》2009.12，頁 71～76。

58. 黃瑩：〈虎座飛鳥形象功能分析〉，《楚文化研究論集》（第十集），武漢：湖北美術出版社，2011.10，頁 495～510。

59. 黃瑩：〈楚文化中鹿形象的文化考釋〉，《楚學論叢》，第三輯）（武漢：湖北人民，2014.3），頁 217～248。

60. 湯炳正：〈曾侯乙墓的棺畫與《招魂》中的「土伯」〉，《屈賦新探》（修訂版），北京：華齡出版社，2010，頁 217～224。

61. 楊怡：〈楚式鎮墓獸的式微和漢俑的興起——解析秦漢靈魂觀的轉變〉，《考古與文物》2004.1，頁 54～60。

62. 楊寬：〈長沙出土的木雕怪神像〉，《楊寬古史論文選集》，上海：上海人民出版社，2003，頁 410～413。

63. 鄒芙都：〈楚器「鎮墓獸」形制內涵探源〉，《湖南大學學報》（社會科學版）17.1（2003.1），頁 24～26。

64. 裘錫圭：〈再談古文獻以「埶」表「設」〉，《先秦兩漢古籍國際學術研討會論文集》，北京：社會科學文獻出版社，2011，頁 1～13，後又收入《裘錫圭學術文集》（語言文字與古文獻卷），上海：復旦大學，2012，頁 484～495。

65. 趙平安：〈河南淅川和尚嶺所出鎮墓獸銘文和秦漢簡中的宛奇〉，《新出簡帛與古文字古文獻研究》，北京：商務印書館，2009，頁 317～325。

66. 賓娟：〈吐舌狀鎮墓獸及其文化意義的探討〉，《四川文物》2013.6，頁 46～56。

67. 劉玉生、王衛國：〈土伯新探〉，《楚文化研究論集》（第四集），鄭州：河南人民出版社，1994，頁 628～636。

68. 劉釗：〈虎形枕與「多鬼夢」〉，《出土簡帛文字叢考》，台北：台灣古籍，2004，頁 213～216。

69. 劉思亮：〈說「土螻」〉，《出土文獻》2022 年第 1 期（2022 年 3 月），頁 69～75。

70. 劉源：〈殷墟「虎首人身」石雕像和「彊良」〉，《殷墟與商文化——殷墟科學發掘 80 周年紀念文集》，北京：科學出版社，2011，頁 171～176。

71. 劉增貴：〈門戶與中國古代社會〉，《中央研究院歷史語言研究所集刊》68.4（1997），頁 817～897。

72. 潘佳紅：〈小議「鎮墓獸」——與〈「鎮墓獸」意義辨〉一文商榷〉，《江漢考古》1992.2，頁 82～83。

73. 潘茂輝：〈也說楚式「鎮墓獸」〉，《湖南省博物館館刊》（第七輯）（2010），頁 278～284。

74. 蔣衛東：〈「鎮墓獸」意義辨〉，《江漢考古》1991.2，頁 40～44。

75. 鄭曙斌：〈楚墓帛畫、鎮墓獸的魂魄觀念〉，《江漢考古》1996.1，頁 81～85。

76. 韓建武：〈鎮墓獸考〉，《華夏文化》1999.3，頁 57～58。

77. 顧丞峰：〈鎮墓俑獸形制演變析〉，《楚文藝論集》，武漢：湖北美術，1991.12，頁 165～177。

附表一　春秋戰國漢初時代鎮墓器分期分類表

模糊型、祖型				
1	2	3	4	5

1. 當陽趙巷楚墓 M4（春秋中期偏晚）　4. 棗林崗楚墓 M176（春秋晚期早段）
2. 當陽曹家崗楚墓 M5（春秋晚期）　5. 棗林崗楚墓 M175（春秋晚期早段）
3. 棗林崗楚墓 M146（春秋晚期早段）

獸頭形 A			獸頭形 B		
6	7	8	9	10	11

6. 長沙瀏城橋 M89 號墓（戰國早期前段）　9. 信陽楚墓 M1（戰國早期）
7. 棗林崗楚墓 M99（戰國早期晚段）　10. 信陽楚墓 M2（戰國早期）
8. 九店楚墓 M244（戰國早期晚段）　11. 余崗楚墓 M134（戰國早期前段）

雙頭鎮墓獸	面部圓弧形	
12	13	14

12. 長沙留芳嶺 M109（戰國早期後段）　13. 九店楚墓 M254（戰國早期早段）
14. 江陵雨台山楚墓 M142（戰國早期）

獸頭形					
15	16	17	20	21	22

春秋中期 春秋晚期　戰國早期　戰國中期

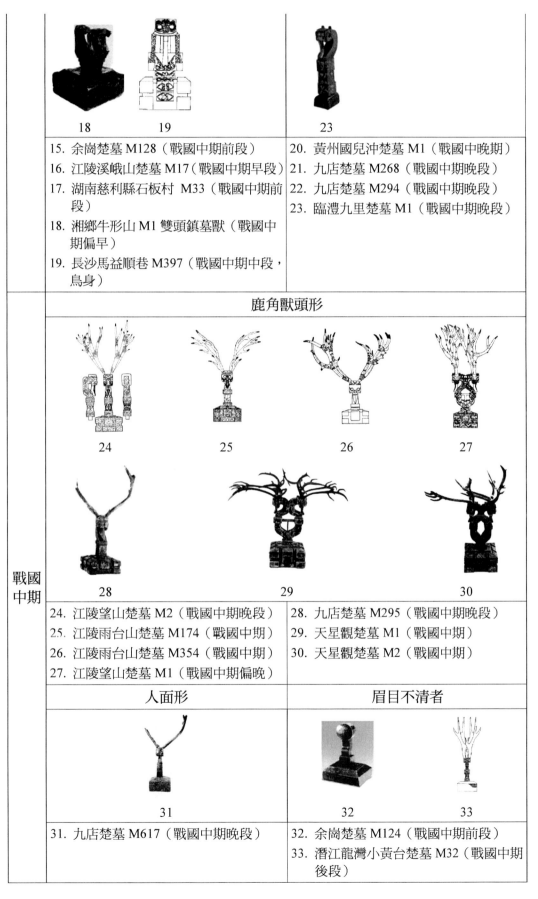

18　　　　　19	23
15. 余崗楚墓 M128（戰國中期前段） 16. 江陵溪峨山楚墓 M17（戰國中期早段） 17. 湖南慈利縣石板村 M33（戰國中期前段） 18. 湘鄉牛形山 M1 雙頭鎮墓獸（戰國中期偏早） 19. 長沙馬益順巷 M397（戰國中期中段，鳥身）	20. 黃州國兒沖楚墓 M1（戰國中晚期） 21. 九店楚墓 M268（戰國中期晚段） 22. 九店楚墓 M294（戰國中期晚段） 23. 臨澧九里楚墓 M1（戰國中期晚段）

鹿角獸頭形

24	25	26	27

28	29	30

24. 江陵望山楚墓 M2（戰國中期晚段） 25. 江陵雨台山楚墓 M174（戰國中期） 26. 江陵雨台山楚墓 M354（戰國中期） 27. 江陵望山楚墓 M1（戰國中期偏晚）	28. 九店楚墓 M295（戰國中期晚段） 29. 天星觀楚墓 M1（戰國中期） 30. 天星觀楚墓 M2（戰國中期）

人面形	**眉目不清者**
31	32　　　　　33
31. 九店楚墓 M617（戰國中期晚段）	32. 余崗楚墓 M124（戰國中期前段） 33. 潛江龍灣小黃台楚墓 M32（戰國中期後段）

戰國中期

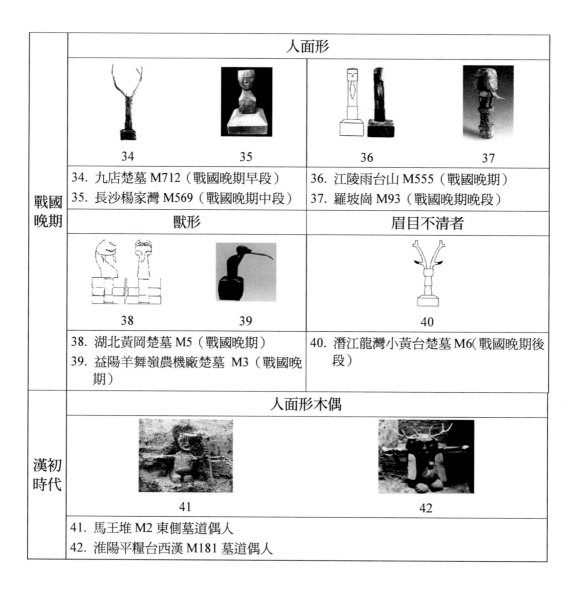

人面形			
34	35	36	37
34. 九店楚墓 M712（戰國晚期早段） 35. 長沙楊家灣 M569（戰國晚期中段）		36. 江陵雨台山 M555（戰國晚期） 37. 羅坡崗 M93（戰國晚期晚段）	
獸形		眉目不清者	
38	39	40	
38. 湖北黃岡楚墓 M5（戰國晚期） 39. 益陽羊舞嶺農機廠楚墓 M3（戰國晚期）		40. 潛江龍灣小黃台楚墓 M6（戰國晚期後段）	
人面形木偶			
41		42	
41. 馬王堆 M2 東側墓道偶人 42. 淮陽平糧台西漢 M181 墓道偶人			

戰國晚期（左欄）
漢初時代（左欄）

附表二　近代學者對鎮墓獸說法一覽表（出處見引用書目）

甲、辟邪說		
學者姓名	鎮墓獸性質簡述	鎮墓獸形象
陳躍均、院文清	求地神保佑，鎮妖辟邪。	土伯
蔣衛東	面對凶魂，產生鎮懾作用。	祛禳鬼魂的神
傅喻	鎮壓墓中鬼怪，保護死者安靈。	地神土伯
劉玉生、王衛國	鎮墓獸的造型與作用與土伯極為密切相關。	土伯
鄭曙斌	安魄。頭上鹿角有驅趕鬼魅，保護死者形魄的靈性。	
楊寬	保護死者的魂魄。	方相、魌頭
黃瑩	鎮墓辟邪，驅蛇辟邪。	鎮墓神
趙平安	食鬼之神，保護墳墓和死者。	宛奇
張興國	鎮墓辟邪，保護死者體魄。	宛奇
胡美芳	守護墓主、鎮墓辟邪。	土伯
韓建武	驅祟避邪。	
袁朝、李儒勝	保護亡靈在地下的安全幸福。	墳羊
吳宜瑾	鎮墓守衛，防範土中動物侵害，又保護死者靈魂不被鬼魅侵擾。	
李峰	為死者及其亡魂辟邪壓勝、驅邪鎮墓之物。	
乙、引魂升天說		
學者姓名	鎮墓獸性質簡述	鎮墓獸形象
彭浩	引導死者靈魂升天。	龍
陳振裕	引魂升天。	鹿、龍、怪獸等形象的變幻
胡雅麗	溝通天地，引墓主人魂氣升天。	龍
楊怡	使靈魂飛升成仙的承載者。	
王政	返祖轉生或升天登遐。	
丁蘭	是楚國巫覡們死後魂升天界的法器。	
肖嵐	負載墓主靈魂升天的龍形獸。	龍
徐美玲	把死者引向陰間道路。	巫覡
丙、辟邪，同時具有引魂升天其他作用		
學者姓名	論點簡述	鎮墓獸形象
張君	生命之神，龍的造像。	
潘佳紅	禦凶、吉祥並保祐亡靈。	靈獸
邱東聯	鎮妖避邪，祝吉化凶，引導亡靈升入天界或地界。	巫覡

（日）吉村苣子	戰國中期以前：守護死者，引導死者走向彼岸。 戰國中期後段：主要起到擔當守護墓主的角色。	
孫紅梅	防止魍魎鬼怪對墓主靈魂的侵害，也有嚇唬盜墓賊的作用。	
鄒芙都	鎮墓辟邪和引魂升天。	
呂曉雯	辟邪，且達到通天的目的。	
潘茂輝	驅趕妖魔鬼怪，使形魄入地，靈魂升天的法器。	

丁、其他		
學者姓名	鎮墓獸性質簡述	鎮墓獸形象
柯克思	山貓。	山貓
王瑞明	期得到安息。	山神
彭德	威攝和殺戮的象徵。	兵主—蚩尤
顧丞峰	食蛇鎮墓獸為黑人形象。	黑人
吳榮曾	操蛇神怪	操蛇神怪
松崎權子	墓中守候死者，兼巫祝職能。	鎮墓神
周玫	溝通天地人神的巫術功能。	巫術意義的法器
耿華玲	複合形象，是人們創造、加工的產物。	黑人
高崇文	為生人賜福解禍。	祖重的象徵
王子今	恐嚇盜墓者。	
賓娟	死而復生之巫術儀式的折射。	

清華柒《越公其事》第八章通釋

高佑仁

國立成功大學中國文學系副教授

作者簡介

　　高佑仁，成功大學文學博士，現為該校中文系副教授，研究領域為出土文獻、古文字。著作有《清華伍書類文獻研究》、《上海博物館藏戰國楚竹書（九）讀本》（與季旭昇師合撰）、《上博楚簡莊、平、靈三王研究》、《上海博物館藏戰國楚竹書（四）曹沫之陣研究》，以及期刊、研討會論文數十篇。

提　要

　　《越公其事》收錄於《清華大學藏戰國竹簡》的第柒輯，全篇共計75簡，分成十一章，內容敘述勾踐敗逃至會稽山麓，最後勵精圖治，消滅吳國的整個過程。勾踐戰敗後，先是使民休養生息，之後著手規劃「五政」。第八章即聚焦「五政」中的第四政──「好兵」展開論述。在農業發展、市場規劃、人口數量均達到一定水準後，勾踐重視五兵之「利」，將兵器放在身邊，日夜婆娑鑽研，與大臣論省如何讓兵甲更為堅固。上行下效，最終讓整個越國擁有大量器械鎧甲，成為消滅吳國最堅實的後盾。

　　本論文聚焦於《越公其事》第八章之通篇考釋，包括文字構形、詞義訓詁、文意串講等，企盼能對文本的通讀能有所裨益。

一、前　言

　　《越公其事》收錄於《清華大學藏戰國竹簡》的第柒輯，全篇共計 75 簡，分成十一章，內容敘述勾踐敗逃至會稽山麓，最後勵精圖治，消滅吳國的整個過程。勾踐戰敗後，先是使民休養生息，之後著手規劃「五政」。第八章即聚焦「五政」中的第四政——「好兵」展開論述。在農業發展、市場規劃、人口數量均達到一定水準後，勾踐重視五兵之「利」，將兵器放在身邊，日夜婆娑鑽研，與大臣論省如何讓兵甲更為堅固。上行下效，最終讓整個越國擁有大量器械鎧甲，成為消滅吳國最堅實的後盾。

　　本論文聚焦於《越公其事》第八章之通篇考釋，包括文字構形、詞義訓詁、文意串講等，企盼能對文本的通讀有所裨益。

二、《越公其事》第八章總釋文

　　雫（越）邦皆備（服）陞（徵）人〔1〕，多人，王乃好兵〔2〕。凡五兵之利〔3〕，王日忨（玩）之〔4〕，居者（諸）左右〔5〕；凡金革之攻〔6〕，王日侖（侖-論）賸（省）【五〇】亓（其）事〔7〕，以訽（問）五兵之利〔8〕。王乃歸（？）㠯（使）人情（省）訽（問）羣大臣及鄩（邊）鄡（縣）成（城）市之多兵、亡（無）兵者〔9〕，王則眡=（必視）〔10〕。隹（唯）多【五一】兵、亡（無）兵者是戠（察），畐（問）于左右〔11〕。與（舉）雫（越）邦爭=（至于）鄩（邊）還（縣）成（城）市乃皆好兵甲〔12〕，雫（越）邦乃大多兵。〔13〕【五二】

【語譯】

　　越國重視招來人民後，人口增益，勾踐開始重視軍事。凡是兵器的銳利，勾踐日夜鑽研，把兵器放在身邊。凡是器械裝備的堅固，勾踐日夜與大臣討論這些事務，訊問大臣兵器的銳利。王親自派遣使者請問大臣及邊線城市是否擁有軍隊，勾踐則親自檢視。惟有無兵器是查，並以此訊問身邊大臣。整個越國從邊縣到城市都擁有器械鎧甲，越國大大地增加兵力。

三、考　釋

〔1〕雪（越）邦皆備（服）陞（徵）人

雪	邦	皆	備	陞	人
雪	邦	皆	備	陞	人

　　滕勝霖（201905）：「服」，實行。《逸周書・武穆》：「明義倡爾眾教之以服」，朱右曾集訓校釋：「服，行也。」〔註1〕

　　王青（201910）：依古無輕唇音之例，「備」可讀為「服」，但備之意仍然是存在的。如《左傳》桓公六年「粢盛豐備」、《唐虞之道》第3簡「聖道備嘻」，等皆為齊備之義，不可改用「服」之義。此簡文意謂皆擁有那些向善之人，因東夷等歸化之人故而有眾多的人。〔註2〕

　　江秋貞（202007）：第八章開頭「雪邦備陞人，多人，王乃好兵」和第六章、第七章開頭一致的寫法。「雪邦備陞人」的「備」如第六、七章一樣，如字讀即可，均為「皆盡」之意。「陞」讀為「登」，「越邦盡登人，多人，王乃好兵」，意即「越邦皆盡完成增力人口的措施後，人口愈來愈多，越王於是喜好兵事」。〔註3〕

　　佑仁謹案：

　　（一）備（服）

　　《越公其釋》的「備」均應讀作「服」，但依據上下文例的差異，有三種不同義項，如下：

義　項	用　例	吳越爭霸相關文獻
（一）服事、服從	▲簡6：齊滕同心，以臣事吳，男女備（服）。 ▲簡25：越王乃盟，男女備（服），師乃還。 ▲簡61-62：王卒既備（服）舟	▲《國語・吳語》：「今天降衷於吳，齊師受服。」 ▲《國語・吳語》：「越國南則楚，西則晉，北則齊，春秋皮幣、玉帛、子女以賓服焉」

〔註1〕滕勝霖：《《清華大學藏戰國竹簡（柒）》集釋及相關問題研究》（重慶：西南大學碩士論文，2019），頁345～346。

〔註2〕王青：〈清華簡《越公其事》補釋〉，收入華東師範大學歷史學系編：《出土文獻與商周社會學術研討會會議論文集》（上海：華東師範大學歷史學系，2019），頁330。

〔註3〕江秋貞：《《清華大學藏戰國竹簡（柒）・越公其事》考釋》（臺北：臺灣師範大學博士論文，2020），頁521。

	乘既成 ▲簡71：孤請成，男女備（服）	▲《國語‧吳語》：「孤敢請成，男女 服為臣御。」 ▲《越絕書》：「吳王曰：『我卑服越， 有其社稷。句踐既服為臣，為我駕 舍，卻行馬前，諸侯莫不聞知。』」
（二）衣服、 服飾	▲簡55：糪（唯）位之宀（次） 尻、備（服）飾、羣物品采 之侃（愆）于故常。	▲《國語‧越語上》：「美其服，飽其 食」
（三）從事、 致力、講究	▲簡37：越邦備（服）農多食 ▲簡44：越邦備（服）信，王 乃好徵人。 ▲簡50：越邦皆備（服）徵人、 多人，王乃好兵。	▲《吳越春秋》：「越王服誠行仁」 ▲《中山王鼎》「越人修教備信」

以上三類「服」字，第一類是指服事、服從，表示服從而願為某人做事，第二類是讀為「服飾」之｛服｝，以上兩種「服」的用法爭議不大，真正的問題見於第三類「服」字。

第三類「服」字，均為「五政」的範圍，用法應該一致看待。原整理者認為「備（服）農」猶「服田」，此說固能解釋本條，但無法套用在「服信」、「服徵人」、「服舟」等條。子居與江秋貞把「備」訓為「皆」，但第8章云「越邦皆備徵人」，內容已有「皆」字，再把「備」理解成為「皆」，語意便重複了。把此「備」理解為具備、完備之｛備｝，意思也與「皆」相近，會遇到同樣的問題。

因此筆者支持第三種用法的「服」，簡文應理解為從事、致力之義，「備（服）農多食」指越國致力於農業故糧食充分，「備（服）信，王乃好徵人。」指越人講究信用，於是王開始積極招徠人民。「越邦皆備（服）徵人、多人，王乃好兵」是指越國已致力於招徠人才，因此人口眾多，越王開始積極軍事訓練。中山王鼎「越人修教備（服）信」，其「備（服）」也當是此種意涵。

（二）徵人

「徵人」見於第七章，原整理者讀為「徵人」，類同《商君書》之「徠民」〔註4〕。王進鋒讀為「升」〔註5〕，子居讀為「登人」〔註6〕，滕勝霖認為「徵

〔註4〕 李學勤主編：《清華大學藏戰國竹簡（柒）》（上海：中西書局，2017），頁137。
〔註5〕 王進鋒：〈周代的縣與越縣——由清華簡〈越公其事〉中的相關內容引發的討論〉，收入香港浸會大學饒宗頤國學院、澳門大學中國語言文學系、清華大學出土文獻研究與保護中心編：《《清華簡》國際會議論文集》（香港：香港浸會大學饒宗頤國學院、澳門：澳門大學中國語言文學系，2017），頁69。
〔註6〕 子居：〈清華簡七《越公其事》第七、第八章解析〉，中國先秦史網站，2018年8月

人」與文獻中「徵民」不同〔註7〕，江秋貞認為「登人」即「增加人口數」的意思〔註8〕。

筆者贊同原整理者的讀法，《商君書‧徠民》的中心思想是鼓勵人民移入秦國，這點和《越公其事》的思想是接近的，清華陸《子產》簡13：「有以徠民」，義同。

子居讀為「登人」，並引《周禮‧秋官司寇‧司民》「司民掌登萬民之數」，鄭玄注「登，上也。」此處的「登萬民之數」是指彙整人口數量，並且往上呈報，乃國家對於人口數量進行普查，與《越公其事》徵徠其他國家人民的內涵是不同的。

江秋貞讀作「登人」，訓為「增加人口數」，「登」確實有「增加」之意，但是「增加人口」，最容易讓人想到的是靠已有人口的自體繁衍來進行，但第七章之內容卻完全不涉及婦女生育問題，可見此處不應讀為「登人」。

筆者認為《越公其事》所謂的「徵民」，並非單純「增加人口」的概念（欲人口增加可以鼓勵越人生產，繁衍後代），而是利用與他國接壤的邊境城市或聚落，依據越國的多食、好信等有利條件，而使他國人民「乃波徑（往）遝（歸）之，雪（越）陞（地）乃大多人」，而是使鄰近國家的人民前來歸慕，壯大國家。則「陞人」一詞還是理解為（從邊境）招徠人口，可能會更符合《越公其事》的原意。《商君書‧徠民》「今以草茅之地，徠三晉之民，而使之事本。此其損敵也，與戰勝同實，而秦得之以為粟，此反行兩登之計也。」把敵國人民招來我國，相形之下，彼消我長，敵減我增。我國人力變多，敵國人力變少，一往一來，效果加倍，可見勾踐重視「徵人」的原因。

〔2〕多人，王乃好兵。

多	人	王	乃	好	兵
多	人	王	乃	好	兵

4日（2021年5月10日上網）。

〔註7〕滕勝霖：《《清華大學藏戰國竹簡（柒）》集釋及相關問題研究》（重慶：西南大學碩士論文，2019），頁326。

〔註8〕江秋貞：《《清華大學藏戰國竹簡（柒）‧越公其事》考釋》（臺北：臺灣師範大學博士論文，2020），頁463。

佑仁謹案：

簡文「王乃好兵」，「兵」是本章施政的重點。不過「兵」在古籍中有多種意涵，小到具體的兵器，大到抽象的戰爭、戰法，且套到簡文中，好像也都能說得通，因此簡文「王乃好兵」的「兵」該如何詮解，是無法迴避的問題。

首先，古籍中的「兵」至少有以下幾種義項：

（一）「兵」的本義是兵器

《韓非子‧內儲說下》云：「無極教宛曰：『令尹甚傲而好兵，子必謹敬，先亟陳兵堂下及門庭。』此處的「兵」指兵器。

（二）「兵」可指軍事、軍隊

《列子‧說符》云：「魯施氏有二子，其一好學，其一好兵。……好兵者之楚，以法干楚王。」「兵」與「學」（學問）相對，則當指軍事。

（三）「兵」可指戰爭

《史記‧衛康叔世家》：「十八年，州吁長，好兵，莊公使將。石碏諫莊公曰：『庶子好兵，使將，亂自此起。』」

《晏子春秋》：「不好鐘鼓，好兵作武。」

《漢書‧荊燕吳傳》：「聞膠西王勇，好兵，諸侯皆畏憚。」

《晏子春秋‧問篇‧景公問古者離散其民如何晏子對以今聞公令如寇讎》：「好辯以為忠，流湎而忘國，好兵而忘民」

上述用法均指戰爭。

（四）「兵」可指兵法

《戰國策‧趙策‧鄭同北見趙王》：「鄭同曰：『臣南方草鄙之人也，何足問？雖然，王致之於前，安敢不對乎？臣少之時，親嘗教以兵。』趙王曰：『寡人不好兵。』」此處的「兵」指兵法。

如上所述，兵器、軍隊、戰爭、兵法等意涵都可以作為「兵」的解釋，只是其廣狹有別，簡文的「兵」到底應廣義的解為軍隊、戰爭，還是狹義地解為兵器呢？綜合來說，筆者認為簡文「王乃好兵」的「兵」，解釋為「兵器」是最好的選項。此乃基於以下幾點理由：

（一）《越公其事》的「五政」以五個章節來論述，各章開頭常標舉王的施政目標，中間經過各種做為與努力，最後則以達到目標做為結尾。例如第五章開頭說「王好農功」，最後則云「越邦乃大多食」；第六章開頭說「王乃好信，

乃修市政」，最後則云「舉越邦乃皆好信」，第七章開頭說「王乃好徵人」，最後則云「越地乃大多人。」第九章開頭說「王乃敕民、修令、審刑。」最後則云「民乃敕齊。」結構非常一致。本章先敘述越國在人口眾多後，勾踐開始「好兵」，而結尾則云「舉越邦至于邊縣城市乃皆好兵甲」，則「好兵」顯然當與「好兵甲」等量齊觀，則「兵」當理解為兵器無疑。

（二）古籍的記載對於詮解簡文亦有所幫助，《國語‧吳語》云：「今越王句踐恐懼而改其謀，舍其愆令，輕其征賦，施民所善，去民所惡，身自約也，裕其眾庶，其民殷眾，以多甲兵。」這段話有好幾處關鍵字能扣合「五政」主題，例如「輕其征賦，施民所善」合於「王乃好信，乃修市政。」（第六章）、「政薄而好信」（第七章），「裕其眾庶，其民殷眾」合於「越地乃大多人」（第八章），而「以多甲兵」一句則與本章「乃皆好兵甲」、「越邦乃大多兵」契合，可見「兵」應該是指兵器。

依據《越絕書》的記載，勾踐曾向文種詢問討伐吳國的方法，文種提出「九術」（九種方法），其中「九曰『堅厲甲兵，以承其弊』」，磨勵兵器堅固盾甲，其說法與本章主旨相合。

〔3〕凡五兵之利

凡	五	兵	之	利

原整理者（201704）：五兵，《周禮‧司兵》「掌五兵、五盾」，鄭玄注引鄭司農云：「五兵者，戈、殳、戟、酋矛、夷矛。」此指車之五兵。步卒之五兵，則無夷矛而有弓矢，見《司兵》鄭玄注。〔註9〕

子居（20180804）：由《國語‧吳語》：「越王乃中分其師以為左右軍，以其私卒君子六千人為中軍。明日將舟戰于江。」《國語‧越語上》：「子胥諫曰：不可。夫吳之與越也，仇讎敵戰之國也。三江環之，民無所移，有吳則無越，有越則無吳，將不可改於是矣。員聞之，陸人居陸，水人居水。夫上黨之國，我攻而勝之，吾不能居其地，不能乘其車。夫越國，吾攻而勝之，吾能居其地，吾能乘其舟。」《墨子‧魯問》：「昔者楚人與越人舟戰于江。」等內容及諸書所

〔註9〕李學勤主編：《清華大學藏戰國竹簡（柒）》（上海：中西書局，2017），頁140。

記「焚舟失火」故事可見，越人當是習於水戰而不擅長使用戰車，因此《越公其事》的「五兵」當非車之五兵。〔註10〕

滕勝霖（201905）：「五兵」分車之五兵與步卒之五兵，較早見於《左傳·昭公二十七年》費無極之奸計：「令尹好甲兵，子出之，吾擇焉，取五甲五兵。」本文傾向於指步卒之五兵，即「戈、殳、戟、酋矛、弓矢」。「利」，鋒利。《說文·刀部》：「銛也。從刀。和然後利，從和省。」段玉裁注：「銛者、臿屬。引伸爲銛利字。」〔註14〕

江秋貞（202007）：原考釋的「車之五兵」為「戈、殳、戟、酋矛、夷矛」和「步卒之五兵」為「戈、殳、戟、酋矛、弓矢」，但是原考釋沒有說明在這裡究竟是「車之五兵」還是「步卒之五兵」，只有子居認為越人習於水戰，不習陸戰，故應該不是原考釋所說的「車之五兵」。「五兵」究竟是什麼？有待了解。

從本章最末句來看，句踐要的是「多兵」，因此筆者認為此處的「利」應該採最寬義解釋，可以釋為「銳利、利害、利益（包括品質與數量）」，「五兵之利」指「五兵的銳利、利益、利害」。〔註12〕

佑仁謹案：

子居依據越人「習於水戰而不擅長使用戰車」進而主張《越公其事》的「五兵」當非車之五兵，此說似是而非，越人不擅長車戰，不代表就沒有車戰，這是兩回事。《國語·吳語》載勾踐之言云：「吾欲與之徼天之衷，唯是車馬、兵甲、卒伍既具，無以行之。」勾踐日夜思欲殲滅吳國，車馬、武器、士兵均已備妥，只差沒有動武。又，《越絕書》云：「吳王夫差興師伐越，敗兵就李。大風發狂，日夜不止。車敗馬失，騎士墮死。大船陵居，小船沒水。」夫差興師而遇大風，遂導致「車敗馬失」。《吳越春秋·勾踐十三年》云：「越王又問相國范蠡曰：『孤有報復之謀，水戰則乘舟，陸行則乘輿，輿舟之利，頓於兵弩。』」水戰乘舟，陸戰乘車，各有不同。吳越地理由於「三江環之」，故水利便捷，習於水戰，但不代表沒有車戰。

〔註10〕子居：〈清華簡七《越公其事》第八章解析〉，中國先秦史網站，2018年8月4日（2021年5月10日上網）。

〔註14〕滕勝霖：《《清華大學藏戰國竹簡（柒）》集釋及相關問題研究》（重慶：西南大學碩士論文，2019），頁345～346。

〔註12〕江秋貞：《《清華大學藏戰國竹簡（柒）·越公其事》考釋》（臺北：臺灣師範大學博士論文，2020），頁521～522。

「五兵」一詞，古籍常見，本處僅舉經部典籍為例，如下：

1. 《左傳・昭公二十七年》：「取五甲五兵，曰，寘諸門，令尹至，必觀之，而從以酬之，及饗日，帷諸門左。」

2. 《春秋穀梁傳・莊公二十五年》：「天子救日，置五麾，陳五兵、五鼓，諸侯置三麾，陳三鼓、三兵。」

3. 《周禮・夏官司馬》：「司兵：掌五兵五盾，……大喪，廞五兵。軍事，建車之五兵，會同亦如之。」

4. 《大戴禮記・虞戴德》：「天子以歲二月為壇於東郊，建五色，設五兵、具五味、陳六律、品奏五聲，聽明教。」

此外又見於《荀子・榮辱》、《荀子・儒效》、《墨家・節用上》、《墨家・節用上》、《墨子・迎敵祠》、《墨家・旗幟》、《莊子・天道》、《商君書・賞刑》、《管子・小匡》、《管子・四時》、《司馬法・定爵》、《淮南子・兵略訓》、《淮南子・泰族訓》、《呂氏春秋・精通》、《戰國策・齊策・蘇秦說齊閔王》、《黃帝內經・靈樞經・玉版》、《說苑・談叢》、《潛夫論・勸將》、馬王堆帛書〈鬃〉381……等，用例甚多。

雖然古籍「五兵」一詞十分常見，但真正指實「五兵」內涵者，僅見於《世本》與《司馬法》：

1. 《世本》：「蚩尤以金作兵，一弓、二殳、三矛、四戈、五戟。」

2. 《司馬法・定爵三》：「弓矢禦，殳矛守，戈戟助，凡五兵。」

「五兵」更多的解釋是出自注疏學家的觀點，例如：

1. 《周禮・夏官・司兵》：「掌五兵五盾。」鄭玄注引鄭司農云：「五兵者，戈、殳、戟、酋矛、夷矛也。」此指車之五兵。步卒之五兵，則無夷矛而有弓矢，見《司兵》鄭玄注。

2. 《穀梁傳・莊公二十五年》：「天子救日，置五麾，陳五兵五鼓。」范寧注：「五兵：矛、戟、鉞、楯、弓矢。」

3. 《漢書・吾丘壽王傳》：「古者作五兵。」顏師古注：「五兵，謂矛、戟、弓、劍，戈。」

4. 《後漢書・百官志第五》：「亭有亭長，以禁盜賊」注引《漢官儀》曰：「亭長皆習，設備五兵：弓弩、戟、楯、刀劍、甲鎧」

我們可將各家說法製表如下：

	弓矢	殳	矛	戈	戟	鉞	楯	劍	鎧
《世本》	○	○	○	○	○				
《司馬法・定爵三》	○	○	○	○	○				
《周禮・司兵》鄭司農（車卒五兵）		○	酋矛 夷矛	○	○				
《周禮・司兵》鄭玄注（步卒五兵）	○	○	酋矛	○	○				
《穀梁傳・莊公二十五年》范寧注	○		○		○	○	○		
《漢書・吾丘壽王傳》顏師古注	○		○	○	○			○	
《漢官儀》	弓弩				○		○	刀劍	甲鎧

孫詒讓在《墨子閒詁・節用上》指出：「《周禮・司兵》云：『掌五兵五盾，又軍事建車之五兵。』鄭眾注云：『五兵者，戈、殳、戟、酋矛、夷矛。』鄭康成云：『步卒之五兵，則無夷矛而有弓矢。』《司馬法・定爵篇》云：『弓矢圍，殳矛守，戈戟助，凡五兵，當長以衛短，短以救長。』案：五兵，古說多差異，惟鄭君與司馬法合，當為定論。此甲盾、五兵並舉，而衛宏《漢舊儀》說五兵有甲鎧。《周禮・肆師》賈疏引《五經異義》公羊說，《穀梁》莊二十五年范寧注，《曾子問》孔疏引《禮記隱義》、揚雄《大玄經・玄數》，說五兵並有盾，非也。」是以《司馬法》與鄭玄之說為定論。

從上表的整理可知《世本》、《司馬法・定爵三》、《周禮・司兵》鄭玄注的「五兵」內涵一致，其餘諸說則眾說紛紜。《穀梁傳・莊公二十五年》范寧注與《漢官儀》甚至將「楯」（即「盾」）納入，但是《周禮・夏官・司兵》則云：「掌五兵五盾。」「兵」與「盾」顯然是分開來講，「盾」為防禦類工具，不該是「五兵」的內涵。從這個角度來看，各書「五兵」的內涵可能未必能夠等量齊觀。

總的來說，傳統對於「五兵」的解釋多以鄭司農、鄭玄之說為依歸，但《周禮・夏官・司兵》所謂的「五兵」，究竟是「車卒五兵」還是「步卒五兵」，還是沒有定論。（這種情況有點類似文字學者對於《周禮・地官・保氏》「六書」的看法〔註 13〕）因此，我們可以把兩鄭的觀點視為漢人對「五兵」的認識，但

〔註 13〕「六書」一詞首見於《周禮・地官・保氏》，而班固、鄭眾、許慎等漢代學者對於六書的排序、稱呼等概念卻不一致，諸人對於「六書」的理解均傳承自劉歆，然而《周禮》的「六書」是否為漢字六種構型方式，仍有很大爭議。「六書」更可能是六種字體，這種解釋比較符合學習者（國子）的年紀。

這是否能即《越公其事》的「五兵」？筆者對此仍比較保留。何以言之？請見下面的分析。

目前出土所見吳越帶銘兵器甚多，我們以董珊《吳越題銘研究》一書內容加以彙整，可知吳越君王所鑄造兵器的類別與數量情況，如下：

國　　別	國君	劍	戈	矛	戟	鈹
吳國	諸樊	5	1			
	餘祭	5		1	1	
	餘昧	1				
	季札	2				
	僚		2			
	闔閭	8	5			
	夫差	16	2		1	1
越國	允常	1				
	勾踐	3				
	與夷	13	3	4		
	不壽	5				
	朱句	25		1		
	翳	9		2		
	諸咎	1		1		
	初无余	1	2			
	无顓	4				
	無法判定	12	1	1		
總計		111	16	10	2	1

從上圖可知，「劍」的比重最高，比其他項兵器的總和還高。其次為戈、矛，而戟、鈹的數量則非常少，儘管這只是春秋時期留存至今的一部份資料，但管中窺豹，可見一斑。現存句劍兵器共有三件，均為「劍」，分別為：江陵望山 1 號楚墓出土的越王勾踐劍（《集成》11621），安徽壽縣出土的越王之子勾踐劍（《集成》11594、《集成》11595）。依照兩鄭的說法，「劍」均排除於「五兵」中，這種「五兵」的概念，如用出土文獻加以檢視，顯然是不合理的。

「利」字滕勝霖訓為鋒利，江秋貞認為當採最寬義解釋，可以釋為「銳利、利害、利益（包括品質與數量）」。簡文說「五兵之利，王日玩之」，又說：「王日論省其事，以問五兵之利。」可見這個所謂的「利」，勾踐不僅時時鑽研，也

常與左右大臣討論。「利」究竟狹義的「銳利」，還是採最寬義的「利益」，其實二說在簡文中都說得通，孰是孰非，值得仔細分析。

古籍中「兵之利」一語常見，例如《孫子兵法》云：「故不盡知用兵之害者，則不能盡知用兵之利也。」《漢書・趙充國辛慶忌傳》云：「邱陵隄防，必處其陽，而右背之，此兵之利，地之助也。」這裡的「利」都是指「利益」，不過必須留意的是，文中的「兵」均泛指軍事、戰爭，和簡文「兵」指兵器，並不相同。

綜合考慮，筆者認為「利」仍以解釋為銳利、鋒利為上，理由有以下幾點：

（一）從主題要旨來看

第八章的主題是「兵器」，「利」的本義為鋒利。《說文・刀部》：「利，銛也。」《玉篇・刀部》：「利，剡也。」《易・繫辭上》：「二人同心，其利斷金。」孔穎達疏：「二人若同齊其心，其纖〔鐵〕利能斷截於金。」則簡文的「利」最簡易直接的解釋方式還是鋒利。

（二）從對文關係來看

「五兵之利」當與對應「金革之攻」，此點並無疑義，而「金革之攻」的「攻」訓為「堅」（從吳祺之說，《詩・小雅・車攻》：「我車既攻。」毛《傳》：「攻，堅也。」參注釋第六條），「利」與「攻」對應的非常妥貼，銳利與堅硬均是兵器重要的要素，若將「利」解釋為利益，便無法與「堅硬」對文，此亦為「兵」當訓作「兵器」的證據。

〔4〕王日忞（玩）之

王	日	忞	之
王	日	忞	之

原整理者（201704）：「忞」，讀為「翫」，習，鑽研。嵇康《琴賦序》：「余少好音聲，長而翫之。」〔註14〕

郭洗凡（201803）：「忞」可看作「忨」，今本《左傳》「忨」作「翫」。〔註15〕

子居（20180804）：忞即忨字，已見於《越公其事》第三章，翫即玩，《易傳・

〔註14〕李學勤主編：《清華大學藏戰國竹簡（柒）》（上海：中西書局，2017），頁140。
〔註15〕郭洗凡：《清華簡《越公其事》集釋》，（合肥：安徽大學碩士論文，2018），頁83。

繫辭上》：「所樂而玩者，爻之辭也。」陸德明《釋文》：「玩，研玩也。」焦循《章句》：「玩，習也。」《廣雅‧釋詁》：「忨，貪也。」王念孫《疏證》：「忨、翫、玩並通。」因此忞可逕讀為玩。〔註16〕

滕勝霖（201905）：「忞」，從心元聲，在楚簡中多表示心願義。整理者讀作「翫」可從，《左傳‧僖公五年》：「寇不可翫」，杜預注：「翫，習也。」《後漢書‧臧宮傳》：「先志翫兵之日」，李賢注：「翫，習也。」。〔註17〕

史玥然（201906）：簡24中整理者認為「孤之（願）」的「忞」為字本義，意思是貪愛、苟安。本簡中是「忞」的第二種用法，「忞」「忨」「翫」三字同源，義皆略同。「翫」表示鑽研、修煉的意思，例如晉孫綽《游天台山賦》「非夫遺世翫道，絕粒茹之者，烏能輕舉而宅之」。〔註18〕

江秋貞（202007）：「忞」字，在簡19 ![字形] 「孤用忞（願）見雩公」、簡24 ![字形] 「孤之忞（願）也」都讀為「願」。在本簡的「忞」字原考釋讀為「翫」，習，鑽研；郭洗凡認為「忞」可看作「忨」今本《左傳》「忨」作「翫」；子居認為「翫」即「玩」。筆者認為原考釋解釋為「鑽研」較好。郭洗凡並沒有進一步說明。子居之說與文義不合，而且以嵇康《琴賦序》「余少好音聲，長而翫之」為書證，時代也太晚。「翫」多當作「習慣、滿足」例如：《左傳‧昭公元年》：「趙孟將死矣。主民，翫歲而愒日，其與幾何？」楊伯峻注：「此言趙孟之習厭于日月之流逝又急于己之難長久。」《文選‧張衡〈東京賦〉》：「凡人心是所學，體安所習。鮑肆不知其臭，翫其所以先入。」薛綜注：「翫，習也；先入，言久處其俗也。」「翫」字又當作「戲弄」《左傳‧昭公二十年》：「夫火烈，民望而畏之，故鮮死焉；水懦弱，民狎而翫之，則多死焉。」《北史‧魏收傳》：「邢輪者，故尚書令陳留公繼伯之子，愚癡有名，好自入市肆，高價買物，商賈共所嗤翫。」以上的「翫」字都不是很正經的意思，當「鑽研」解雖好，但是時代太晚。這裡若把越王「好兵」認為是較輕慢的態度就不適合，故筆者認為「忞」字可以讀為「研」，「忞」，上古音在疑母元部，「研」的上古音

〔註16〕子居：〈清華簡七《越公其事》第八章解析〉，中國先秦史網站，2018 年 8 月 4 日（2021 年 5 月 10 日上網）。

〔註17〕滕勝霖：《《清華大學藏戰國竹簡（柒）》集釋及相關問題研究》（重慶：西南大學碩士論文，2019），頁 345～346。

〔註18〕史玥然：《清華簡《越公其事》集釋及其漢字教學設計》（太原：山西大學碩士論文，2019），頁 61。

也在疑母元部，聲韻皆同，故把「王必忨之」釋為「王必研之」，指的是「越王必定鑽研五兵之利」比較合乎文意。〔註19〕

佑仁謹案：

原整理者讀「忨」，訓為「習」，滕勝霖從之。郭洗凡認為簡文的「忨」可看作「忨」。子居讀「忨」，認為「忨」即「玩」。史玥然認為「忨」表示鑽研、修煉的意思。江秋貞認為「忨」字都不是很正經的意思，當「鑽研」解雖好，但是時代太晚，故將「忨」讀為「研」，指鑽研。

「忨」字原整理者讀「忨」，多數學者贊成此說，江秋貞表示不贊同，她的看法可分成三點：

一、用例太晚：「忨」訓為「鑽研」必須晚到嵇康《琴賦序》。

二、負面意涵：先秦「忨」字用法都不是正面用法。

三、義有偏差：先秦常訓「忨」為「習」，但「習」為習慣、滿足之義。

筆者認為江秋貞的觀察非常深入，雖然先秦故訓「忨，習也」常見，但細審文義，此「習」並非指「研習」講，而是指滿足（《說文》「忨，習猒也」表示學習厭倦），而確定有鑽研、研究的「忨」，時代已晚，且「忨」在先秦時代幾乎都是負面意涵，確實如江秋貞的結論，「忨」字讀「忨」並不妥當。

不過，江秋貞把「忨」改讀為「研」，筆者認為亦不可從。「忨」是合口，「研」是開口。雖然二字古音都是疑紐元部，但開合有別，差異很大。

筆者認為應該將字讀為「玩」，訓為研玩、鑽研。《周易·繫辭上》：「是故，君子所居而安者，易之序也。所樂而玩者，爻之辭也。」陸德明《釋文》：「玩，研玩也。」《列子·黃帝》：「仲尼曰：『譆！吾與若玩其文也久矣，而未達其實，而固且道與。』」殷敬順《沖虛至德真經釋文》：「玩，五貫切。習也。」此「玩」當指孔子與弟子間鑽研學問。漢王充《論衡·案書》：「劉子政玩弄《左氏》，童僕妻子皆呻吟之。」此處的「玩弄」也當是研習之意。

「忨」字从習、元聲，《說文》解為「習猒也。」《章太炎說文解字授課筆記》錢玄同云：「厭故喜新曰『忨』。」〔註20〕依據《說文》「忨」本意為學膩了，而秦漢以後「忨」可能接收「玩」字「鑽研」一義，所以《三國志·魏志·高

〔註19〕江秋貞：《《清華大學藏戰國竹簡（柒）·越公其事》考釋》（臺北：臺灣師範大學博士論文，2020），頁521～522。

〔註20〕章太炎講授，朱希祖、錢玄同、周樹人記錄：《章太炎說文解字授課筆記》，（北京：中華書局，2008），頁155。

貴鄉公髦傳》：「主者宜敕自今以後，群臣皆當翫習古義，脩明經典，稱朕意焉。」北齊顏之推《顏氏家訓・雜藝》：「吾幼承門業，加性愛重，所見法書亦多，而翫習功夫頗至，遂不能佳者，良由無分故也。」等秦漢以後的文獻，「翫」字都已經是鑽研的義思。

〔5〕居者（諸）左右；

居	者	左	右
佮	耂	𠂇	弔

原整理者（201704）：居，安置。〔註21〕

蘇建洲（202012）：《越公其事》的「左」除寫作楚簡常見的 台（字形表178頁），另有與西周金文、曾侯乙簡寫法相合的字形作 𠂇50、𠂇52、𠂇67，這也是保存了早期文字的寫法特點。〔註22〕

江秋貞（202007）：「居者左右」的「居」，原考釋釋「安置」可從。「左右」，在此不指「近臣」，而是指「身邊」。《詩・大雅・文王》：「文王陟降，在帝左右。」「凡五兵之利，王曰（佑仁案：原文務作「必」）翫之，居者左右」指「凡五兵之利，王必定鑽研它，把它安置在身邊」。〔註23〕

佑仁謹案：

（一）

今日楷書「左」、「右」是以「工」、「口」來區分，但古文字卻不是如此。「左」、「右」在古文字中基本上是以左手（𠂇《合集》24593）與右手（又《合集》5596）來做為字形的區分。「左」字在西周早期加「口」或「言」〔註24〕，西周中期以後「左」字出現從「工」的寫法，戰國時代的「左」從「口」與從「工」兩種寫法並存，但各系有所偏重，例如三晉絕大多數都從「工」，少數從「口」〔註25〕，楚簡方面，上博簡、郭店簡、包山簡基本從「口」，但清華

〔註21〕李學勤主編：《清華大學藏戰國竹簡（柒）》（上海：中西書局，2017），頁140。

〔註22〕蘇建洲：〈談清華七《越公其事》簡三的幾個字〉，復旦網，2017年5月20日（2020年12月1日上網）。

〔註23〕江秋貞：《《清華大學藏戰國竹簡（柒）・越公其事》考釋》（臺北：臺灣師範大學博士論文，2020），頁521～522。

〔註24〕李學勤主編：《字源》，（天津：天津古籍出版社，2013年7月，第2刷），頁410。

〔註25〕湯志彪：《三晉文字編》（北京：作家出版社，2013），頁657～663。

簡則是从「工」从「口」同時存在。這顯示戰國文字用字尚未統一，還存在異體寫法，歷經秦漢篆隸的階段，从「工」的「左」字逐漸穩定而沿用至今。

（二）

簡文「凡五兵之利，王日玩之，居諸左右」，指勾踐對於兵器的銳利，日日加以鑽研，並且「居諸左右」，「居」是「安置」之意（從原整理者之說），「左右」訓為「（王之）身邊」〔註26〕（從江秋貞之說），但勾踐又是將什麼東西放在身邊呢？由語境與前後文看，放在勾踐身邊的，置於左右的東西自然是兵器之屬，也就是前述的「五兵」。勾踐喜好鑽研兵器之利，且愛不忍釋，將兵器置於身邊，得以日夜摩挲鑽研。上有所好，下必甚焉，勾踐愛好兵甲，必然直接影響國民的興趣，最終促成越國兵器大盛。

〔6〕凡金革之攻，

凡	金	革	之	攻
凡	金	革	之	攻

原整理者（201704）：金革，武器裝備。《禮記·中庸》「衽金革，死而不厭」，孔穎達疏：「金革，謂軍戎器械也。」金革之攻，指武器製作。〔註27〕

子居（20180804）：金是金屬制的兵器，革是皮革制的甲盾，所以「金革」猶下文的「兵甲」。《越公其事》此章的作者一方面說「五兵」，另一方面又說「金革」、「兵甲」，可見在《越公其事》此章作者的觀念中，甲盾是在五兵之列的，……因此不難看出，這是一種由齊地影響到周邊的故說，由《五行大義》引《周官》可見，《周禮》五兵當是舊有此說，因此《越公其事》此章「五兵」仍是源自《周禮》舊說。〔註28〕

滕勝霖（201905）：「攻」，修治義。《尚書·甘誓》：「左不攻於左。」孔安國傳：「攻，治也。」楚系文字中常見「大攻尹」（見鄂君啟節、曾侯乙簡145等）、「攻尹」（包山簡26）等，讀作「工尹」，官名，掌百工之官。〔註29〕

〔註26〕《越公其事》共出現七次「左右」，除本次外均為左右大臣之意。
〔註27〕李學勤主編：《清華大學藏戰國竹簡（柒）》（上海：中西書局，2017），頁140。
〔註28〕子居：〈清華簡七《越公其事》第八章解析〉，中國先秦史網站，2018年8月4日（2021年5月10日上網）。
〔註29〕滕勝霖：《《清華大學藏戰國竹簡（柒）》集釋及相關問題研究》（重慶：西南大學碩士論文·2019），頁346。

吳祺（201911）：簡文「凡金革之攻」與前文「凡五兵之利」正相對文，而對文結構上下兩個句子中相同位置上的詞語往往有同義、近義的關係。故「攻」與「利」之詞義應當近同，而原整理者訓「攻」爲製作，則與此對文文例不合。循此思路，我們認爲簡文「攻」當訓爲「堅」。傳世典籍中有此古訓記載，如《廣雅·釋詁一》：「攻，堅也。」《詩·小雅·車攻》：「我車既攻。」毛《傳》：「攻，堅也。」《孔子家語·六本》：「巧而好度必攻。」王肅《注》：「攻，堅。」《後漢書·馬融傳》：「車攻馬同。」李賢《注》引《詩》注云：「攻，堅也。」均其例。

這種用法的「攻」，古書中亦常用「功」來表示。「功」古亦有堅利、精好之義。如《廣雅·釋詁一》：「攻，堅也。」王念孫《疏證》云：

> 《小雅·車攻》篇「我車既攻」，毛傳云：「攻，堅也。」《齊語》「辨其功苦」，韋昭注云：「功，牢也；苦，脆也。」《月令》「必功致爲上」，《淮南子·時則訓》作「堅致」。堅、功一聲之轉。功與攻通。

綜上所述，故簡文「金革之攻（功）」應是指軍戎器械的堅利而言，與前文「五兵之利」正相對應。〔註30〕

江秋貞（202007）：原考釋「金革，武器裝備」可從。至於是否為子居所言的〈越公其事〉此章「五兵」仍是源自《周禮》舊說。筆者認為《越公其事》本是傳抄的作品，書手抄寫版本來源不清楚，尚不可斷言。

「攻」是「攻治」。《周禮·考工記序》：「凡攻木之工七，攻金之工六，攻皮之工五。」鄭注：「攻，猶治也。」〔註31〕

佑仁謹案：

（一）金革

原整理者認為「金革」為武器裝備，江秋貞從之。子居認為「金」是金屬制的兵器，「革」是皮革制的甲盾，「金革」猶下文的「兵甲」。吳祺認為「金革」乃「軍戎器械」。

《禮記·中庸》：「衽金革，死而不厭。」朱熹集注：「金，戈兵之屬；革，

〔註30〕吳祺：《戰國竹書訓詁方法探論》（上海：華東師範大學博士論文，2019），頁390～391。

〔註31〕江秋貞：《《清華大學藏戰國竹簡（柒）·越公其事》考釋》（臺北：臺灣師範大學博士論文，2020），頁523。

甲冑之屬。」金革本是不同的東西，在此泛指兵器與甲冑等武器裝備。

（二）攻

原整理者認為「金革之攻，指武器製作」，滕勝霖認為「攻」乃修治義，吳祺訓為「堅」，指堅利、精好。江秋貞認為「攻」是「攻治」。筆者傾向吳祺訓「堅」之說，因為「金革之攻」與前文的「五兵之利」對文，而「堅」（堅固）和「利」（鋒利）正可相呼應。

〔7〕王日龠（龠-論）眚（省）兀（其）事

王	日	龠	眚	兀	事
王	日	龠	眚	兀	事

原整理者（201704）：論，研究。《管子‧七法》：「故聚天下之精財，論百工之銳器。」省，察也。〔註32〕

子居（20180804）：勾踐不大可能每天親自研究兵器，應該只會交給專門的工匠來做，所以「論」不當訓為研究，而當訓為考、察，與「省」是同義連用，《禮記‧王制》：「凡官民材，必先論之。」鄭玄注：「論，謂考其德行道藝。」《大戴禮記‧盛德》：「是故古者天子孟春論吏德行。」王聘珍《解詁》：「論，考也。」《呂氏春秋‧論人》：「八觀六驗，此賢主之所以論人也。」高誘注：「論，猶論量也。」《韓非子‧外儲說右下》：「乃論宮中有婦人而嫁之。」陳奇猷《集釋》：「論，察也。」〔註33〕

滕勝霖（201905）：楚文字多在「龠」中間加「吅」與「龠」混同。整理者之說可從，研究義，《韓非子‧五蠹》：「論世之事，因為之備。」「龠」讀作「論」常見，如《上博一‧性情論》簡9：「聖人比其類而龠（論）會之。」「眚」，從視省生聲，省之異體，本篇多異寫，又見於簡30、44，寫作從視省青聲，查看義。〔註34〕

江秋貞（202007）：原考釋釋「龠」為「論，研究」，可從，呼應前面的「王

〔註32〕李學勤主編：《清華大學藏戰國竹簡（柒）》（上海：中西書局，2017），頁140。

〔註33〕子居：〈清華簡七《越公其事》第八章解析〉，中國先秦史網站，2018年8月4日（2021年5月10日上網）。

〔註34〕滕勝霖：《《清華大學藏戰國竹簡（柒）》集釋及相關問題研究》（重慶：西南大學碩士論文，2019），頁346。

必恳（研）之」的「恳（研）」。吳越的兵器是天下有名的，越王句踐劍至今出土甚多，完好如新，考古學家以之割紙，一次可以劃破十二張。所以越王句踐「日論省其事」，也是很合理的。「眚」原考釋釋作「省，察也」，可從。「眚」上古音在生母耕部，「省」也在生母耕部，聲韻皆同。「省」有「視察、察看」的意思。《易‧復》：「先王以至日閉關，商旅不行，后不省方。」程頤傳：「人君不省視四方。」《禮記‧禮器》：「禮不可不省也。」鄭玄注：「省，察也。」「亓事」指「金革之攻」；「翻」可釋為「問」，考察、過問。《詩‧小雅‧節南山》：「弗問弗仕，勿罔君子。」故「王日侖眚亓事，以翻五兵之利」指「越王每日研究視察和金革之攻有關的事，以考察過問五兵之利」。〔註35〕

佑仁謹案：

先討論「侖」、「龠」的字形問題，滕勝霖指出「侖」字常在中間加上「吅」，而與「龠」字混同，其說是。關於二字混同的問題，已有不少學者進行研究〔註36〕，謝明文指出「不管是作為偏旁還是作為獨體字，『侖』形都可以寫作『龠』形」〔註37〕，季旭昇師釋「侖」的本義為「編簡管有條理」〔註38〕，則「籥」、「侖」二字的初形本義可能關係十分密切〔註39〕，有待日後進一步研究。

原整理者將「論」解釋為研究，滕勝霖、江秋貞從之。子居認為勾踐不大可能親自研究兵器，而只會交給專門的工匠來做，故當訓為考、察。其實「研究」與「考察」意思相去不遠，但「研究」強調了勾踐鑽研兵器的主動性，「考察」則是勾踐被動聽聞相關單位的報告，差異在主動與被動的不同。筆者認為，依照勾踐在《越公其事》中事必躬親的形象，再加上簡文前述「王日玩之，居諸左右」，可知本處「論」仍以原整理者訓為「研究」為佳。出土銅器中大量吳越君王所鑄的「自作用△（劍、戈、矛、戟）」，雖然「自作」並不代表國君親

〔註35〕江秋貞：《《清華大學藏戰國竹簡（柒）‧越公其事》考釋》（臺北：臺灣師範大學博士論文，2020），頁524～525。

〔註36〕袁瑩：《戰國文字形體混同現象研究》，上海：中西書局，2019年），頁73。陳偉：《楚地出土戰國簡？〔十四種〕》，（北京：經濟科學出版社，2009年），頁207注31。馬慎渝：《古文字字形演變之實證──以《說文解字》第五卷（下卷）為例》，世新大學碩士論文，2014年6月，頁108。

〔註37〕謝明文：〈讀《清華簡（叁）》札記二則〉，《簡帛》第12輯，（上海：上海古籍出版社，2016年），頁37。

〔註38〕季旭昇師：《說文新證》，（臺北：藝文印書館，2014年），頁440。

〔註39〕《字源》「侖」字云「疑與『龠』字有某種連繫」，李學勤主編：《字源》，（天津：天津古籍出版社，2013年7月，第2刷），頁463。

自冶煉製造，但卻可以突顯國君對於鑄造兵器積極參與的程度。

「眚」（省），《越公其事》共見五個｛省｝，均以「生」聲或「青」聲（「青」亦從「生」得聲）來表示。本處的「省」訓為考察、視察，應無疑義。

〔8〕以齟（問）五兵之利。

以	齟	五	兵	之	利

佑仁謹案：

王日夜與臣子論省如何使金革堅固，勾踐「以齟五兵之利」，簡文中的「齟」其實讀「問」（詢問）或「聞」（聞知）均可通，但是讀「問」，則可以突顯越王對於探索兵器知識的主動性，文義更為妥當。

〔9〕王乃歸（？）徒（使）人情（省）齟（問）羣大臣及鄥（邊）鄏（縣）成（城）市之多兵、亡（無）兵者，

王	乃	歸	徒	人	情	齟
羣	大	臣	及	鄥	鄏	成
市	之	多	兵	亡	兵	者

原整理者（201704）：歸，疑讀為「親」。又疑讀為緝部之「急」，義同「趣」、「促」等。情，讀為「請」，詢問。《禮記・樂記》「賓牟賈起，免席而請」，孔穎達疏：「此一經是賓牟賈問詞也。」請、問，同義詞連言。鄏，簡文所從「肙」旁與楚文字「達」所從相同，當係訛書。前異文作「㣫」、「還」、「鄷」，讀為「縣」。〔註40〕

〔註40〕李學勤主編：《清華大學藏戰國竹簡（柒）》（上海：中西書局，2017），頁140。

　　ee（20170425）：《越公其事》簡 51：「王乃[視＋帚]使人，請（省）問辜大臣及邊縣城市之多兵無兵者」，[視＋帚]字應是從「歸」省（參見 49 之「歸」字寫法），可讀為「饋」，此句並改斷如上。包山簡 145 反：「[囗＋帚＋貝]客之囗金十兩又一兩」，其「[貝＋帚]」我們以前也讀為「饋」。〔註41〕（佑仁案：文中的「囗」原文即如此）

　　易泉（20170429）：此處似斷讀作王乃帚（左從視）（歸），使人請（省）問辜大臣及邊縣城市之多兵、無兵者，王則比視。唯多兵、無兵者是察問於左右。〔註42〕

　　海天遊蹤（20170429）：簡文「使人」的理解存在兩種可能。整理者在 119 頁注 1 指出「使，使者。簡文『使者』之『使』與『使令』之『使』多異寫。」而比對：

　　（1）簡 15 下：「君越公不命彶（使）人而夫=（大夫）親辱」，123 頁注 2 「使人，奉命出使之人」。

　　（2）簡 23「以須【二二】彶（使）人。」

　　（3）簡 24「彶（使）者反（返）命」

　　「彶」確實可作為「使人」、「使者」的專字。但是在簡 72 卻又有「乃彶（使）人告於吳王曰」，這裡的「彶」卻是使令的意思。

　　上述網友 ee 是將「彶人」理解為使者，是一個詞組；易泉則是視「彶」為使令的意思。但他們的解釋似乎都存在問題，比如王為何要饋食使者？而讀為「王乃歸」，也屬前無所承，天外飛來一筆。特別是比對簡 44「王乃遬（趣）彶（使）人」與「歸彶（使）人」相對應，可知「歸」與「彶」之間不能斷開。

　　裘錫圭先生已在多篇文章指出「歸」從「帚」聲。「歸」可分析為「帚」聲，讀為「歸」。筆者認為「彶人」若是動賓結構，整理者釋為「親」不失為一種好說法，但是歸與親、彶聲音距離較遠，只能理解為寫錯字，即「歸〈親〉」這種說法存在不確定性。若是將「彶人」理解為一個詞組——使者，則可以考慮讀為「謂」。「歸」、「謂」聲音極為密切。「乃謂」、「王乃謂」古書很常見。「謂」

〔註41〕ee：〈清華七《越公其事》初讀〉，武漢網，跟帖第 29 樓，2017 年 4 月 25 日（2019 年 11 月 19 日上網）。

〔註42〕易泉：〈清華七《越公其事》初讀〉，武漢網，跟帖第 98 樓，2017 年 4 月 29 日（2019 年 11 月 19 日上網）。

是使、令的意思。《詩·小雅·出車》:「自天子所,謂我來矣。」馬瑞辰通釋:「《廣雅》:『謂,使也。』謂我來,即使我來也。」高亨注:「謂,猶命,口頭命令。」簡文讀為「王乃謂徒(使)人請(省)啻問群大臣及邊縣城市之多兵、無兵者」。意思是說:王乃命令使人……〔註43〕

　　王寧(20170430):ee 和海天遊蹤先生對字形的分析可從,此字當即後世字書中的「覵」字,又作「瞷」、「睍」等形,《廣韻》、《集韻》訓「大視」或「視貌」。簡文中讀為「謂」可通,亦可讀為「委」,簡21有「厃」的「委」字,言「孤用(因)委命重臣」,此處則借「覵」為「委」,任、屬義。〔註44〕

　　難言(20170501):【見帚】也有可能讀「潛」?暗地派人檢索文獻有「潛使人+VP」,但時代較晚。〔註45〕

　　心包(20170501):「視/帚」,難言兄讀為「潛」,意思很好,如果從「歸」/「慧」聲考慮的話,是否可以讀「微」,這樣「視」旁亦可以得到合理的解釋(瞷),《列女傳·仁智·魯臧孫母》「文仲微使人遺公書,恐得其書……」,意思和「潛」、「竊」差不多,暗中。當然,也可以用「私下」這個義項來解釋,更加貼切。〔註46〕

　　單育辰(20171026-27):「歸」字疑從「歸」省(參簡 49 之「歸」字寫法),包山簡 145 反:「小人以八月甲戌之日舍(予)肉祿之舍人□□歸客之齎(資),金十兩又一兩。」「歸」字作「」形,左上部比較模糊,也可能不從「自」,但即使這樣的話,仍可以理解為从「歸」省,「歸」字我們讀為「饋」,「歸」、「饋」二字典籍經常通用,從文義看,還是很合適的。《越公其事》的「歸」可以與包山簡的「歸」對比,也讀為「饋」,是饋食的意思。另外,應在《越公其事》簡51「使人」後加逗號。其後的「情」應讀為「省」,是省察的意思,此篇一詞多形現象非常突出,如簡30、簡44的「䞗」、簡50的「貹」

〔註43〕海天遊蹤:〈清華七《越公其事》初讀〉,武漢網,跟帖第115樓,2017年4月30日(2019年11月19日上網)。

〔註44〕王寧:〈清華七《越公其事》初讀〉,武漢網,跟帖第116樓,2017年4月30日(2019年11月19日上網)。

〔註45〕難言:〈清華七《越公其事》初讀〉,武漢網,跟帖第121樓,2017年5月1日(2019年11月19日上網)。

〔註46〕心包:〈清華七《越公其事》初讀〉,武漢網,跟帖第130樓,2017年5月1日(2019年11月19日上網)。

同「情」一樣，都表示省察的「省」。〔註47〕

蕭旭（20170605）：整理者句讀是，蘇建洲對文義的理解亦得之。𧢼，讀為𩿨。《方言》卷13：「𩿨，使也。」《玉篇》同。《集韻》：「𩿨，往也，使也。」𧢼使人，猶言派遣使者。字亦作歸，《廣雅》：「歸，往也。」用為使動，猶言使……往、使……去，故又訓使也。〔註48〕

陳偉武（20171026-28）：試比較簡44-45：「王乃趣（趣）使（使）人戠（察）䚋（省）成（城）市鄒（邊）還（縣）尖=（小大）遠䢓（邇）之匓（勼）、茖（落），王則䀃（比視）。」可隸定為「𧢼」，从古文「視」，「侵省聲」。在此當讀為「侵」，《說文》：「侵，漸進也。」簡51句式與簡44-45相當，「𧢼（侵）」字適與表急速的「趣（趣）」反義。〔註49〕

郭洗凡（201803）：整理者的觀點可從。「親」，至也，密切之至，《段注》：「李斯刻石文作親，左省一畫。」在簡文中指的是為了使兩國之間關係變得親密的使者。比，密也，二人為從，反從為比，凡比之屬皆從比，指的是密切，親密的含義，卜辭「比」、「从」為同一個字，因此鄭邦宏的觀點正確。〔註50〕

吳德貞（201805）：意思是說：王乃命令使人……至於簡44一樣有兩種理解方式。整理者將「趣」訓爲疾，應該是將「人」理解爲動賓結構。〔註51〕

何家歡（201806）：海天遊蹤之說可從。從此篇親字字形來看，除此條外，簡文「親」共出現10次，共有兩種寫法，其一爲楚文字常見寫法，凡八見，作（簡4），从辛从見；其二借「新」爲「親」，凡兩見，作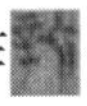（簡15）。整體來看，此篇「親」字寫法較爲固定，此處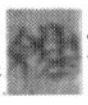字不當爲「親」。又簡文从見之字共有

〔註47〕單育辰：〈《清華大學藏戰國竹簡（柒）》釋文訂補〉，收入香港浸會大學饒宗頤國學院、澳門大學中國語言文學系、清華大學出土文獻研究與保護中心編：《《清華簡》國際會議論文集》（香港：香港浸會大學饒宗頤國學院、澳門：澳門大學中國語言文學系，2017），頁173。

〔註48〕蕭旭：《清華簡（七）校補（二）》，復旦網，2017年6月5日（2021年5月10日上網）。

〔註49〕陳偉武：〈清華簡第七冊釋讀小記（初稿）〉，收入香港浸會大學饒宗頤國學院、澳門大學中國語言文學系、清華大學出土文獻研究與保護中心編：《《清華簡》國際會議論文集》（香港：香港浸會大學饒宗頤國學院、澳門：澳門大學中國語言文學系，2017），頁157。

〔註50〕郭洗凡：《清華簡《越公其事》集釋》，（合肥：安徽大學碩士論文，2018年），頁84～85。

〔註51〕吳德貞：《清華簡《越公其事》集釋》（武漢：武漢大學碩士論文，2018），頁77。

三字，除此處字外，簡 4 有 █ 字，簡 21 有 鶺字，皆从右部分得聲，以此看來，歸亦應从右部分「帚」得聲。〔註52〕

翁倩（201806）：請問。《越公其事》簡 51：「王乃親使人請問羣大臣及邊縣城市之多兵、無兵者」。此處為同義詞連言。傳世文獻中，「請問」有三個意思，一是敬辭，用於請求對方解答問題。《水滸傳》第二七回：「張青道：『請問都頭，今得何罪？配到何處去？』」二是猶試問。杜甫《漁陽》詩：「系書請問燕耆舊，今日何須十萬兵。」三是指請安問候，曾鞏《撫州顏魯公祠堂記》：「李輔國遷太上皇居西宮，公首率百官請問起居，又輒斥。」可見，第一個解釋與《越公其事》中的「請問」意思相近，但已經多了「請求」的內涵。〔註53〕

子居（20180804）：歸當為微部字，再結合整理者所言「義同『趣』、『促』等」，則歸或即「睢」字，讀為「催」，《說文·人部》：「催，相儔也。從人崔聲。《詩》曰：室人交徧催我。」《集韻·隊韻》：「催，促也。」《正字通·人部》：「催，本作趣。古有趣無催，催、促皆後人所增。催、趣同聲，實一字。」「情」當是前文「靚」字異文，所以仍當讀為「省」而非「請」。由整理者提到的《越公其事》「縣」字異文作「『儇』、『還』、『郹』」可見，簡 18 的「人還越百里」也不排除讀為「人縣越，百里」的可能。〔註54〕

章水根（201809）：按第七章簡 44 有「王乃趣使人」，本簡與之句式相同，可證整理者謂此字與「趣」「促」同義是可取的，考釋此字時亦應順此方向著手。筆者懷疑此字可能從「侵」省聲，讀為「憯」。「侵」「憯」皆在清母侵部，二字雙聲疊韻，又馬王堆帛書《周易·乾》「初九，浸龍勿用」，「浸龍勿用」即「潛龍勿用」，《二三子問》中又作「寢龍勿用」，可證「侵」聲字與「朁」聲字可通用，則「歸」「憯」亦可通用。「憯」可訓為「速」，急速之義，與「趣」「促」同義。《墨子·明鬼下》「鬼神之誅，若此之憯遨也」，孫詒讓《墨子閒詁》「憯、速義同」。〔註55〕

〔註52〕何家歡：《清華簡（柒）《越公其事》集釋》（保定：河北大學碩士論文，2018），頁 35～36。

〔註53〕翁倩：〈清華簡《越公其事》雙音詞初探〉，《廣東開放大學學報》總第 132 期（2018 年 12 月），頁 74。

〔註54〕子居：〈清華簡七《越公其事》第八章解析〉，中國先秦史網站，2018 年 8 月 4 日（2021 年 5 月 10 日上網）。

〔註55〕章水根：〈清華簡《越公其事》箚記五則〉，《中國簡帛學刊》第二輯（2018 年 9 月），

沈雨馨（201904）：親可從，説往親派使者前去。親，《說文》：「至也。從見親聲。」《詩·小雅》：「弗躬弗親。」《箋》：「言不躬而親之也。」〔註56〕

滕勝霖（201905）：「難言」之說可從，「」，從視省寻聲。簡帛中從「寻」聲之字與「潛」相通常見，「潛」，暗中義。《逸周書·文政》：「同惡潛謀」，孔晁注：「潛謀，潛密之謀也。」《左傳·哀公十六年》：「（子閭）與子西、子期謀，潛師閉塗，逆越女之子章立之，而後還。」杜預注：「潛師，密發也。」「情」，整理者之說可從，讀作「請」，詢問義。《上博七·鄭子家》簡3：「鄭人情（請）其故。」「」從邑冑聲，中間部分寫作「由」與「冑」字常見寫法不同，「冑」字從「口」加羨符「卜」，如「」（《上博一·孔詩》簡3「怨」）、「」（望山簡22「冑」）；「口」或訛作從「日」，如「」（《上博二·從甲》簡5）等。整理者將「」讀作「縣」可從，簡文意思是「越王暗中派人去詢問各位大臣和邊縣城市武器多少及有無的情況」。〔註57〕

張朝然（201906）：「歸使人」的意思當與簡四十四的「返使人」義相同。「歸使」與「B使」相對應，表示安排、派遣的意思。〔註58〕

史玥然（201906）：整理者的意見可從。「親」，至也，密切之至。段玉裁：「李斯刻石文作親，左省一畫。」在簡文中指的是為了使兩國之間關係變得親密的使者。〔註59〕

蘇建洲（202005）：「冑／怨」與「還」音近可通，那麼｛縣｝寫作「還」「冑」是很自然的。簡文顯然是（「惌（怨）」偏旁，《孔子詩論》03）的錯字。〔註60〕

吳萱萱（20200630）：「歸（归）」與「委」同屬微部，諧聲。故而我們可

頁60～61。

〔註56〕沈雨馨：《《清華大學藏戰國竹簡（柒）》集釋》（北京：首都師範大學碩士論文，2019），頁69。

〔註57〕滕勝霖：《《清華大學藏戰國竹簡（柒）》集釋及相關問題研究》（重慶：西南大學碩士論文，2019），頁348～349。

〔註58〕張朝然：《清華簡《越公其事》集釋及相關問題初探》（石家莊：河北師範大學碩士論文，2019），頁47。

〔註59〕史玥然：《清華簡《越公其事》集釋及其漢字教學設計》（太原：山西大學碩士論文，2019），頁62。

〔註60〕蘇建洲：〈說「惢連」〉，收入武漢大學簡帛研究中心主編：《簡帛》第20輯（上海：上海古籍出版社，2020），頁48～50。

明晰「歸」多含「委派」之意。由此可知，句踐所行乃是委派他人前往詢問國中兵器擁有狀況，然後對持有大量兵器的百姓以及不曾擁有兵器的百姓進行治理。之後，句踐的好兵之策終究是引起了舉國上下對兵甲之事的重視，兵器也因此大量增長。〔註61〕

江秋貞（202007）：要探究「」字的意義，應先看「使人」作什麼解？筆者認為「王乃歸使人」的「使人」可以理解為一個動賓結構，和簡44的「趣使人」的「使人」即「使者」一樣。

筆者認為本簡的「情閭」的「（情）」應讀為「省」。原考釋的釋讀為「請」，詢問之意，非也。「情閭」的「情」應和第七章「戠（察）睛（省）」的「睛」一樣，該章原考釋認為「睛」即「靚」，讀為「省」，故應為「省問」之意，和「察省」一樣，筆者認為在這裡也一樣。「」字從「青」，上古音在從母耕部，「省」上古音在心母耕部，聲韻俱通。故筆者認為「」應釋為「省」，視察、察看之意。

原考釋認為鄢（），簡文所從「峜」旁與楚文字「達」所從相同，以為當係訛書。但筆者認為不必視為訛書。本簡「鄢」字形「」的左旁和「達」字形「」的左旁其實不類，因為在楚文字「達」沒有同時加「口」及「月」的，頂多是單一出現「口」形或「月」形而已，筆者從以上字形綜合結論：沒有同時有口形和月形的「達」字。所以本簡「鄢」字形「」和達字應該無涉。

楚簡有一個與「宛」音很近的字，作以下諸形：

A. 上一・緇6

B. 上二・容36

C. D1 上一・孔3

很清楚地，本簡此字右旁所從與C形非常接近，而C形很明顯地就是A＋B的複合寫法。至於此一偏旁的字形結構，或以為從「峜」聲、或以為從「宛」

〔註61〕吳萱萱：《《越公其事》中句踐滅吳故事考論》（杭州：杭州師範大學碩士論文，2020），頁33。

省聲、或以為从「猒」省聲、或以為从「龜」省聲。不論做何主張，凡是从這個聲旁的字，都讀與「宛」音近同，趙平安在相關文章中已經把从這個偏旁得聲的一些釋為「縣」。從《越公其事》此字來看，趙說有一定的道理。

有關斷句的問題，簡文「王乃歸使人情[illegible]群大臣及鄒鄗成市之多兵」筆者認為以原考釋的斷句可從，就像第七章「王乃趣使人戠腈成市鄒還尖₌遠伲之匎、荖」，此句的「使人」應作為一個動賓結構，即「辦事員」之意。整句的意思是湯志彪（20211130）:「歸」字當讀作「幾」。「歸」字與「歸」字所从聲符相同，上古音「歸」「幾」均是見母微部字，兩字雙聲疊韻，當可通假。《文選・閒居賦》:「異綦同機。」李注：「本或爲『異卷同歸』，誤也。」「機」从「幾」聲。「幾」可訓作「數」，《左傳》昭公十六年：「幾爲之笑，而不陵我。」陸德明《釋文》:「幾，數也。」

「趣使人」「歸使人」等簡文就是指經常派遣官吏到各地督促並向越王反饋各地社情民意的意思。如此一來，「王乃趣使人察省城市邊縣」「王乃歸使人請問群大臣及邊縣城市之多兵、無兵者」，即指越王多次、反復察省、督促各地的意思，然則整理者對「比視」的解「王於是急派人去省問各大臣子及邊縣城市多兵器或無兵器的情況」。〔註62〕

釋廓然暢通，鄭邦宏先生的疑惑亦可渙然冰釋。「趣使人」「歸使人」與「比視」前後對應，邏輯嚴密。〔註63〕

佑仁謹案：

（一）歸使人

「歸」字原整理者認為疑讀為「親」或「急」，單育辰讀為「饋」，易泉讀為「歸」，海天遊蹤讀為「謂」，難言讀為「潛」，心包讀為「微」，蕭旭讀「歸」，陳偉武讀「侵」。郭洗凡讀「親」，子居讀「催」，章水根讀為「憯」，滕勝霖讀「潛」，江秋貞釋為「趨」、「促」，湯志彪讀「幾」。

裘錫圭〈說從「峕」聲的從「貝」與從「辵」之字〉一文指出：

我在〈殷墟甲骨文「彗」字補說〉中，根據「帚」、「[illegible]」（即彗字

〔註62〕江秋貞：《《清華大學藏戰國竹簡（柒）・越公其事》考釋》（臺北：臺灣師範大學博士論文，2020），頁529～534。

〔註63〕湯志彪：〈清華簡（柒）字詞研究四則〉，《簡帛（第二十三輯）》2021年第2期（2021年11月30日），頁116～118。

所从）二形在較早的古文字中可以通用的現象，推測「帚」在古代也可讀為「彗」，認為「甲骨文『歸』字作『歸』，似應為从『𠂤』（卜辭多用作『師』）『帚』聲之字。……此『帚』旁大概就讀『彗』的音」。今按，《甲骨文合集》32896 兩次出現『王其令望乘（賓組、歷組卜辭時常提到的一位將領）帚』之文，此「帚」字當讀為「歸」，可證「歸」確从「帚」聲而不从「𠂤」聲。「歸」字籀文作「𡣍」，楚簡「歸」字往往作「遚」，其實也都是「帚」為「歸」字聲旁的反映。〔註64〕

他認為「帚」讀為「彗」，在「歸」字中當聲符使用。原整理者讀「歸」為「親」，殆是將「歸」理解為「侵」（清紐侵部）省聲，而由「侵」通假成「親」（清紐、真部）。然而正如海天遊蹤所言，依據裘錫圭的研究，「歸」當从「帚」聲，「帚」能與「彗」通假，則讀音必定近似，如此一來，「歸」若要釋為「親」，則只有誤字一途。「歸」字讀法眾多，說法待考。

關於「使人」的問題，單育辰將文例讀為「饋使人」，並在「人」字下點斷，將「饋」訓為饋食，則「使人」當是使者之義。海天遊蹤、蕭旭則更明白指出「使人」就是「使者」。江秋貞認為「『徒人』可以理解為一個動賓結構，和簡44的『趣使人』的『使人』即『使者』一樣」又云「此句的『徒人』應作為一個動賓結構，即『辦事員』之意。」江秋貞的說法前後矛盾，若「使人」要訓為「使者」或「辦事員」則詞性屬於名詞組，而非動賓結構。「使人」究竟該怎麼解釋呢？先將《越公其事》所有讀為｛使｝的文例羅列如下：

1. 乃吏（使）大夫種行成於吳師曰。【第一章簡1】

2. 亦茲（使）句踐繼蔡於越邦。【第一章簡5-6】

3. 勿茲（使）句踐繼蔡於越邦矣。【第一章簡7】

4. 吳王聞越徒（使）之柔以剛也。【第二章簡9】

5. 吳王乃出，親見使者曰：「君越公不命使（使）人而大夫親辱。」【第三章簡15下】

6. 茲（使）吾二邑之父兄子弟朝夕粲然。【第三章簡16】

〔註64〕裘錫圭：〈說从「𡭔」聲的从「貝」與从「辵」之字〉，《文史》，2012 年第 3 期（2012 年 8 月），頁 21~22。

7. 用事（使）徒遽趣聽命。【第三章簡 17】

8. 不茲（使）達氣，罷甲纓冑。【第三章簡 20】

9. 孤用入守於宗廟，以須徔（使）人。【第三章簡 22-23】

10. 徔（使）者返命，越王乃盟。【第三章簡 24-25】

11. 王並無好修于民三工之渚，茲（使）民暇自相。【第四章簡 28】

12. 王乃遬（趣）使（使）人察省城市邊縣小大遠邇之勾、落。【第七章簡 44】

13. 王乃歸（？）徔（使）人省問羣大臣及邊縣城市之多兵、無兵者。【第八章簡 51】

14. 不茲（使）命疑，王則自罰。【第九章簡 57】

15. 乃徔（使）人告於吳王曰：「天以吳土賜越，句踐不敢弗受。」【第十一章簡 72-73】

「使人」當名詞用的時候有兩種意涵：第一種是指被指揮、被役使的人，這是比較廣義的用法，第二種是專指奉命出使的外交人員，義同於「使者」，此則為比較狹義的用法。簡文中「使人」當「使者」一詞，見於第 5 條，該條記載吳王親見使者（大夫種），並向大夫種表示勾踐未派「使人」（指「使者」），而是由大夫種親自擔綱請成的重任。

至於第 12、13 兩條的「使人」，此處的結構為「乃△使人」，此二條是王派人調查各城市邊境有關人口漲跌、兵器有無的情況，工作地點在國境之內，非外交事務，不會與鄰國接觸，所以不可能是「使者」的意思。筆者認為第 12、13 兩條的「乃△使人」可參證第 15 條的「乃使人」，他們的主詞都是勾踐，「使」字前都有「乃」（「乃」在《越公其事》中扮演非常重要的敘述工作，類似今語「於是」），因此筆者比較傾向「使人」是「V＋N」的結構。

（二）

「情訽」，原整理者認為「情」讀為「請」，訓為詢問。「請」、「問」同義詞連言。易泉讀成「省問」，海天遊蹤、單育辰、子居、江秋貞從之。翁倩認為「請問」是「請求對方解答問題」。

筆者贊同易泉讀為「省問」之說，「省問」指審察詢問，漢王符《潛夫論·述赦》：「下土冤民，能至闕者，萬無數人；其得省問者，不過百一。」

另外，古籍中有「清問」一詞，《漢語大辭典》解釋為「清審詳問」，《尚書·呂刑》「皇帝清問下民鰥寡，有辭于苗。」孔傳：「帝堯詳問民患，皆有辭怨於

苗民。」孔穎達疏：「帝堯清審詳問下民所患。」《墨子・尚賢中》：「先王之書呂刑道之曰：『皇帝清問下民，有辭有苗。」頗疑此處「清問」與簡文的「省問」意思一樣，「問」皆訓作「詢問」自不待言，「審查」（省）和「清審」（清）意義也相合。

本篇有五處｛省｝字，如下：

1. 王親涉溝塘幽塗，日睛（省）農事以勸勉農夫。【簡 30-31】
2. 王乃趣使人察睛（省）城市邊縣小大遠邇之匀、落【簡 44】
3. 王則必視，唯匀、落是察睛（省）【簡 44】
4. 王曰論姓（省）其事【簡 50-51】
5. 王乃歸使人情（省）問羣大臣及邊縣城市之多兵、無兵者【簡 51】

均以「生」聲或「青」聲（「青」亦從「生」聲）表示。

（三）

邊鄐（縣），原整理者認為「鄐」字「所從『肖』旁與楚文字『達』所從相同，當係訛書。前異文作『復』、『還』、『鄳』，讀為『縣』。」指出「鄐（𢿨）」右半的聲符「肖」構形與楚簡的「達」相同（意即與楚簡的「肖」有別），是訛字的關係。滕勝霖贊成原整理者讀「縣」，但他認為字形上「𢿨」從邑、冐聲，中間部分寫作「由」與「冐」字常見寫法不同，「冐」字從「口」加羨符「卜」，「口」或訛作從「日」。江秋貞認為不必視為訛書本簡「鄐」字形「𢿨」和「達」字應該無涉。

首先，「𢿨」原整理者讀「縣」，毫無疑問是正確的。至於是否係「達」的誤寫，請參下列對照表：

	楚簡的「𢝰」	本簡的「鄐」	楚簡的「達」
編號	A	B	C
字形	（字形圖） 上博一《孔子詩論》27	（字形圖） 《越公其事》51	（字形圖） 包 2.121

A、B 的構形差別在於 A 的「卜」形，B 則寫成「十」形。而 B、C 的差別則在於 B 的「口」旁 C 寫成「甘」。就筆者的判斷來看，本簡的 B 字確實與楚簡「達」寫法很接近，然而 B 這種寫法的「肖」，除本篇外，尚未看到第二例，而 B 的寫法與 C 近似，B 確實有受 C 干擾而誤寫的可能性。

（四）

「多兵、無兵者」指擁有大量武器或沒有武器的邊縣城市。

〔10〕王則眡=（必視）。

王	則	眡=
（圖）	（圖）	（圖）
王	則	眡=

原整理者（201704）：眡，合文，讀為「比視」，比校，治理。參看第七章注釋〔三〕。〔註65〕

鄭邦宏（20170423）：我們認為，將「必視」讀爲「比視」是正確的，但將「比」訓爲「考校」（見簡44注釋），「比視」訓爲「比校，治理」，於文意較爲突兀。據文意「王則比視」前是王派使者去了解情況，也就是說王對現實情況是不清楚的，無從談「比校，治理」。「比」當訓爲「密切」；「視」則應訓爲「監視」。「王則比視」，賓語承前省略，似當理解爲：王則對這事（指「城市邊縣小大遠近之匃、落」、「羣大臣及邊縣之多兵、無兵者」兩事）密切監視；換句話說就是王對「城市邊縣小大遠近之匃、落」、「羣大臣及邊縣之多兵、無兵者」兩事密切關注。這樣也就自然過渡到下文「唯匃、落是察省，問之于左右」、「唯多兵、無兵者是察，問于左右」。〔註66〕

王寧（20170430）：「眡」當是「[見卡]」字，讀「督視」，說已見上。〔註67〕

子居（20180804）：眡當讀為畢見，前文解析已言。《越公其事》第八章此段內容明顯是第七章類似部分的簡單改寫，此章所述也當同是歲會時的核查內容，因此實際上並不宜單獨成章，《越公其事》第四至九章的作者之所以將此內容單列一章，推測蓋即因為舊傳勾踐「五政」內容有衍生自《逸周書》的「好兵」之說，而對於具體情況，該章作者顯然瞭解有限，故敘述上只是簡單重複了上一章的內容，而別無新內容可述。〔註68〕

〔註65〕李學勤主編：《清華大學藏戰國竹簡（柒）》（上海：中西書局，2017），頁140。

〔註66〕參清華大學出土文獻讀書會（石小力整理）：〈清華七整理報告補正〉，清華網，2017年4月23日（2021年5月11日上網）。

〔註67〕王寧：〈清華七《越公其事》初讀〉，武漢網·跟帖第116樓，2017年4月30日（2019年11月19日上網）。

〔註68〕子居：〈清華簡七《越公其事》第八章解析〉，中國先秦史網站，2018年8月4日（2021年5月10日上網）。

沈雨馨（201904）：鄭邦宏意見。甲骨文字形作 ⚡（《合集6474》）構型分析為從二匕。關於「比」和「從」于省吾先生在《甲骨文字詁林》中說的很清楚。本意相鄰靠的近。由本意引申出聯合、勾結、相比照諸意。文中「王王則賑=（比視）」便是王在軍事上採取的監視行動。〔註69〕

滕勝霖（201905）：「賑=」讀作「比視」，密切審查義。〔註70〕

杜建婷（201906）：先秦典籍所見之可訓為「密切」義的「比」，似乎沒有放在動詞前之例，多見作為動詞或單獨作為修飾語使用，《尚書·伊訓》：「遠耆德，比頑童。」《論語·里仁》：「君子之於天下也，無適也，無莫也，義與之比。」刑昺疏：「比，親也。」〔註71〕

江秋貞（202007）：這裡簡51的「王則賑=（ ）」和簡44的「王則賑（ ）」句形相同，差別只在簡51的「賑=」有合文符號，而簡44的「賑」則無。筆者在第七章的「王則賑」一句已經討論過「賑=」，為「比視」，原考釋釋「比」為「考校」義，可從。「比視」為「考校審視」之義。〔註72〕

季旭昇（20201212）： ，其右旁所從為標準的「必」字，而且右下有合文符號，學者大都同意與簡44同字，只是簡44書寫稍訛，而且漏寫重文符號。……「比視」，從楚系文字的寫法來看，簡51的「 」字右旁所從，很接近楚系「必」字的寫法。雖然大多數楚系「必」字作 （《上二·民2》），三個豎筆都在下端向右折筆；但是也有一些不作折筆，如： （《上一·孔》16）、 （《上五·鮑》3）、 （《上六·競》11），最後一形與《越》51的右旁簡直是一模一樣，所以《越公其事》原考釋隸此字為從「必」，也不能說沒有道理。……從文義來看，〈越公其事〉原考釋以為簡51的「賑」是「必視」的合文，字形上是合理的，但釋為「考校」則不妥。簡51「王乃歸（逅？）使人省問群大臣及邊縣城市之多兵、無兵者，王則必視，唯多兵、無兵者是

〔註69〕沈雨馨：《《清華大學藏戰國竹簡（柒）》集釋》（北京：首都師範大學碩士論文，2019），頁70。

〔註70〕滕勝霖：《《清華大學藏戰國竹簡（柒）》集釋及相關問題研究》（重慶：西南大學碩士論文，2019），頁349。

〔註71〕杜建婷：《清華大學藏戰國竹簡（七）文字集釋》（廣東：中山大學碩士論文，學碩士論文，2019.6），頁368。

〔註72〕江秋貞：《《清華大學藏戰國竹簡（柒）·越公其事》考釋》（臺北：臺灣師範大學博士論文，2020），頁536。

察」，依照鄭邦宏先生的意見，把「必」讀為「比」，釋為「皆、都」，其實是說得通的。前後文義銜接，非常流暢合理。簡44說「王乃趣使人察省城市邊縣小大遠邇之勺、落，王則必（比）視，唯勺、落是察省」，前後文義銜接，也非常流暢合理。我們認為如隸為「朿視」，應讀為「周視」。後世的「孰視」、「熟視」可能就是出自〈越公其事〉的「朿視」。「孰視」一詞最早見《莊子·外篇·知北遊》：「光曜問乎無有曰：『夫子有乎，其無有乎？』光曜不得問，而孰視其狀貌，窅然空然，終日視之而不見，聽之而不聞，搏之而不得也。」《戰國策·秦一·陳軫去楚之秦》：「夫軫天下之辯士也，孰視寡人。」「熟視」則先秦未見，首見漢代。從詞源來看，「朿視」、「孰視」、「熟視」三者音義俱近，可能是同一個詞的分化。〔註73〕

湯志彪（202111）：這兩段簡文所言的「城市邊縣」「群大臣及邊縣城市之多兵、無兵者」均屬越國本國所有，將「𧿒」解釋作「密切監視」進而又理解作「密切關注」均不合適。同時，簡文記越王勾踐如何「省察」越國之事，理應與上下文的「察省」對應，而不是「監視」「關注」。因此，「𧿒」當從整理者意見，讀作「比視」，不過，「視」在此當訓作「察視」「相察」等義，古書常見，不贅。〔註74〕

佑仁謹案：

（一）必視

《越公其事》第七、八章中，出現好幾次「王必……」或「王……必……」用法，學者對其釋讀有很大的爭議。今先將其文例以今讀列出，並標註疑難字句的位置：

> 越邦服信，王乃好徵人。王乃趣使人察省城市邊縣小大遠邇之聚、
> 落，王則必視【疑難一】，唯勺、落是察省，問之于左右。王既察知
> 之，乃命上會，王必親聽之【疑難二】。其勺者，王見其執事人則怡
> 豫憙也。不可笑笑也，則必飲食賜予之。其落者，王見其執事人，

〔註73〕季旭昇：〈談清華柒〈越公其事〉的「必視」及相關問題〉收入福建師範大學文學院、萬卷樓圖書公司主編：《《中國文字》出刊100期暨文字學國際學術研討會會議論文集》（臺北：臺灣師範大學國文學系，2020），頁20～28。

〔註74〕湯志彪：〈清華簡（柒）字詞研究四則〉，《簡帛》第23輯（上海：上海古籍出版社，2021），頁116～117。

則憂感不豫，弗予飲食。

王既必聽之【疑難三】，乃品野會，三品交于王府，三品佞讀扑毆，由賢由毀。有饟歲，有賞罰，善人則由，譖民則背。是以勸民，是以收賓，是以勾邑。王則唯訇、落是趣，及于左右。舉越邦乃皆好徵人，方和于其地。東夷、西夷、古蔑、句吳四方之民。乃皆聞越地之多食、政薄而好信，乃波往歸之，越地乃大多人。（以上屬第七章）

王乃歸使人省問羣大臣及邊縣城市之多兵、無兵者，王則必視【疑難四】。唯多兵、無兵者是察，問于左右。（以上屬第八章）

上述共有四個疑難問題，我們先將學者的說法羅列出來，最後再進行綜合判斷。

【疑難一】王則必視

原整理者將「㲻」疑讀為「比視」，與下文「必聽」相對應。又訓「比」為考校。〔註75〕王寧認為當讀為「督視」，義同典籍習見之「督察」。〔註76〕鄭邦宏以為「㲻」字下漏寫合文符號，「■」當從劉樂賢先生釋為「坴」，「埱」字的異體，應是「必」的形近訛寫〔註77〕，並以為「比」訓為「密切」，「視」訓為「監視」是指王對這事（指「城市邊縣小大遠近之勾、落」、「羣大臣及邊縣之多兵、無兵者」兩事）密切監視；換句話說就是王對「城市邊縣小大遠近之勾、落」、「羣大臣及邊縣之多兵、無兵者」兩事密切關注。〔註78〕

王進鋒將「㲻」隸定作「賊」，通假為「與」。〔註79〕子居以為「㲻」當讀為「畢見」，「畢」訓「皆」。〔註80〕滕勝霖以為本章所講調查勾、落，猶《後漢書·禮儀志中》所載「案戶比民」，《周禮·天官·宮正》：「夕擊柝而比之」，孫詒讓正義：「比，謂依在版之名籍，周歷諸次，而校其在否。」《周禮·地官·

〔註75〕李學勤主編：《清華大學藏戰國竹簡（柒）》（上海：中西書局，2017），頁138。

〔註76〕王寧：〈清華七《越公其事》初讀〉，武漢網，跟帖第116樓，2017年5月1日（2019年11月19日上網）。

〔註77〕參清華大學出土文獻讀書會（石小力整理）：〈清華七整理報告補正〉，清華網，2017年4月23日（2021年5月10日上網）。

〔註78〕鄭邦宏：〈讀清華簡（柒）札記〉，《出土文獻》第11輯（2017年10月），頁254。

〔註79〕王進鋒：〈周代的縣與越縣——由清華簡〈越公其事〉中的相關內容引發的討論〉，收入香港浸會大學饒宗頤國學院、澳門大學中國語言文學系、清華大學出土文獻研究與保護中心編：《清華簡》國際會議論文集》（香港：香港浸會大學饒宗頤國學院、澳門：澳門大學中國語言文學系，2017），頁70。

〔註80〕子居：〈清華簡七《越公其事》第七、第八章解析〉，中國先秦史網站，2018年8月4日（2021年5月10日上網）。

縣正》：「縣正各掌其縣之政令徵比」，鄭玄注：「比，案比。」〔註81〕

　　江秋貞以為〈越公其事〉的「城」、「然」兩字，在未確定為從「卡」的情況下，還是認為不應釋為「賑」。〈越公其事〉的「城」字和「卡」旁無關，而是以簡原考釋所隸「貱」字為佳，和簡51的「貱₌」同義。「比視」，「比」為「考校」義，「比視」為「考校審視」之義。雖然目前在先秦文獻典籍中未見「比視」一詞，但在《廣韻・質韻》：「必，審也。」如果釋為「必視」也是有可能。〔註82〕

　　季旭昇師以為《清華簡（叁）・赤鵠之集湯之屋》）的「坒」（簡13）、「坒」（簡14），以及〈語叢四〉的都不同，沒有必要非改隸為「賑」不可。從文義來看，〈越公其事〉原考釋以為簡51的「然」是「必視」的合文，字形上是合理的，但釋為「考校」則不妥。簡51「王乃𥻳（逩？）使人省問群大臣及邊縣城市之多兵、無兵者，王則必視，唯多兵、無兵者是察」，依照鄭邦宏先生的意見，把「必」讀為「比」，釋為「皆、都」，其實是說得通的。前後文義銜接，非常流暢合理。簡44說「王乃趚使人察省城市邊縣小大遠邇之勾、落，王則必（比）視，唯勾、落是察省」，前後文義銜接，也非常流暢合理。〔註83〕

　　佑仁案：關於「必視」的讀法，目前有以下幾種讀法：

　　　「比視」：「比」為考校（原整理者）

　　　「比視」：「比」為密切，「視」為監視（鄭邦宏）

　　　「畢見」：「畢」訓「皆」（子居）

　　　「比視」：「比」訓案比（滕勝霖）

　　　「必視」：「必」訓審也（江秋貞）

　　　「比視」：「比」訓皆、都（季旭昇師）

雖然各家說法差異很大，這裡可以有兩點定論：

〔註81〕滕勝霖：《《清華大學藏戰國竹簡（柒）》集釋及相關問題研究》（重慶：西南大學碩士論文，2019），頁329。

〔註82〕江秋貞：《《清華大學藏戰國竹簡（柒）・越公其事》考釋》（臺北：臺灣師範大學博士論文，2020），頁471～474。

〔註83〕季旭昇師：〈談清華柒〈越公其事〉的「必視」及相關問題〉收入福建師範大學文學院、萬卷樓圖書公司主編：《《中國文字》出刊100期暨文字學國際學術研討會會議論文集》（臺北：臺灣師範大學國文學系，2020），頁20、21。

1.「必視」原文作「眎」，鄭邦宏指出右下漏寫合文符號〔註84〕，可信。

2. 透過簡51「」，應該就是「必視」無誤〔註85〕。將「」隸定作「眎」或「賊」，均不確。

【疑難二】王必親聽之

鄭邦宏以為「必」當讀為「比」，用為範圍副詞，語義相當於「皆、都」。〔註86〕蕭旭以為「必」讀如字，副詞，猶言必定。簡40「王必親見而聽之」、簡45「王必親聽之」，皆同。〔註87〕滕勝霖以為「必」從鄭邦宏之說，讀為「比」，訓作「皆」。楊樹達《詞詮》卷一：「比，表數副詞，皆也。」。〔註88〕江秋貞以為簡45的「王必親聖之」的「必」和簡40「王必親見而聽之」的「必」都是同樣的意思。《論語·學而篇》：「雖曰未學，吾必謂之學矣。」「必」猶「定」也。《周禮·天官·小宰》：「一曰聽政役以比居」孫詒讓正義引吳廷華云：「聽，察也。」《書·洪範》：「四曰聽」孔安國傳：「聽，察是非。」本句「王既戠（察）智（知）之，乃命上會，王必親聖（聽）之」意指「越王既審察清楚後，就傳令有關單位進行會計統算，越王一定親自前往審聽。」〔註89〕

本處「必聽」一詞有兩種讀法，一是「必聽」讀如字（蕭旭、江秋貞），二是讀「比聽」，「比」訓為皆。（鄭邦宏、滕勝霖）

【疑難三】王既必聽之

原整理者以為「必」讀為「比」，訓為考校〔註90〕。鄭邦宏以為「必」讀

〔註84〕參清華大學出土文獻讀書會（石小力整理）：〈清華七整理報告補正〉，清華網，2017年4月23日（2021年5月10日上網）。

〔註85〕關於「」是否能釋為「未」的問題，季旭昇師有非常仔細的探討，季旭昇師：〈談清華柒〈越公其事〉的「必視」及相關問題〉收入福建師範大學文學院、萬卷樓圖書公司主編：《《中國文字》出刊100期暨文字學國際學術研討會會議論文集》（臺北：臺灣師範大學國文學系，2020），頁17～27。

〔註86〕清華大學出土文獻讀書會，石小力整理：〈清華七整理報告補正〉，清華網，2017年4月23日（2021年5月10日上網）。此觀點又見於鄭邦宏：《讀清華簡（柒）札記》，收入李學勤主編：《出土文獻（第十一輯）》（上海：中西書局，2017），頁255。

〔註87〕蕭旭：〈清華簡（七）校補（二）〉，復旦網，2017年6月5日（2021年5月10日上網）。

〔註88〕滕勝霖：《清華大學藏戰國竹簡（柒）》集釋及相關問題研究》（重慶：西南大學碩士論文，2019），頁330。

〔註89〕江秋貞：《《清華大學藏戰國竹簡（柒）·越公其事》考釋》（臺北：臺灣師範大學博士論文，2020），頁476。

〔註90〕李學勤主編：《清華大學藏戰國竹簡（柒）》（上海：中西書局，2017），頁138。

為「比」，用為範圍副詞，語義相當於「皆、都」。〔註91〕蕭旭以為「必」讀如字，副詞，猶言必定。簡 40「王必親見而聽之」、簡 45「王必親聽之」，皆同。〔註92〕郭洗凡以為整理者觀點可從，「必」，讀為「比」，與上文的「王見亓（其）執事人」聯繫起來，指的是考察與比較官員成績，審查越國人民的意思更加合適。〔註93〕子居以為「必」字當讀為「畢」，「既畢聽之」即越王勾踐已對各地區的情況有了全面瞭解，由此可知當已是經過了一年的時間。〔註94〕江秋貞以為子居讀為「畢」，就上下文來看，是比較合理的。上文說「乃命上會，王必親聖（聽）之」，接著此處的「王既畢聽之」，自然是「王全部都聽完了」。〔註95〕杜建婷認為前文見「王必親聖（聽）之」，當與此句「王既必（比）聖（聽）之」同義，「必」如字讀即可。〔註96〕

本處的「必」有讀如字（蕭旭、杜建婷），讀為「比」訓為考校（原整理、郭洗凡），讀「比」訓為皆、都（鄭邦宏），讀成「畢」（子居、江秋貞）。

【疑難四】王則必視

此文例與【疑難一】相同。「⿰⿱　」，原整理者讀為「比視」，訓為比校，治理。鄭邦宏認為原整理者的說法比較突兀，他將「比視」訓為「密切監視」。王寧讀為「督視」。子居讀為「畢見」。沈雨馨認為「比視」是王在軍事上採取的監視行動，滕勝霖為讀「比視」，訓為密切審查。江秋貞讀為「比視」，訓為「考校審視」。季旭昇師認為「⿰⿱　」字右旁很接近楚系「必」字寫法，他認為將「必」讀為「比」釋為「皆、都」，語意說得通，且前後文義銜接，非常流暢合理。

筆者認為上述【疑難一】～【疑難四】的「必」字，其主詞都是「王」（勾踐），而後文都加動詞，顯然是同一個讀法，同一種解釋。但許多學者卻拆成多

〔註91〕參清華大學出土文獻讀書會（石小力整理）：〈清華七整理報告補正〉，清華網，2017年 4 月 23 日（2021 年 5 月 10 日上網）。

〔註92〕蕭旭：《清華簡（七）校補（二）》，復旦網，2017 年 6 月 5 日（2021 年 5 月 10 日上網）。

〔註93〕郭洗凡：《清華簡《越公其事》集釋》（合肥：安徽大學碩士論文，2018），頁 78。

〔註94〕子居：〈清華簡七《越公其事》第七、第八章解析〉，中國先秦史網站，2018 年 8 月 4 日（2021 年 5 月 10 日）

〔註95〕江秋貞：《《清華大學藏戰國竹簡（柒）‧越公其事》考釋》（臺北：臺灣師範大學博士論文，2020），頁 485。

〔註96〕杜建婷：《清華大學藏戰國竹簡（七）文字集釋》（廣東：中山大學碩士論文，學碩士論文，2019.6），頁 23。

種解釋，例如鄭邦宏將【疑難一】、【疑難四】讀為「比」解釋為「密切」，【疑難二】、【疑難三】讀為「比」解釋為都、皆。江秋貞把【疑難一】、【疑難四】解為「比」，訓為考較，而【疑難三】則讀為「畢」。筆者認為這四個疑難字詞中的「必」，其釋讀應該一致。

綜觀《越公其事》全文，「王必……」的句法，是這位作者慣用的敘事口吻，文例如下：

1.「王必飲食之」（第五章，簡32）

2.「王必與之坐食」（第五章，簡33）

3.「王必親見而聽之，察之而信」（第六章，40）

4.「王必親聽之，稽之而信」（第六章，42）

第1條見於第五章，勾踐為推行農工，看到老弱卻辛勤耕種的農夫，一定給予飲食。第2條見於第五章，勾踐看到左右大臣能帶領人民耕種者，一定會與他們坐食。第3條見於第六章，如果有邊縣之民或官師之人告於王廷，表示課稅內容有不實的情況，勾踐一定會親自見面並仔細聆聽他的意見。第四條見於第六章，指獄訟到了王廷，如果有人指控：「以前約定這樣，現在卻是那樣」，王一定會親自聽訟。

延續前述第五章、第六章的「王必……」，第七章的「王則必視」、「王必親聽之」、「王既必聽之」，以及第八章的「王則必視」，其「必」也應當等量齊觀。值得留意第六章「王必親見而聖（聽）之」，與本處的「王則必視」、「王必親聽之」只是繁簡敘述有別而已。另外，第七章的「王必親聽之」又見第六章簡42，就語法來看，「必」肯定不能讀成「比」，它就是前述的「王必……」句法，而後文接著說「王既必聽之」，它和「王必親聽之」只差在後者多了一個「既」字，「既」屬於副詞，表示行動完成，則「王既必聽之」的「必」也不能讀成「比」。「必聽」、「必視」的「必」均應讀如字。

《越公其事》中這些「必視」、「必聽」展現勾踐對於政事親力親為的態度，可見他對「五政」的重視程度，「王必……」亦顯示出勾踐堅定、篤定的意志，把勾踐復國的決心表達的淋漓盡致。「必」訓為副詞「必定」，這本來是個很單純的問題，但原整理者將第七章的幾處「必」讀成「比」後，反讓學者們的判

斷受到干擾。

有些學者把「必」讀為讀「比」，訓為「皆」、「都」等副詞，或是讀作「畢見」，「畢」訓「皆」。事實上這樣的解釋就語意來看，和「必」的意思相去不遠。與其繞了一圈回到起點，不如逕讀如字「必」簡易直接。

回到本簡，「」右半是「必」，左半是「視」，直接讀如「必視」即可，「必」，副詞，指一定、必定，《字彙·心部》：「必，定辭。」《詩·齊風·南山》：「取妻如之何？必告父母。」「視」訓為考察。《釋名·釋姿容》：「視，是也，察其是非也。」《論語·為政》：「視其所以，觀其所由。」《國語·周語中》：「司空視塗，司寇詰姦。」徐元誥集解：「視，猶察也。」《國語·晉語八》：「叔魚生，其母視之。」韋昭注：「視，相察也。」

此處是說王派人統計大臣與邊縣、城市是否擁有兵器，且王一定會察看調查的結果。

（二）

關於子居對於分章的意見，他認為本章內容較前一章來的簡單，這個說法有一定道理。不過，子居認為第八章內容係第七章類似部分的「簡單改寫」或「重複」，故不宜「單獨成章」，此說可商。

《越公其事》「五政」內容係第五章至第九章，一政一章，除本章之外，其餘諸章均達六簡以上的篇幅，而本章則只有三簡不到（簡52尾端留白，字未滿寫），篇幅只有其他章的一半，論述確實較為簡單。第七章與第八章共通鋪陳模式：

1. 越國已達到 A（前一章的施政目標）

2. 勾踐開始進行 B（本章的施政目標）

3. 王派人考察各地 B 的改革情況並且考察結果

4. 越國達成 B 的目標

但是，第七章的施政目標是「徵人」，利用各地勾、落的情況，使得越國達到「大多人」的結果。而本章則是「好兵」，利用勾踐日夜論兵，並派人查考各地兵器之有無，使得越國達到「大多兵」的情況，可見第七章與第八章的主題並不相同，絕無第八章重複第七章，或是第八章不宜單獨成章的問題。

〔11〕隹（唯）多兵、亡（無）兵者是戠（察），矞（問）于左右。

隹	多	兵	亡	兵	者	是
戠	矞	于	左	右		

　　江秋貞（202007）：「王則䀩₌（比視）。隹（唯）多兵、亡（無）兵者是戠（察），矞（問）于左右」此句式和第七章「王則䀩（比視），隹（唯）匋（匂）、蒻（落）是戠（察）䀏（省），矞（問）之于右（左）右」一樣。此處的翻譯為「越王就詳細周密地視察，邊縣城市多兵或無兵的情況，並且問身邊的大臣」。〔註97〕

　　佑仁謹案：

　　此處的「多兵」、「無兵」的「兵」都是指兵器而言，《說苑・佚文》記載：「魏聞童子為君，庫無兵，倉無粟，乃起兵擊之，阿人父率子，兄率弟，以私兵戰，遂敗魏師。」「庫」乃儲藏戰車兵甲之處〔註98〕。

　　回到簡文，本處是勾踐著重各地邊縣、城市是否擁有器械，並以此訊問身邊大臣。

〔12〕與（舉）雩（越）邦𡊜₌（至于）䣙（邊）還（縣）成（城）市乃　　皆好兵甲，

與	雩	邦	𡊜₌	䣙	還	成
市	乃	皆	好	兵	甲	

〔註97〕江秋貞：《《清華大學藏戰國竹簡（柒）・越公其事》考釋》（臺北：臺灣師範大學博士論文，2020），頁536～537。

〔註98〕子奇年十六而治理阿縣，以庫兵鍛造成農具，並開倉振貧，讓魏國誤以為阿縣「庫無兵，倉無粟」，故出兵擊之，阿縣人民承子奇之恩惠，故群起反抗，致使魏國大敗。

王進鋒（20171026-28）：此處「邊縣」與「城市」相對，說明此處「縣」是位於城市的周邊地區。〔註99〕

子居（20180804）：《越公其事》第七章中越王勾踐使人察省的是「城市邊縣小大遠邇之勾落」，然後施政成果為「舉越邦乃皆好登人，方和於其地」，故不難看出此時的城市尚仍是指越國國都，而至第八章此處則稱「舉越邦至於邊縣城市」，可知在第七章的「登人」舉措之後，越國周邊已逐漸形成了若干新的聚邑、城市，相應而言，越國的疆域也必然擴大了很多，已不再是徙居初期的百里之地了。「兵甲」即前文的「金革」，越國此時大量儲備武器，自然是為了帶動崇武尚勇風氣，以便日後與吳國爭霸。《韓非子・內儲說上》：「越王句踐見怒蛙而式之，御者曰：『何為式？』王曰：『蛙有氣如此，可無為式乎？』士人聞之曰：『蛙有氣，王猶為式，況士人之有勇者乎！』是歲人有自到死以其頭獻者。故越王將覆吳而試其教，燔台而鼓之，使民赴火者，賞在火也，臨江而鼓之，使人赴水者，賞在水也，臨戰而使人絕頭剖腹而無顧心者，賞在兵也，又況據法而進賢，其助甚此矣。」《尹文子・大道上》：「越王句踐謀報吳，欲人之勇，路逢怒蛙而軾之，比及數年，民無長幼，臨敵雖湯火不避。」皆列軾怒蛙事在使民蹈火和報吳事之前，與《越公其事》列「好兵」在蹈火事前可相應，故軾怒蛙事很可能就是發生在《越公其事》第八章所記時段。〔註100〕

滕勝霖（201905）：「好兵甲」指越邦百姓皆喜好鑄造武器、軍備，與文獻中「好兵」意義不同。〔註101〕

佑仁謹案：

本章開頭提到「王乃好兵」，此為第八章的整體目標，而結尾則說越國「皆好兵甲」，除了表示已達到目標之外，開頭的「兵」顯然就是「兵甲」的省稱，則「好兵」的「兵」，是除了兵器之外，也包含鎧甲在裏頭。滕勝霖表示「好兵甲」指越邦百姓皆喜好鑄造武器、軍備，與文獻中「好兵」意義不同。滕勝霖

〔註99〕 王進鋒：〈周代的縣與越縣——由清華簡〈越公其事〉中的相關內容引發的討論〉，收入香港浸會大學饒宗頤國學院、澳門大學中國語言文學系、清華大學出土文獻研究與保護中心編：《《清華簡》國際會議論文集》（香港：香港浸會大學饒宗頤國學院、澳門：澳門大學中國語言文學系，2017），頁79。

〔註100〕子居：〈清華簡七《越公其事》第八章解析〉，中國先秦史網站，2018年8月4日（2021年5月10日上網）。

〔註101〕滕勝霖：《《清華大學藏戰國竹簡（柒）》集釋及相關問題研究》（重慶：西南大學碩士論文，2019），頁349。

「好兵甲」的意思與文獻中「好兵」的概念不同，但依據筆者的統計，古籍中「好兵」的「兵」至少有四種解釋，分別是兵器、軍隊、戰爭、兵法等（參本章第 2 條考釋），古籍中「兵」也有兵器之義，所以不能簡單地說本處的「好兵甲」與文獻中「好兵」意義不同。

〔13〕雩（越）邦乃大多兵。

雩	邦	乃	大	多	兵

江秋貞（202007）：「與（舉）雩（越）宰=（至于）鄢（邊）還（縣）成（城）市乃皆好兵甲，雩（越）乃大多兵」意指：全越國至於邊縣城市都好兵甲，越國於是兵力充足。〔註102〕

佑仁謹案：

《越公其事》有很多「多△」，其意義與「大多△」相同，例如「多食」（第六章）又作「大多食」（第五章），「多兵」（第八章）又作「大多兵」（第八章），「多人」（第八章）又作「大多人」（第七章）。據此來看，「大」當為副詞修飾「多」，而「多」為形容詞修飾「食」，「大多」如同今語之「大大地增加」。本處的「大多兵」指越國大大地增多兵器數量。

《越公其事》和傳統吳越爭霸史事有不少可以聯繫的地方，例如《國語·吳語》云：

> 吳王夫差既許越成，乃大戒師徒，將以伐齊。申胥進諫曰：「昔天以越賜吳，而王弗受。夫天命有反，今越王句踐恐懼而改其謀，舍其愆令，輕其征賦，施民所善，去民所惡，身自約也，裕其眾庶，其民殷眾，以多甲兵。越之在吳，猶人之有腹心之疾也。夫越王之不忘敗吳，於其心也惕然，服士以伺吾閒。今王非越是圖，而齊、魯以為憂。夫齊、魯譬諸疾，疥癬也，豈能涉江、淮而與我爭此地哉？將必越實有吳土。

勾踐戰敗而請成，夫差許諾，伍子胥勸諫，表示勾踐在大敗之後已洗心革面，

〔註102〕江秋貞：《《清華大學藏戰國竹簡（柒）·越公其事》考釋》（臺北：臺灣師範大學博士論文，2020），頁 537。

輕稅賦，使人民富有而繁衍子孫，最後是「以多甲兵」，正即簡文本處的「大多兵」。又《吳越春秋‧勾踐歸國外傳‧勾踐七年》云：

> 越王曰：「願聞。」種曰：「無奪民所好則利也，民不失其時則成之，省刑去罰則生之，薄其賦斂則與之，無多台游則樂之，靜而無苛則喜之；民失所好則害之，農失其時則敗之，有罪不赦則殺之，重賦厚斂則奪之，多作台遊以罷民則苦之，勞擾民力則怒之，臣聞善為國者遇民如父母之愛其子，如兄之愛其弟。聞有饑寒為之哀，見其勞苦為之悲。」越王乃緩刑薄罰，省其賦斂，於是人民殷富，皆有帶甲之勇。

越王在聽聞大夫種的訓誨之後，省刑薄賦，使人民富裕，熟習兵器使用，此記載與《越公其事》可謂如出一轍。

《越絕書‧外傳枕中》記載勾踐詢問范蠡「復吳仇」的方法，范蠡指出：「兵之要在於人，人之要在於穀。故民眾則主安，穀多則兵彊。」戰爭的關鍵在人，人的關鍵在稻穀，此說與《越公其事》的五政說法近似，「五政」之首為農政，使越公生產的糧食增加，全國經濟提升，接著是大徵人，人口增加之後，舉國投入軍事器械的製造，全民皆兵。雖然《越絕書》的「兵」是指「戰爭」，與簡文的「兵器」意涵不同，但是概念是可以相通的。

《吳越春秋‧勾踐二十五年》記載勾踐曾向孔子說「悅兵敢死，越之常也。」越人好武輕死的個性，除源於民族性外，勾踐的鼓舞可能也脫不了關係。

據清華簡考釋戰國文字
「尹」的幾種演變過程

黃澤鈞

輔仁大學中國文學系專案助理教授

作者簡介

黃澤鈞，國立臺灣大學中國文學系博士。現為輔仁大學中國文學系專案助理教授，研究領域為土文獻、尚書。曾任國立臺中科技大學通識教育中心兼任助理教授。《中國文學研究》第 42、47 期主編。曾獲中央研究院 107 年度「人文社會科學博士候選人培育計畫」獎助、科技部 108 年度「獎勵人文與社會科學領域博士候選人撰寫博士論文」獎助。發表〈核心與外圍：出土文獻中的「書類文獻」判別方式析論〉、〈《尚書·盤庚》上篇出土文獻新證析論〉、〈出土文獻校讀《尚書》平議——以〈盤庚中〉「其有眾咸造，勿褻在王庭，盤庚乃登進厥民」為例〉、〈清華肆〈別卦〉卦名釋義——以意義相關者為範圍〉和〈關於出土、傳世本《金縢》中二處「計年」的問題〉等論文。

提　要

〈據清華簡考釋戰國文字「尹」的幾種演變過程〉討論戰國文字的「尹」字，認為「尹」或從「尹」之字，在戰國文字中變化較為劇烈，左側之豎筆與右側手臂之形逐漸變得相似，而成為對稱之形。

　　在過去戰國文字當中，有幾個从「死」、从「四」或其他形體之字，應讀為「尹」或从「尹」之字。這些年來因為清華簡等相關字形的公布，補充了「尹」的幾個形體演變過程，因而得知此皆為「尹」字，不須藉由通讀。

　　以下先簡述各字過去釋讀概況：

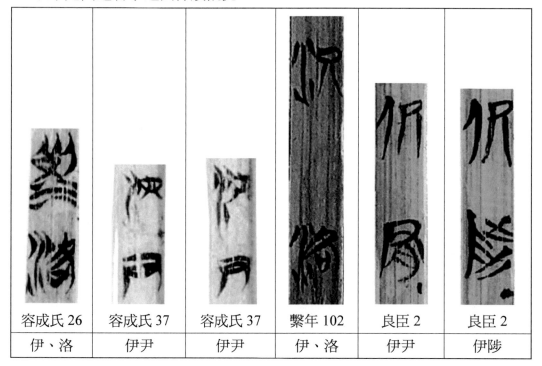

容成氏 26	容成氏 37	容成氏 37	繫年 102	良臣 2	良臣 2
伊、洛	伊尹	伊尹	伊、洛	伊尹	伊陟

　　上博二〈容成氏〉26 是將伊水、洛水並舉。整理者隸作「沋」，讀為「伊」。「伊」字《說文》古文做「㑊」，李春桃《古文異體關係整理與研究》認為傳鈔古文从死，乃是「聲符換用」。〔註1〕

　　上博二〈容成氏〉37 整理者李零隸作「泗」，讀為「伊」。〔註2〕蘇建洲《《上海博物館藏戰國楚竹書（二）》校釋》、單育辰《新出楚簡《容成氏》研究》從之。〔註3〕

　　清華二《繫年》102 整理者隸作「尹」，讀為「伊」。〔註4〕此處為伊水、

〔註 1〕李春桃：《古文異體關係整理與研究》（北京：中華書局，2016 年 10 月），頁 126。

〔註 2〕李零：〈容成氏釋文注釋〉，馬承源主編：《上海博物館藏戰國楚竹書（二）》（上海：上海古籍出版社，2002 年 12 月），頁 279。

〔註 3〕蘇建洲：《《上海博物館藏戰國楚竹書（二）》校釋》（臺北縣：花木蘭文化出版社，2006 年 9 月），頁 212，注釋 16。單育辰：《新出楚簡《容成氏》研究》（北京：中華書局，2016 年 3 月），頁 233。

〔註 4〕清華大學出土文獻研究與保護中心編、李學勤主編：《清華大學藏戰國竹簡（貳）》（上海：中西書局，2011 年 12 月），頁 180。

洛水並稱。陳劍在 QQ 羣，黃傑（武漢網帳號「暮四郎」）在武漢網「簡帛論壇」分別指出此與上博二〈容成氏〉相同，皆應隸作「泗」。〔註 5〕李松儒《清華簡《繫年》集釋》從之。〔註 6〕然蘇建洲《清華二〈繫年〉集解》認為該字仍與上博二〈容成氏〉不同，〈容成氏〉應為「泗」，此處則為「洢」。〔註 7〕

清華參〈良臣〉整理者釋文做「伊」，〔註 8〕魏宜輝〈古文字中用作「伊」之字考釋〉認為〈良臣〉與〈叔夷鎛〉、〈叔夷鐘〉之「伊」相同，皆為甲骨文「几」字演變而來。〔註 9〕王輝〈古文字所見人物名號四考〉：「魏說似非是。字陳劍、黃傑已改釋為『泗』，結合伊尹《上博二・容成》作『泗尹』看，所改當是。、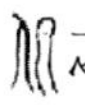之右旁或亦為四，或為尹之摹訛。」〔註 10〕

本文認為，以上字形皆是「尹」字訛變的結果。「尹」字，王國維〈釋史〉認為「从又持丨」，乃是像持筆之形。〔註 11〕在戰國文字中，尹及从尹之字（君、伊、洢等）有以下幾種演變情況：

A1	A2	A3	A4	A5
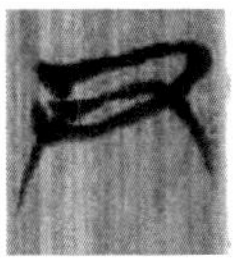		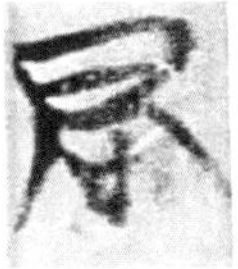		
清華拾〈四告〉13	清華陸〈鄭文公問太伯〉甲 7	上博三《周易》8	清華伍〈湯處於湯丘〉21	上博三《周易》12

〔註 5〕復旦讀書會：〈《清華（貳）》討論記錄〉，「復旦大學出土文獻與古文字研究中心」網站（http://www.gwz.fudan.edu.cn/SrcShow.asp?Src_ID=1746），2011 年 12 月 23 日。此為陳劍 2011 年 12 月 19 日 06：27：57 之發言。

〔註 6〕李松儒：《清華簡《繫年》集釋》（上海：中西書局，2015 年 10 月），頁 264～265。

〔註 7〕蘇建洲、吳雯雯、賴怡璇：《清華二〈繫年〉集解》（臺北：萬卷樓圖書公司，2013 年 12 月），頁 732～733。

〔註 8〕清華大學出土文獻研究與保護中心編、李學勤主編：《清華大學藏戰國竹簡（叁）》（上海：中西書局，2012 年 12 月），頁 157。

〔註 9〕魏宜輝：〈古文字中用作「伊」之字考釋〉，《中山大學學報（社會科學版）》第 54 卷第 6 期（2014 年 11 月），頁 55～59。

〔註 10〕王輝：〈古文字所見人物名號四考〉，《中山大學學報（社會科學版）》第 58 卷第 1 期（2018 年 1 月），頁 57。

〔註 11〕王國維：〈釋史〉，《觀堂集林》，王國維撰，謝維揚、房鑫亮主編：《王國維全集》（杭州：杭州教育出版社，2009 年 12 月），冊 8，頁 171～179。

A6	A7	A8	A9	A10
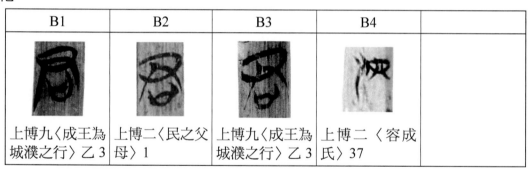				
清華伍〈封許之命〉2	清華拾〈四告〉1	清華拾〈四告〉11	清華拾〈四告〉12	清華陸〈鄭文公問太伯〉乙6

　　A1 及 A2 所从之「尹」，其「又」旁仍明顯可見，是戰國文字中標準的「尹」字寫法。A3、A4「又」旁之小臂與所持之筆形，逐漸對稱，A5「又」旁筆畫斷裂，小臂、手掌中間橫筆分離，做兩筆寫，與所持之筆形對稱。其中 A3、A5 均見於上博三《周易》，在同一篇竹簡中就有如此的異寫。而後 A6～A9 斷裂的手掌與「日」形類似，小臂、筆形在下且逐漸靠攏。A10 在此基礎上，「日」形中多一橫筆，「尹」旁寫法就與「貝」形十分相似了。而 A2 與 A10 為清華陸〈鄭文公問太伯〉甲、乙本對應之字，可以看出「尹」旁的劇烈變化。

B1	B2	B3	B4	
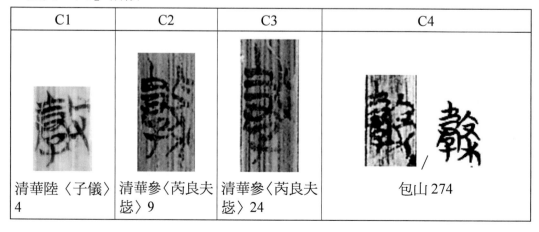				
上博九〈成王為城濮之行〉乙3	上博二〈民之父母〉1	上博九〈成王為城濮之行〉乙3	上博二〈容成氏〉37	

　　B1 為常見的「君」字，從尹從口，之後 B2「尹」左右兩豎筆交會點由左側變為中間，寫得較為對稱，B3 此兩筆又不相連，而這兩筆的彎曲弧度改變，B4 變與「四」相似。

C1	C2	C3	C4
清華陸〈子儀〉4	清華參〈芮良夫毖〉9	清華參〈芮良夫毖〉24	包山274

C5	C7	C6	C8	
清華壹〈金縢〉3	清華貳《繫年》41	上博七〈鄭子家喪〉乙1	新蔡甲三322	
D1	D2	D3	D4	D5
清華參〈芮良夫毖〉4	上博五〈季庚子問於孔子〉1	清華壹〈耆夜〉12	上博六〈慎子曰恭儉〉2	上博二〈民之父母〉8
D6	D7	D8		
上博五〈季庚子問於孔子〉2	上博五〈季庚子問於孔子〉11	曾侯乙1		

　　B組的左右兩筆寫得對稱，並且交會處由左側逐漸移至中間，類似的平行演變可以參考「殼」及從「殼」之字（C組）、「庚」及從「庚」之字（D組）。

　　C組之「殼」，其左側所從在戰國文字多寫為與「尹」形相似，C1、C2左右兩筆交會處仍在左側，而C3～C5之交會處逐漸往中間挪移，C6、C7可以說交會點就在中間了，與B2的情況相似。至於C8則又進一步訛變，筆畫斷裂，距離「尹」形又更遠了。

　　D組之「庚」，本為樂器之形，然在戰國文字，其中間部分演變為與「尹」形相似。D1、D2還是較為標準的「尹」形，兩筆交會處仍在左側。D3、D4之兩筆交會處則逐漸往中間移動，到了D4～D6，則兩筆交會處完全在中間了，與B2相似。而D8所從「又」旁之小臂與所持之筆形，有漸與掌形脫離的情況，類似A3、A4。值得注意的是D3、D6、D7為同一篇竹簡，可能是第一次出現

時寫得較為工整，再度書寫時就較為草率了。此外戰國文字中「言」、「就」所從，也多與「尹」形相似，也有類似的訛變，如清華參〈周公之琴舞〉3「就」字等，此不再贅述。

E1	E2	E3	F1	
清華參〈良臣〉2	清華肆〈筮法〉44	上博二〈容成氏〉26	清華貳《繫年》102	

　　上述 A、B 組都可以看到「尹」字「筆」旁、小臂的斷裂分離，所以 E1 可能是 A3、A4 省去中間短橫，或是 B3 的兩斜筆往下移動，變為豎筆。E2 與 E1 十分接近，只是左右部件調換，E2 整理者原隸為從女從人之字，釋為「奴」。〔註12〕黃傑（武漢網帳號「暮四郎」）依照〈良臣〉之字，改釋為「伊」，讀為「翳」。〔註13〕《清華四讀本》同意黃傑隸定為「伊」，改讀為「噎以死」。〔註14〕E2 字形與「死」已十分接近，E3 直接寫為「死」。

　　至於 F1 所從，可能是 A6～A9 省略爭間橫筆，或 B3 兩斜筆往下移動而來。

　　在過去的研究中，往往根據 B4 所從「四」聲、E3 所從「死」聲通讀「伊」，可見這個幾聲旁音韻相近。本文認為，可能當時看到類似 B3 或 E2 的寫法，已無法辨認理解，就寫一個聲音相近的「四」或「死」，也就是「形訛」加上「聲化」所造成的結果，未必是純粹的音近通假。

　　總得來說，「尹」或從「尹」之字，在戰國文字中變化較為劇烈，左側之豎筆與右側手臂之形逐漸變得相似，而成為對稱之形。方勇《戰國楚文字中的偏旁形近混同現象釋例》曾指出「尹」與「彐」訛混的現象，〔註15〕這也是因

〔註12〕清華大學出土文獻研究與保護中心編、李學勤主編：《清華大學藏戰國竹簡（肆）》（上海：中西書局，2013 年 12 月），頁 116，注釋 5。

〔註13〕武漢網帳號「暮四郎」（黃傑）說法見：武漢網帳號「暮四郎」（黃傑）：〈初讀清華簡（四）筆記〉，武漢大學簡帛研究中心「簡帛」網站·簡帛論壇·簡帛研讀（http://www.bsm.org.cn/bbs/read.php?tid=3155），10 樓發言，2014 年 1 月 8 日。

〔註14〕季旭昇主編：《清華大學藏戰國竹簡（肆）讀本》（臺北：萬卷樓圖書公司，2019 年 4 月），頁 118。

〔註15〕方勇：《戰國楚文字中的偏旁形近混同現象釋例》（長春：吉林大學歷史文獻學碩士學位論文，2005 年 4 月），頁 24～25。

為筆畫拉平與兩側對稱造成的。在筆畫斷裂以及形體對稱的影響之下，「又」旁變得難以辨認，之後又聲化為「四」或「死」，才會有上述之間差異甚大的寫法。

〈治邦之道〉譯釋（上）

金宇祥

龍華科技大學通識教育中心專案助理教授

作者簡介

金宇祥。現任龍華科技大學通識教育中心專案助理教授。1984 年生於臺灣省臺中市，臺灣師範大學國文研究所博士班畢業。研究領域為古文字、戰國竹簡、晉國史、楚國史。著有專書《清華大學藏戰國竹簡（肆）讀本》（合撰）、《清華大學藏戰國竹簡（壹）讀本》（合撰），論文〈談《上博五·弟子問》「飲酒如啜水」及其相關問題〉、〈清華簡《繫年》「洭之師」相關問題初探〉等多篇論文。

提　要

〈《治邦之道》譯釋（上）〉以《清華大學藏戰國竹簡（捌）·治邦之道》簡 2 至簡 11 為範圍，就各家說法，提出看法，並附上修訂後的釋文和語譯。

【題解】

〈治邦之道〉為《清華大學藏戰國竹簡（捌）》其中一篇，本篇原考釋者為劉國忠，簡文形制方面，劉國忠說明：「本篇現存簡二十七支，簡長約四十四·六釐米，寬〇·六釐米，三道編。簡文原無篇題，無序號。」〔註1〕編聯方面，劉國忠：「本篇簡文開頭和中間部分可能有一些竹簡缺失，使得編聯非常棘手」。之後《清華大學藏戰國竹簡（玖）》出版，當中有一篇〈治政之道〉，共43支簡，原考釋李守奎認為〈治政之道〉和〈治邦之道〉兩篇編痕一致，文意貫通，應是首尾完整的一篇。〔註2〕賈連翔詳細分析兩篇簡文後，指出〈治邦之道〉、〈治政之道〉是由不同書手抄成的一篇文獻，兩組竹簡原或編連為一卷。〔註3〕思想方面，劉國忠認為是〈治邦之道〉是一篇與墨學有關的佚文。李守奎重新編聯後，認為「儒墨道諸家思想被不同程度吸收，呈現出融合的氣象。」

李守奎據新編聯的簡文內容，認為可分為上下篇，下半篇有很長的篇幅專論人才之重要。〔註4〕本文譯釋的範圍即〈治邦之道〉有關人才的部分，限於篇幅分為上下兩篇。

【釋文】

古（故）昔之盟（明）者曑（早）智（知）此悉（患）而遠之，是以不怡（殆），是以不辡（辨）貴俴（賤），隹（唯）道之所才（在）。貴俴（賤）之立（位），幾（豈）【二】或才（在）刉（它）〔01〕？貴之則貴，俴（賤）之則俴（賤）〔02〕，可（何）慁（寵）於貴，可（何）慁（羞）於俴（賤）〔03〕？唯（雖）貧以俴（賤），而訐（信）有道〔04〕，可以駿（馭）眾、絅（治）正（政）、臨事、伥（長）官，則或（又）恥自縈毚

〔註1〕〈治邦之道〉原考釋劉國忠的說法均出自李學勤主編：《清華大學藏戰國竹簡（捌）》（上海：中西書局，2018年），頁135～147。後文不再注出。

〔註2〕〈治政之道〉原考釋李守奎的說法均出自李學勤主編：《清華大學藏戰國竹簡（玖）》（上海：中西書局，2019年），頁125～152。後文不再注出。

〔註3〕賈連翔：〈從《治邦之道》《治政之道》看戰國竹書「同篇異制」現象〉，《清華大學學報》2020年第1期，頁47。

〔註4〕李守奎：〈清華簡《治政之道》的治政理念與文本的幾個問題〉，《文物》2019年第9期。

▨〔05〕，以瞳（甄）卡=（上下）【三】正（政）惪（德）之昏（晦）明〔06〕，不迖（及）高立（位）厚飤（食），以居不慍（怨）〔07〕。古（故）昔之明者旻（得）之，愳（愚）者迻（失）之。是以慭（仁）者不甬（用），聖人以解〔08〕，古（故）宅（宅）寓不李（理）〔09〕，以旹（待）明王聖君之立。古（故）【四】嬰（興）不可以幸〔10〕，既亓（其）不兩（良）於悥（圖）〔11〕，則或（又）▨（炙／瞀？）於弗智（知）〔12〕，以孚（免）於眾〔13〕，則可（何）或（有）藸（益）。

皮（彼）天下之纅（俊）士之窡（遠）才（在）下立（位）而不由者〔14〕，會（愈）自固以悲（非）悆（怨）之〔15〕。皮【五】聖士之不由，卑（譬）之猷（猶）殼（歲）之不旹（時），水覃（旱）、雨零（露）之不厇（度），則耑（草）木以迖（及）百糓（穀）曼（慢）生，以瘀（瘠）不成〔16〕。皮（彼）萅（春）頭（夏）眯（秋）各（冬）之相受既巡（順），水覃（旱）、雨零（露）既厇（度），則【六】耑（草）木以迖（及）百糓（穀）茅（茂）長繁實，亡（無）蕭（蠱／疾）以箮（熟）〔17〕。古（故）卑（譬）之人耑（草）木而正殼（歲）旹（時）〔18〕。

皮（彼）善人之欲達，亦若上之欲善人，侯〈医〉（殹）豃（亂）正（政）是御之〔19〕。古（故）求善人，必從【七】身𠬝（始）〔20〕，詰亓（其）行，夊（變／辨）亓（其）正（政）〔21〕，則民玫（改）。皮（彼）善與不善，幾（豈）有互（恆）穜（種）才（哉），唯上之流是從。句（后）王之愻（訓）斆（教）〔22〕，卑（譬）之若溪浴（谷）▨……【八】安（焉）□，事必自智（知）之，則百官敬。

母（毋）褢（懷）樂以忘難，必慮歬（前）退〈後〉〔23〕，則悊（患）不至。母（毋）咸（感）於窐（令）色以還（營）心〔24〕，叓（稱）亓（其）行之厚泊（薄）以叓（使）之〔25〕，則□□□。母（毋）從（縱）欲【九】以彺（枉）亓（其）道〔26〕，悥（圖）夊（終）之以紅（功）。母（毋）面悢（諒）〔27〕，母（毋）复（作）惥（偽）〔28〕，則身（信）長。母（毋）惪（喜）愚（譽），必誚（察）聖（聽）。孚（免）亞（惡）慮（勵）敚（美）〔29〕，憎而遠之，則下不敢惡（誕）上〔30〕。

母（毋）亞（惡）繇（謠），誚（察）亓（其）訮（信）者以自玫

（改），則怣（過）誹（希）〔31〕。母（毋）以一人【一〇】之口毀譽（譽），湼（徵）而護（察）之，則請（情）可智（知）。母（毋）喬（驕）大以不龏（恭），和亓（其）音燹（氣）與亓（其）崫（顏色）以脜（柔）之〔32〕，則眾不戔（散）〔33〕。分（貧）癕（痌）勿觲（廢）〔34〕，母（毋）咎母（毋）憲（諱），敾（教）以豊（與）之〔35〕，則亡（無）息（怨）。

唯皮（彼）瀘（廢）民之不墼（循）【一一】教者〔36〕，亓（其）旻（得）而備（服）之，上亦茲有咎女（焉）。貴戔（賤）之立（位）者（諸）同雀（爵）者〔37〕，母（毋）又（有）罡（疏）轗（數）、遠逐（邇）、少（小）大，胤（一）之則亡（無）戈（二）心，愳（偽）不复（作）。

【語譯】

所以從前的明智之人很早就知道此患而遠遠地避開，因此不會毀敗，因此不管貴賤，只問道在哪裡。貴賤的位子，怎麼會在其它地方呢？把它視為尊貴的那就是尊貴，把它視為卑賤的那就是卑賤的，貴有什麼好榮耀的？賤有什麼好羞恥的？雖然貧和賤，而真的有道，就可以驅使群眾、治理政事、面臨大事、領導官吏，又恥自縈囊■，來考察上下政德的好壞，不追求高的位子和豐厚的俸祿，安居也不會怨恨。所以從前的明智之人能夠做得到，愚昧之人做不到。所以當仁者不被任用，聖人離心，因此宅寓無法治理，以等待明王聖君的出現。所以國家的興盛不是可以僥倖獲得的，當國家已經謀劃不佳，又因為無知而混亂，與群眾脫節，那有什麼益處呢？

那些天下的俊士被疏遠在下位而沒有被錄用的，更加堅守自己的理念卻不怨恨當世。那些聖士不被錄用，就像年歲不合時節，水災旱災、雨水露水不適當，草木和百穀生長遲緩，導致貧瘠沒有收成。那些春夏秋冬時序和順，乾濕、雨露適度，則草木和百穀茂盛生長繁盛結實，沒有疾病而順利成熟。所以以草木來比喻人，要符合年歲時節（要善用聖士，減少在下位而不由的悲怨俊士）。

那些好的人才想要通達，就好像在上位者想要好的人才，想要好好地處理政事。因此要得到好的人才，（在上位者）一定要從自身的表現開始，要督正自己的行為，要改變／辨別自己的施政，那麼人民就會跟著改。那些人才的好與不好，哪裡有恆常的種性，只會跟著在上位者的做法。君王的訓教，就好像溪河山谷☑（溪河遇到山谷就會轉彎，遇到平地就會奔流而下）……焉□，遇到

什麼事一定要自己知道最妥善的應變，那麼百官就會尊敬。

不要懷念歡樂而忘記苦難，一定要考慮前後，那麼災患就不會到來。不要感動於和悅的顏色而心被迷惑，要衡量他行為的好壞來驅使他，那麼就□□□不要放縱慾望而枉曲了正道，要謀劃到最後的成功。不要表面上信誓旦旦，不要作虛偽的事，那麼信用就能長久保持。不要喜歡被稱譽，一定要仔細察辨聽聞。免除不好的謀求好的，要厭惡並遠離它們，那麼在下位者就不敢欺騙上位者。

不要厭惡謠言，要仔細察辨當中可信的部分來要求自己改正，那麼過錯就會變少。不要以一個人的話來詆毀褒譽，求證並仔細察辨，那麼實際情況就可以得知。不要驕傲自大而不恭敬，和諧其聲音語氣以及其面色表情來安撫和順人民，那麼群眾就不會離散。不要拋棄貧病之人，不要憎惡、不要責備他們，要教導並幫助他們，人民就不會有怨恨了。

那些不遵守教化的廢民，他們也將會得到（前段所說的施政或態度的影響）而服從，在上位者也不會受到責怪。出身高低不同而位於相同職位的人，不管關係的親疏、距離的遠近、年齡的小大，你都用同一個標準對待，他們就不會有二心，虛偽就不會興起。

【注釋】

〔01〕貴偯（賤）之立（位），幾（豈）或才（在）刉（它）

〈治邦之道〉原考釋劉國忠：「古音『幾』與『豈』近，故多通。」

王寧提出兩說，第一說認為「刉」是「初」字之誤，屬下讀，此數句的意思是說「貴賤的地位，豈是一直就有的？如果開始貴的一直就貴，賤的一直就賤，那麼貴有什麼可榮耀的？賤有什麼可羞恥的？」[註5] 第二說讀為「貴偯（賤）之立（位），幾（豈）或（又）才（在）初？」認為「初」意為初生。當時人尊尊親親、貴貴賤賤，都在于出身，貴的一生下來就貴，賤的一生下來就賤，而《治邦之道》反對這種事情。[註6]

〔註5〕王寧：〈清華八《治邦之道》初讀〉，武漢大學簡帛研究中心網站簡帛論壇（http://www.bsm.org.cn/forum/forum.php?mod=viewthread&tid=4357&extra=page%3D1），2018年10月12日。

〔註6〕王寧：〈清華八《治邦之道》初讀〉，武漢大學簡帛研究中心網站簡帛論壇（http://www.bsm.org.cn/forum/forum.php?mod=viewthread&tid=4357&extra=page%3D1），2018年10月13日。

蕭旭：「或，有也。刣，讀為多。」〔註7〕

金案：「刣」字圖版作█，非「初」字之誤。王寧第一說加了「一直」二字有增字解經之嫌，且「貴賤的地位，豈是一直就有的？」文意略不通順。前一句簡文「不辨貴賤」，邵琪認為：「簡文作者認為明道者知曉選拔賢士的重要性，因此『不辨貴賤』，任用善人。……此看法在《墨子‧尚賢》中多有相應表述」〔註8〕，「不辨貴賤」與此處「貴賤之位」有關，辨明尊卑貴賤是先秦政治思想很重要的一環，諸子對此看法如下：

> 《禮記‧仲尼燕居》：「昔聖帝明王諸侯，辨貴賤、長幼、遠近、男女、外內，莫敢相逾越，皆由此涂出也。」

> 《孟子‧梁惠王下》：「國君進賢，如不得已，將使卑逾尊，疏逾戚，可不慎與？」

> 《荀子‧君子》：「故尚賢使能，等貴賤，分親疏，序長幼，此先王之道也。」

以上是儒家對於貴賤的相關記載，《禮記》的「辨貴賤」和《荀子》的「等貴賤」代表了儒家的基本觀點，在舉用賢人時，還是遵循著親疏貴賤這樣的禮教制度。比較特別的是《孟子》的記載，該處提到如果不得已的情況下，可以任用卑賤和疏遠的人，朱熹《集注》云：「蓋尊尊親親，禮之常也，然或尊者、親者未必賢，則必進疏遠之賢而用之。是使卑者逾尊、疏者逾戚，非禮之常也，故不可不謹也。」所謂「不得已」的情況，在《孟子》的原文中沒有明講，從朱熹的注中可知，這種情況是尊者、親者沒有賢人時，要以謹慎的態度進用地位卑賤、關係疏遠的賢人。孟子這種思想以儒家系統來說是較為先進的，應該與當時的政治環境有關，春秋戰國以後，原先周代的宗法制度已有改變，所以孟子此處所言，可以說是回應了當時的時代需求。

《孟子‧梁惠王下》有一段孟子與齊宣王的問答，齊宣王問孟子要不要毀掉明堂，孟子回答要宣王行王政：「昔者文王之治岐也，耕者九一，仕者世祿，關市譏而不征，澤梁無禁，罪人不孥。」其中「仕者世祿」，陳來認為「孟子還是肯定

〔註7〕蕭旭：〈清華簡（八）《治邦之道》校補〉，復旦大學出土文獻與古文字研究中心網站（http://www.gwz.fudan.edu.cn/Web/Show/4340），2018 年 11 月 26 日。

〔註8〕邵琪：《清華簡所見墨家思想研究》（重慶：西南大學碩士論文，2020 年），頁 19。

過去的世官制度的，他覺得世官制度的人事比較穩定。」〔註9〕孟子並非完全從逾尊戚的角度去舉用賢人，基本立場還是尊尊、親親的，在「不得已」的情況，會有不同的作法。

法家的看法見《韓非子‧顯學》：「故明主之吏，宰相必起於州部，猛將必發於卒伍。夫有功者必賞，則爵祿厚而愈勸；遷官襲級，則官職大而愈治。夫爵祿大而官職治，王之道也。」「州部」是地方行政單位，「卒伍」是軍隊的基層單位，可見韓非的用人觀念與儒家相異，不以身份貴賤親疏為準則，在官爵晉升上以是否有功為依據。但在韓非的思想中，「身份」並不是他所關注的地方，甚至有些「反賢」的傾向，《韓非子‧顯學》：「故舉士而求賢智，為政而期適民，皆亂之端，未可與為治也。」提到舉用人才而去訪求賢能智慧的人，處理政事而去配合民眾，都是禍亂的來源，不可以用來治理國家。韓非之所以有這種傾向其實不難理解，《韓非子‧忠孝》：「是廢常上賢則亂，舍法任智則危。故曰：『上法而不上賢。』」「常」、「法」義近，廢棄規律尊崇賢者，國家就會混亂，捨棄法度任用智者，國家就會危險，從這裡可以看出韓非要強調的是「法」的重要性，這也是他的思想核心之一，所以才會說「上法而不上賢」。檢視儒、法家的看法後，以簡文強調不因貴賤影響舉用人才來看，此處確如劉國忠和邵琪所言偏向墨家的思想。

簡文「貴賤之位，豈或在它？」「豈或」見《孔子家語‧在厄》：「召顏回曰：『疇昔予夢見先人，豈或啟祐我哉。子炊而進飯，吾將進焉。』」是一個反問的語氣。「它」，其它地方，指的是身份。此句是說「貴賤的位子，怎麼會在其它地方呢？」從墨家的角度來說，貴賤與否，不是由身份所決定的，應是以賢能與否而定，這也呼應前一句簡文「是以不辨貴賤，唯道之所在」，「道」是治理之道，意思是「不辨別貴賤，只問道在哪裡」。

〔02〕貴之則貴，倓（賤）之則倓（賤）

武漢網帳號「羅小虎」：「我們懷疑可理解為意動，認為尊貴、認為卑賤之義。」〔註10〕

〔註 9〕陳來，王志民主編：《《孟子》七篇解讀》（濟南：齊魯書社，2018 年），頁 84。

〔註10〕羅小虎：〈清華八《治邦之道》初讀〉，武漢大學簡帛研究中心網站簡帛論壇（ http://www.bsm.org.cn/forum/forum.php?mod=viewthread&tid=4357&extra=page%3D1&page=5 ），2018 年 11 月 19 日。

金案：羅小虎意動之說可從，但可再調整，「貴之則貴，賤之則賤」的「之」應是指前文提到的「身份」，此句可理解為「把身份視為尊貴的那就是尊貴的，把身份視為卑賤的那就是卑賤的」

〔03〕可（何）懇（寵）於貴，可（何）愿（羞）於俴（賤）

〈治邦之道〉原考釋劉國忠：「寵，《國語·楚語上》『其寵大矣』，韋注：『榮也。』愿，讀為『羞』，一說讀為『愛』。」

網路帳號「子居」讀「愿」為「羞」，引《韓非子·說疑》：「然明主不羞其卑賤也，以其能，為可以明法，便國利民，從而舉之，身安名尊。」為辭例。〔註11〕

金案：從子居所引辭例，「愿」讀為「羞」較合適。此句意為「貴（身份）有什麼好榮耀的？賤（身份）有什麼好羞恥的？」聯繫前一句「貴之則貴，賤之則賤」，表達出打破身份貴賤，以能力舉用人才的主張。

〔04〕唯（雖）貧以俴（賤），而訐（信）有道

〈治邦之道〉原考釋劉國忠：「以，猶『而』也」

陳民鎮：「『信』當讀作『仁』。」〔註12〕

季師旭昇：「信，真的，副詞。」〔註13〕

金案：此處強調能力高下與貧窮卑賤無關，所以與「仁」的關係不大，「信」從季師旭昇解釋。

〔05〕則或（又）恥自縈嚢𢍰

〈治邦之道〉原考釋劉國忠：「則，猶『而』也，見《經傳釋詞》卷八（第八二頁）。縈，讀為『營』，訓為謀求。清華簡《芮良夫毖》：『厥辟、御事各營其身，恆爭于富，莫治庶難，莫恤邦之不寧。』」

武漢網帳號「心包」認為「恥」也有可能是「聰」字，與「以甄上下政德之

〔註11〕子居：〈清華簡八《治邦之道》解析〉，中國先秦史網站（http://www.xianqin.tk/2019/05/10/735/），2019 年 5 月 10 日。

〔註12〕陳民鎮：〈清華簡（捌）讀札〉，清華大學出土文獻研究與保護中心網站（http://www.ctwx.tsinghua.edu.cn/publish/cetrp/6831/2018/20181117172306966584873/20181117172306966584873_.html），2018 年 11 月 17 日。

〔註13〕2020 年 4 月 4 日讀書會討論記錄。

晦明」意義比較切合。〔註14〕

網路帳號「子居」:「『或』當讀『有』,『有恥』即有恥辱。」〔註15〕

駱珍伊認為 字右旁從「交」。黃澤鈞認為 字右邊從「京」,疑為「就」字。季師旭昇認為《上二·容成氏》簡49「高下肥磽」、《上二·子羔》簡1「小大肥磽」,都讀為「磽」。如果下一字從「交」得聲,應該也和「僥」聲義相近,貪求之義。〔註16〕

駱珍伊:「或,讀為『又』。」季師旭昇:「又會。」〔註17〕

金案:「恥」字圖版作 ,「心」旁上半部沒有其它明顯的筆畫,應非「恩」字。字待考。

〔06〕以䁞（甄）卡=（上下）正（政）悳（德）之昏（晦）明

〈治邦之道〉原考釋劉國忠:「䁞,兩見於清華簡《殷高宗問於三壽》,此處讀為『甄』。《後漢書·光武帝紀》『靈貺自甄』,李注:『甄,明也。』政德之晦明,謂政事之治亂。」

鬱邑齋將「䁞」讀為「陻」,訓為阻塞、陻沒。大意是使得上下的政德阻塞、陻沒,得不到彰顯。〔註18〕

陳民鎮「䁞」讀為「隱」,認為「本句謂愚者恥於自謀,不像前文的明者那樣盡人事,反而要隱藏政事晦明,一味貪求富貴。」〔註19〕

林少平認為「䁞」或同「睊」,引《玉篇》:「吉緣切,音涓。視貌。」《集韻》:「視也。」〔註20〕

〔註14〕 心包:〈清華八《治邦之道》初讀〉,武漢大學簡帛研究中心網站簡帛論壇（http://www.bsm.org.cn/forum/forum.php?mod=viewthread&tid=4357&extra=page%3D1&page=9）,2018年11月25日。

〔註15〕 子居:〈清華簡八《治邦之道》解析〉,中國先秦史網站（http://www.xianqin.tk/2019/05/10/735/）,2019年5月10日。

〔註16〕 2020年3月14日讀書會討論記錄。

〔註17〕 2020年4月4日讀書會討論記錄。

〔註18〕 鬱邑齋:〈讀清華簡《治邦之道》箚記三則〉,復旦大學出土文獻與古文字研究中心網站（http://www.gwz.fudan.edu.cn/Web/Show/4338）,2018年10月4日。

〔註19〕 陳民鎮:〈清華簡（捌）讀札〉,清華大學出土文獻研究與保護中心網站（http://www.ctwx.tsinghua.edu.cn/publish/cetrp/6831/2018/20181117172306966584873/20181117172306966584873_.html）,2018年11月17日。

〔註20〕 林少平:〈清華八《治邦之道》初讀〉,武漢大學簡帛研究中心網站簡帛論壇（http://

許文獻認為讀為「甄」可從，要訓為「考察」較貼切。〔註21〕

王佳慧將「不汲」屬上讀，此處文意為「所以需辨明混亂的政事沒有做到的地方，任用賢德之士，給他們高官厚祿，使其長久任職不想離開。」〔註22〕

《清華玖‧治政之道》附錄釋文作「則或恥自縈（營）毫▨，以腄（甄）卡＝（上下）。正（政）悳（德）之昏（晦）明，不汲（及）高立（位）厚飤（食），以居不憬（還）。」〔註23〕

金案：「腄」字於清華簡出現三處：

1.「汝告我夏腄率若茲」《清華壹‧尹至》簡4

2.「天下腄稱」《清華伍‧殷高宗問於三壽》簡22

3.「腄夏之歸商」《清華伍‧殷高宗問於三壽》簡23

例1原考釋李學勤讀為「隱」。例2原考釋李均明讀為「甄」，引《後漢書‧光武紀》「靈貺自甄」，李賢注：「甄，明也。」例3原考釋李均明讀為「診」，引《說文》：「視也。」「腄」字在〈治邦之道〉出版之前至少有「隱」、「甄」、「診」這三種讀法。

〈治邦之道〉原考釋劉國忠所引書證《後漢書‧光武帝紀》「靈貺自甄」，李注：「甄，明也。」此處「甄」表示「彰明」的意思，用在簡文似不太合適，劉國忠云：「政德之晦明，謂政事之治亂。」「彰明」政事的「治」，可以說得通，但是政事的「亂」，應該不適合用「彰明」來解釋。又，檢「甄」訓為「考察」這個說法，「甄」字的意思，《說文》：「匋也。」本義是製作陶器，也用來比喻對人才的培養造就，〔註24〕段注：「匋者，作瓦器也。董仲舒曰：『如泥之在鈞，惟甄者之所為。』《陳畱風俗傳》曰：『舜陶甄河濱。』其引申之義為察也、勉也。《考工記》段借為震掉字。」又從培養人才引申出審查、鑑別的意思，就文獻使用情況來

www.bsm.org.cn/forum/forum.php?mod=viewthread&tid=4357&extra=page%3D1&page=9），2018年11月23日。

〔註21〕許文獻：〈清華八《治邦之道》初讀〉，武漢大學簡帛研究中心網站簡帛論壇（http://www.bsm.org.cn/forum/forum.php?mod=viewthread&tid=4357&extra=page%3D1&page=9），2018年11月25日。

〔註22〕王佳慧：〈讀《清華大學藏戰國竹簡（捌）》札記五則〉，武漢大學簡帛研究中心網站（http://www.bsm.org.cn/show_article.php?id=3315#_ftnref6），2019年2月14日。

〔註23〕《清華玖‧治政之道》注161：「相關編聯與釋讀詳參賈連翔《從〈治邦之道〉〈治政之道〉看戰國竹書「同篇異制」現象》（待刊）。附錄乃該篇釋文全文」注釋見黃德寬主編：《清華大學藏戰國竹簡（玖）》（上海：中西書局，2019年11月），頁145，注161；釋文見頁146。

〔註24〕王鳳陽：《古辭辨》（長春：吉林文史出版社，1993年），頁472。

看，「考察」義出現時間稍嫌晚了些，但目前此說較可說通簡文故暫從之。

　　張富海將「瞳」釋為見於《玉篇》、《廣韻》之「覎」，訓為「視也」，認為就是古書中有「省視」「察看」之義的「診」的本字。〔註25〕「診」字的意思，《說文》云：「視也。」段注：「《倉公傳》診脈，視脈也。」「診」字「視」的意思，段玉裁認為與眼睛看脈象有關，是從醫學上去觀察病人的病徵，可以說是「察看」義，但這種「視」不帶有價值判斷，應區別「察看」與「省視」義，張富海文中提到「古書中『診』多用作診病義，也有一般的省視察看義，如《漢書・佞幸傳・董賢》：『莽疑其詐死，有司奏請發賢棺，至獄診視。』」此處記載是說王莽懷疑董賢假死，執事官員奏請發棺，到獄中察看。其中的「診」字，顏師古注：「診，驗也，音軫。」只有「察看」的意思，而且也較偏向醫學方面的「視」。張文中還有舉秦簡的例子，其云：「睡虎地秦簡『診』字履見，兩種意思都有。」睡虎地秦簡的「診」字如張富海所說有兩種意思，第一種為《睡虎地秦簡・封診》32：「已診丁」的診病義，第二種為《睡虎地秦簡・秦律》16：「將牧公馬牛，馬【牛】死者，亟謁死所縣，縣亟診而入」，「診」字整理者云：「《漢書・董賢傳》注：『驗也』。即檢驗。」〔註26〕此律是說有放牧的馬牛死掉，要緊急向上呈報，縣緊急去檢驗。可以發現整理者與張富海同樣都引《漢書・董賢傳》的書證，結合〈董賢傳〉和《睡虎地秦簡・秦律》16的例子來看，兩處的「診」都只有「察看」義，而且與醫學相關，用來檢驗屍體的死亡狀態。見於《玉篇》、《廣韻》的「覎」字僅解釋為「視也」，而「診」字的「視」與醫學有關，所以這兩個字的關係還有待商榷。先秦「診」字的「視」可能還是偏向察看、檢驗義，不適合用在〈治邦之道〉此處的語境。《清華玖・治政之道》附錄釋文在「上下」後作句號。〈治政之道〉的斷句「政德之晦明」與前後句文意銜接不通順，故不採用。

〔07〕以居不懁（怨）

　　〈治邦之道〉原考釋劉國忠：「還，《儀禮・鄉飲酒禮》『主人答拜，還，賓拜辱』，鄭注：『還，猶退。』」

　　武漢網帳號「羅小虎」將「懁」讀為「怨」，舉《清華柒・越公其事》中

〔註25〕張富海：〈清華簡字詞補釋三則〉，《古文字研究（第31輯）》（北京：中華書局，2016年），頁351～352。

〔註26〕陳偉主編：《秦簡牘合集・壹》（武漢：武漢大學出版社，2014年），頁56。

「鄒」（簡 51）讀為「縣」；「徲」（簡 36）、「鄡」（簡 39）、「還」（簡 52）也讀為「縣」的例子，說明睘、肙、夗作為聲符可以通用，故懷可通怨。此句是說「即使沒有處於很高的位子，沒有豐厚的食物，而處於這樣的位子也不會心生怨恨。」〔註27〕

蕭旭：「還，讀作懁，音轉亦作悁、狷，忿急、憂愁也。簡文言雖不得高位厚祿，亦居之不憂忿。」〔註28〕

武漢網帳號「汗天山」：「懷，或可讀為『嬽』，好也。以居不嬽，意即居住之處所不好？」〔註29〕

網路帳號「子居」：「『還』當讀為營，《淮南子・主術》：『執正營事，則讒佞奸邪無由進矣。』『高位厚食以居，不還』猶言尸位素餐。」〔註30〕

劉信芳：「懷依字讀，《說文》『懷，忿也』，段注：『懁下曰：一曰急也，此與義音同。』……『以居不懷』，不急於出山。」〔註31〕

金案：此處「懷」讀為「怨」文意較通順，但兩者通讀的根據並非如羅小虎所言。「懷」為影母元部；「怨」為群母耕部，兩者音理上可通。羅小虎之說問題在於「睘」、「肙」在〈越公其事〉雖然都可讀為「縣」，但不表示「睘」就可以通「肙」。簡文「不迊（及）高立（位）厚飤（食），以居不懷（怨）。」意思是「沒有得到顯貴的職位、優厚的俸祿，還是安居不怨恨。」另外，簡文「不及高位厚食」似乎與墨家思想有些不同，墨子提到對待賢士的方式見《墨子・尚賢上》：「況又有賢良之士厚乎德行，辯乎言談，博乎道術者乎，此固國家之珍，而社稷之佐也，亦必且富之、貴之、敬之、譽之，然後國之良士，亦將可得而眾也。」認為要讓賢良之士富足、顯貴，這樣國中的賢良之士就會增加了。

〔註27〕羅小虎：〈清華八《治邦之道》初讀〉，武漢大學簡帛研究中心網站簡帛論壇（http://www.bsm.org.cn/forum/forum.php?mod=viewthread&tid=4357&extra=page%3D1&page=5），2018 年 11 月 19 日。

〔註28〕蕭旭：〈清華簡（八）《治邦之道》校補〉，復旦大學出土文獻與古文字研究中心網站（http://www.gwz.fudan.edu.cn/Web/Show/4340），2018 年 11 月 26 日。

〔註29〕汗天山：〈清華八《治邦之道》初讀〉，武漢大學簡帛研究中心網站簡帛論壇（http://www.bsm.org.cn/forum/forum.php?mod=viewthread&tid=4357&extra=page%3D1&page=12），2019 年 5 月 4 日。

〔註30〕子居：〈清華簡八《治邦之道》解析〉，中國先秦史網站（http://www.xianqin.tk/2019/05/10/735/），2019 年 5 月 10 日。

〔註31〕劉信芳：〈清華（八）《治邦之道》試說〉，武漢大學簡帛研究中心網站（http://www.bsm.org.cn/show_article.php?id=3507），2020 年 1 月 23 日。

還有像是《墨子・尚賢中》：「爵位不高則民不敬也，蓄祿不厚則民不信也，政令不斷則民不畏也。故古聖王高予之爵，重予之祿，任之以事，斷予之令，夫豈為其臣賜哉，欲其事之成也。」把國家治理好，就要給予賢人很高的爵位，優厚的俸祿，前文有提到〈治邦之道〉對舉用人才的看法與墨家接近，但簡文此處對於人才的待遇，又與墨家有出入，此點差異可再進一步探討。

〔08〕是以忞（仁）者不甬（用），聖人以解

〈治邦之道〉原考釋劉國忠：「解，指離散其心。《墨子・尚賢下》：『是以使百姓皆放心解體，沮以為善，垂其股肱之力，而不相勞來也。』」

網路帳號「子居」認為「愚者失之」後作句號。〔註32〕

劉信芳：「『聖人以解』乃典故，『解』猶放也。……孔子出走，是『聖人以解』也。」〔註33〕

季師旭昇認為「是以忞（仁）者不甬（用），聖人以解，古（故）宅（宅）寓不㣊（理），以㫑（待）明王聖君之立。」是說仁者、聖人不能坐著等明王聖君出現，而要建立明王聖君出現的條件。（如果坐著等的話就是「幸」的表現。）〔註34〕

金案：「仁者不用」意為仁者不受重用，「聖人以解」從原考釋劉國忠之說。劉信芳引孔子之例其意雖好，但「解」字沒有該義項，因此不採納。再者因為下一句簡文云「宅寓不理」，所以此處的「仁者」、「聖人」應該是指賢人、有能力的人。儒家思想中的「仁者」，《論語・憲問》：「仁者必有勇，勇者不必有仁。」指有仁德的人；「聖人」，如《孟子・離婁》：「聖人，人倫之至也。」指道德上的理想人格，兩者應不是簡文所描述的對象。

〔09〕古（故）宅（宅）寓不㣊（理）

〈治邦之道〉原考釋劉國忠：「理，《呂氏春秋・勸學》『聖人之所在，則天下理焉』，高注：『理，治。』」

〔註32〕子居：〈清華簡八《治邦之道》解析〉，中國先秦史網站（http://www.xianqin.tk/2019/05/10/735/），2019 年 5 月 10 日。

〔註33〕劉信芳：〈清華（八）《治邦之道》試說〉，武漢大學簡帛研究中心網站（http://www.bsm.org.cn/show_article.php?id=3507），2020 年 1 月 23 日。

〔註34〕2020 年 4 月 4 日讀書會討論記錄。

劉信芳：「才智出眾者志大，或產業、工商能力弱，不及宅寓之治也。」〔註35〕

金案：用宅寓來比喻政治，出土文獻和傳世古書中類似的例子如：「昔吾先君獻公是居，掌有二都之室」（《清華柒·趙簡子》簡 7）、「夫子治十室之邑亦樂，治萬室之邦亦樂」（《上博五·君子為禮》簡 11）、《管子·國蓄》：「使萬室之都必有萬鍾之藏，藏繦千萬。使千室之都必有千鍾之藏，藏繦百萬。」

〔10〕古（故）豎（興）不可以幸

武漢網帳號「悅園」釋文作「故舉不可以幸。」〔註36〕

劉信芳：「興謂興賢。賢、聖之遇，逢其時也。遇與不遇，皆非徼幸也。」〔註37〕

金案：簡文「豎」字圖版作：，「興」字兩爪中間的筆畫楚簡一般作「」形；「與」字則作「牙」、「人」或一豎筆。不過也有訛混的例子，如：〈舉治王天下〉簡8，字「與」，但簡文「興、亡」對應，原考釋釋為「興」較佳。

〔11〕既亓（其）不兩（良）於悥（圖）

〈治邦之道〉原考釋劉國忠：「兩，《逸周書·武順》：『無中曰兩。』圖，謀也。」

武漢網帳號「悅園」：「『兩』與『貳』義近。」〔註38〕

武漢網帳號「易泉」：「『兩』讀作『良』。……『不兩（良）於圖』，結構類於『不良于言』（《書·說命》『乃不良于言，予罔聞于行。』）。」〔註39〕

〔註35〕劉信芳：〈清華（八）《治邦之道》試說〉，武漢大學簡帛研究中心網站（http://www.bsm.org.cn/show_article.php?id=3507），2020 年 1 月 23 日。

〔註36〕悅園：〈清華八《治邦之道》初讀〉，武漢大學簡帛研究中心網站簡帛論壇，網址：（http://www.bsm.org.cn/forum/forum.php?mod=viewthread&tid=4357&extra=page%3D1&page=13），2019 年 5 月 13 日。

〔註37〕劉信芳：〈清華（八）《治邦之道》試說〉，武漢大學簡帛研究中心網站（http://www.bsm.org.cn/show_article.php?id=3507），2020 年 1 月 23 日。

〔註38〕悅園：〈清華八《治邦之道》初讀〉，武漢大學簡帛研究中心網站簡帛論壇（http://www.bsm.org.cn/forum/forum.php?mod=viewthread&tid=4357&extra=page%3D1&page=4），2018 年 11 月 18 日。

〔註39〕易泉：〈清華八《治邦之道》初讀〉，武漢大學簡帛研究中心網站簡帛論壇（http://www.bsm.org.cn/forum/forum.php?mod=viewthread&tid=4357&extra=page%3D1&page=4），2018 年 11 月 18 日。

蕭旭：「既，讀作暨，及也。」〔註40〕

劉信芳：「賢、聖者圖時遇，在上之『明者』得之以輔政，是兩圖也；或賢、聖者不逢其時，或在上之『愚者』眼瞎而不識英才，皆『不兩於圖』也。」〔註41〕

金案：劉國忠所引《逸周書・武順》原句作：「人有中曰參，無中曰兩。」該「中」字，學者看法不一，如盧文弨引謝（金案：謝墉）云：「有中，即謂男女，皆以形體言之。」另一種看法如潘振云：「上節中軍，總全軍而言中，此言乘皆有中也。」「人有中曰參，無中曰兩。」前一句為「將居中軍，順人以利陣」，潘振便認為此處的「中」與前段有關。〔註42〕不清楚劉國忠的「中」採何種說法，還是另有解釋？「兩」從「易泉」讀為「良」，簡文「不良於圖」銜接前一句「以待明王聖君之立」，表示國家沒有明王聖君，所以「興不可以幸」。「不良於圖」意為「國家沒有可以謀畫的人材」。

〔12〕則或（又）䍅（爻／殽？）於弗智（知）

〈治邦之道〉原考釋劉國忠：「䍅，字跡不清，疑為『務』字。」

武漢網帳號「羅小虎」：「『或』應讀為『又』。」〔註43〕

季師旭昇：「前文『既亓（其）不兩（良）於悫（圖）』，已有『既』字，這裡的『或』也應讀為『又』。」〔註44〕

金案：䍅字劉國忠疑為「務」字有其道理，可能是「爻」字，讀為「殽」，亂、眩惑之意，簡文「則或（又）爻（殽）於弗知」，「則」為順接連詞，此句意為「在不知道的情況發生混亂」。

〔13〕以孚（免）於眾

陳民鎮：「當作『免』，本篇其他『孚』字也是這一用法。……『以免於眾』

〔註40〕蕭旭：〈清華簡（八）《治邦之道》校補〉，復旦大學出土文獻與古文字研究中心網站（http://www.gwz.fudan.edu.cn/Web/Show/4340），2018 年 11 月 26 日。

〔註41〕劉信芳：〈清華（八）《治邦之道》試說〉，武漢大學簡帛研究中心網站（http://www.bsm.org.cn/show_article.php?id=3507），2020 年 1 月 23 日。

〔註42〕盧、潘之說參黃懷信、張懋鎔、田旭東：《逸周書彙校集注》（上海：上海古籍出版社，1995 年），頁 329。

〔註43〕羅小虎：〈清華八《治邦之道》初讀〉，武漢大學簡帛研究中心網站簡帛論壇（http://www.bsm.org.cn/forum/forum.php?mod=viewthread&tid=4357&extra=page%3D1&page=3），2018 年 11 月 18 日。

〔註44〕2020 年 4 月 4 日讀書會討論記錄。

指脫離羣眾。」〔註45〕

劉信芳：「免，去也。在上者用令色，不知用人之道，則賢者去之，眾叛親離。」〔註46〕

金案：「孚（免）」字從劉信芳之說，結合前一句，即是說國家發生混亂，人民便會遠離執政者。

〔14〕皮（彼）天下之䚡（銳）士之䢍（遠）才（在）下立（位）而不由者

〈治邦之道〉原考釋劉國忠：「䚡，字見於郭店簡《老子》甲本，今本作『銳』。䢍，字從止從衣，為『遠』字早期甲骨文寫法在楚簡中的遺留。一說該字從止從又，衣聲，讀為音近之『隱』，謂隱處。或說該字當隸定為『窒』，從宀從止，及聲，讀為同音之『及』。《廣雅·釋詁》：『及，至也。』由，任用。《左傳》襄公三十年『以晉國之多虞，不能由吾于』，杜注：『由，用也。』」

武漢網帳號「心包」：「讀為『俊』，清華簡《皇門》無不『畟達』之『畟』今本作『允』，『銳』與『允』本身也相通」〔註47〕

武漢網帳號「紫竹道人」釋為「奪」，「奪在下位」即遺漏在下位、失在下位。或馬王堆帛書《老子》甲乙本的「辵＋兌」、「足＋兌」的異體，簡5讀為「墜在下位而不由」亦可。〔註48〕

武漢網帳號「哇那」：「曾侯乙漆箱上的二十八宿名，『牽牛』之『牽』寫作『衣＋又』（袁／攘），可見簡5的䢍，整理者意見應無誤▮」〔註49〕

武漢網帳號「斯行之」：「簡文此字可據以讀為『牽』，『牽在下位而不由者』

〔註45〕陳民鎮：〈清華簡（捌）讀札〉，清華大學出土文獻研究與保護中心網站（http://www.ctwx.tsinghua.edu.cn/publish/cetrp/6831/2018/20181117172306966584873/2018111717 2306966584873_.html），2018 年 11 月 17 日。

〔註46〕劉信芳：〈清華（八）《治邦之道》試說〉，武漢大學簡帛研究中心網站（http://www.bsm.org.cn/show_article.php?id=3507），2020 年 1 月 23 日。

〔註47〕心包：〈清華八《治邦之道》初讀〉，武漢大學簡帛研究中心網站簡帛論壇（http://www.bsm.org.cn/forum/forum.php?mod=viewthread&tid=4357&extra=page%3D1&page=7），2018 年 11 月 20 日。

〔註48〕紫竹道人：〈清華八《治邦之道》初讀〉，武漢大學簡帛研究中心網站簡帛論壇（http://www.bsm.org.cn/forum/forum.php?mod=viewthread&tid=4357&extra=page%3D1&page=10），2018 年 12 月 8 日。

〔註49〕哇那：〈清華八《治邦之道》初讀〉，武漢大學簡帛研究中心網站簡帛論壇（http://www.bsm.org.cn/forum/forum.php?mod=viewthread&tid=4357&extra=page%3D1&page=11），2018 年 12 月 21 日。

即在下位受牽制（或因被牽制而處在下位）而不得重用之義。」〔註50〕

　　許文獻：「應是本於甲文从止『袁』字一類之形（ 《合集》31774），其所从之止形，乃『又』旁之訛化，可讀為『牽』」〔註51〕

　　武漢網帳號「汗天山」：「讀為『繯』（此字當即《說文》『馬/馬』字之後起形聲字，《說文》：『馬，馬一歲也。从馬；一，絆其足。讀若弦。一曰若環。』），《廣韻》：『繫也。』俊（？）士羈縻拘係在下位而不用，似可通？」〔註52〕

　　武漢網帳號「哇那」：「讀作『遂』，可理解成幽隱、隱匿之義。『遂士』，猶文獻『幽隱』」〔註53〕

　　網路帳號「子居」：「讀為『睿』，訓為聖，……『遠在下位』即遠離朝堂，地位低下。」〔註54〕

　　高佳敏：「簡五『蚤』字，結合段意及《墨子》似作『隱』更合適。『銳士』『聖士』應皆為『賢良之士』。」〔註55〕

　　金案：「銳士」，原考釋之說如「心包」所言，在文獻中指「精銳的兵士」與簡文下文的「聖士」、「善人」不合。駱珍伊補充文獻「俊士」，見《荀子·大略》：「天下國有俊士，世有賢人。」此從「俊士」之說。〔註56〕

　　「蚤」字圖版作：（後以△表示），原考釋提出「遠」、「隱」、「及」三種說法。檢第一種「遠」的說法，「遠」字甲骨文作：《合》30085。金文作：

〔註50〕斯行之：〈清華八《治邦之道》初讀〉，武漢大學簡帛研究中心網站簡帛論壇（http://www.bsm.org.cn/forum/forum.php?mod=viewthread&tid=4357&extra=page%3D1&page=11），2018年12月24日。

〔註51〕許文獻：〈清華八《治邦之道》初讀〉，武漢大學簡帛研究中心網站簡帛論壇（http://www.bsm.org.cn/forum/forum.php?mod=viewthread&tid=4357&extra=page%3D1&page=11），2018年12月29日。

〔註52〕汗天山：〈清華八《治邦之道》初讀〉，武漢大學簡帛研究中心網站簡帛論壇（http://www.bsm.org.cn/forum/forum.php?mod=viewthread&tid=4357&extra=page%3D1&page=12），2019年5月4日。

〔註53〕哇那：〈清華八《治邦之道》初讀〉，武漢大學簡帛研究中心網站簡帛論壇（http://www.bsm.org.cn/forum/forum.php?mod=viewthread&tid=4357&extra=page%3D1&page=13），2019年5月12日。

〔註54〕子居：〈清華簡八《治邦之道》解析〉，中國先秦史網站（http://www.xianqin.tk/2019/05/10/735/），2019年5月10日。

〔註55〕高佳敏：〈《清華大學藏戰國竹簡（捌）》札記四則〉，復旦大學出土文獻與古文字研究中心網站（http://www.gwz.fudan.edu.cn/Web/Show/4450），2019年8月5日。

〔註56〕2020年4月4日讀書會討論記錄。

遽伯簋《集成》3763，裘錫圭認為「袁」是「擐」的初文。〔註57〕楚簡作：

《清華壹・程寤》簡5，這種「袁」形應是裘先生文中認為從甲骨「爰」上加「止」演變過來的。還有一種寫法作（曾侯乙漆箱E66），此字為二十八星宿的「牽」字，黃錫全釋為从衣从又，此種寫法在目前的戰國文字中僅此一例，卻與甲骨的寫法相合。再比對△與「袁」字，雖然△字「衣」形的下半有些簡省，但釋為「衣」還可以接受，整體來說可以算是與「袁」字相近，讀為「遠」可從。「紫竹道人」提出「奪」、「墜」兩說。「奪」字金文作（奪作父丁卣《集成》05331），下方是「又」形而非「及」，且「又」形也非在中間，與△字仍有距離。文意上「奪」、「墜」也不通順，故不從其說。

〔15〕曾（愈）自固以悲（非）忩（怨）之

〈治邦之道〉原考釋劉國忠：「曾，字形略有殘損，在此讀為『愈』。《國語・晉語二》『吾聞申生之謀愈深』，韋注：『愈，益也。』或以為此字可隸作『害』，讀為『曷』。忩，《說文》『怨』字古文。」

武漢網帳號「哇那」「悲」讀為「誹」。〔註58〕

武漢網帳號「海天遊蹤」認為「忩」從「命」聲，可讀為「憐」。文獻有「悲憐」的說法，引《商君書・兵守》：「悲憐在心」〔註59〕

蘇建洲：「簡文讀為『悲憐』文意似有不妥，整理者讀為『悲怨』較為妥貼。依此說，這是『怨』字首例將『○』誤寫為『□』形者，值得注意。」〔註60〕

《清華玖・治政之道》附錄釋文「曾（愈）自固以悲忩（憐）之」〔註61〕

〔註57〕裘錫圭：〈釋殷墟甲骨文裡的「遠」「狱」（邇）及有關諸字〉，《古文字研究（第12輯）》，頁90。

〔註58〕哇那：〈清華八《治邦之道》初讀〉，武漢大學簡帛研究中心網站簡帛論壇（http://www.bsm.org.cn/forum/forum.php?mod=viewthread&tid=4357&extra=page%3D1&page=4），2018年11月18日。

〔註59〕海天遊蹤：〈清華八《治邦之道》初讀〉，武漢大學簡帛研究中心網站簡帛論壇（http://www.bsm.org.cn/forum/forum.php?mod=viewthread&tid=4357&extra=page%3D1&page=6），2018年11月19日。

〔註60〕蘇建洲：〈《清華大學藏戰國竹簡（捌）》字詞考釋十則〉，《中國文字・2019年冬季號・總第二期》（臺北：萬卷樓圖書股份有限公司，2019年），頁31。

〔註61〕《清華玖・治政之道》注161：「相關編聯與釋讀詳參賈連翔《從〈治邦之道〉〈治政之道〉看戰國竹書「同篇異制」現象》（待刊）。附錄乃該篇釋文全文」注釋見黃

劉信芳認為固，堅也，守也。悲念讀為「非命」（不是自己的命）。〔註62〕

季師旭昇：「釋為『怨』沒有問題。就是把圈形寫成口，挪到左下角。從偏旁制約來看，此字從『心』旁，就不會跟『命』混淆了。」〔註63〕

金案：「會」字作，原考釋劉國忠提出兩說，第二說釋為「害」，「害」字作〈攝命〉簡26，當從第一說釋為「會」。「固」從劉信芳之說。「悲念」應讀為「非怨」，原因在於「會（愈）自固」為「更加堅守自己的理念」，既然已堅守信念，若解釋為「悲怨」，似乎有些矛盾。又後文的「聖士」亦不受錄用，但沒提到「悲怨」一事，所以此處的「俊士」好像也沒有「悲怨」的依據。「以」，連詞。表轉折，相當於「卻」。

〔16〕則端（草）木以迻（及）百穀（穀）曼（慢）生，以瘀（瘠）不成

〈治邦之道〉原考釋劉國忠：「曼，讀為『慢』。《詩‧大叔于田》『叔馬慢忌』，毛傳：『慢，遲。』百穀慢生，謂百穀不以時熟。或曰『曼』讀為『晚』。瘀，疑讀為『瘠』。《公羊傳》莊公三十年『大瘠也』，何注：『瘠，病也。』」

武漢網帳號「悅園」：「『則草木以及百穀曼生，以瘀不成』，當作一句讀，『曼』似應讀為『蔓』，『以』猶『而』，『瘀』似可讀為『粢／粲』，黍稷，引申指百穀之實。」〔註64〕

蕭旭：「曼，讀為莫。莫生，指草木百穀枯死也。瘀，讀為殀。《說文》：『殀，戰見血曰傷，亂或（惑）為惛，死而復生為殀』。」〔註65〕

武漢網帳號「汗天山」：「瘀當讀為『瘠』。《爾雅‧釋詁》：『瘠，病也。』……草木以及百穀『以瘠不成』，即草木以及百穀植株矮小，長不大，不能繁茂生長而開花結實至於成熟也。」〔註66〕

德寬主編：《清華大學藏戰國竹簡（玖）》（上海：中西書局，2019年11月），頁145，注161；釋文見頁146。

〔註62〕劉信芳：〈清華（八）《治邦之道》試說〉，武漢大學簡帛研究中心網站（http://www.bsm.org.cn/show_article.php?id=3507），2020年1月23日。

〔註63〕2020年4月4日讀書會討論記錄。

〔註64〕悅園：〈清華八《治邦之道》初讀〉，武漢大學簡帛研究中心網站簡帛論壇（http://www.bsm.org.cn/forum/forum.php?mod=viewthread&tid=4357&extra=page%3D1&page=4），2018年11月18日。

〔註65〕蕭旭：〈清華簡（八）《治邦之道》校補〉，復旦大學出土文獻與古文字研究中心網站（http://www.gwz.fudan.edu.cn/Web/Show/4340），2018年11月26日。

〔註66〕汗天山：〈清華八《治邦之道》初讀〉，武漢大學簡帛研究中心網站簡帛論壇（http://www.bsm.org.cn/forum/forum.php?mod=viewthread&tid=4357&extra=page%3D1&pa

金案：「曼」從原考釋第一說，指生長遲緩。「痰」字讀為「瘠」可從，楚簡通讀例子如「邦大瘯（瘠），焉徙居鄩郢」（〈楚居〉簡16），簡文「痰（瘠）不成」即是土地貧瘠沒有好的收成。

〔17〕亡（無）矞（蠹／疾）以箮（熟）

〈治邦之道〉原考釋劉國忠：「矞，即『蠹』，《說文》：『傷痛也。』」

石小力「蠹」讀為「疾」，病也。引上博簡〈緇衣〉簡11「蠹」字、清華簡〈祭公之顧命〉簡16「息」字，兩字今本《禮記・緇衣》作「疾」。[註67]

武漢網帳號「海天遊蹤」亦讀「疾」，補充「疾」的用法，《淮南子・時則訓》：「六月五穀疾狂。」高誘注：「疾狂，不華而實也。」《漢語大辭典》：「疾狂，猶病狂。特指植物不華而實的異常現象。」[註68]

陳民鎮從石小力、蘇建洲讀「疾」。[註69]

金案：「矞（蠹）」從石小力讀為「疾」。

〔18〕古（故）卑（譬）之人耑（草）木而正戉（歲）旹（時）

〈治邦之道〉原考釋劉國忠：「此句謂以人譬之於草木。簡文『草木』之後亦有句讀符號。」

武漢網帳號「悅園」認為「草木」之後的符號為專有名詞提示符，非句讀符號，當作一句讀。「人」為「女（如）」或「若」的訛寫。也有另外一種可能，將「人」讀為「如」或「若」。[註70]

魏棟：「『譬之人草木』即『譬之人〈女—如〉草木』，人、女二字義近而訛，人〈女〉字當讀為如，是比喻詞，訓猶、若。」[註71]

ge=11），2019年5月4日。

[註67] 石小力：〈清華簡第八輯字詞補釋〉，清華大學出土文獻研究與保護中心網站（http://www.ctwx.tsinghua.edu.cn/publish/cetrp/6831/2018/201811171725223024587255/20181117172522302458725_.html），2018年11月17日。

[註68] 海天遊蹤：〈清華八《治邦之道》初讀〉，武漢大學簡帛研究中心網站簡帛論壇（http://www.bsm.org.cn/forum/forum.php?mod=viewthread&tid=4357&extra=page%3D1&page=6），2018年11月19日。

[註69] 陳民鎮：〈據清華九《治政之道》補說清華八（六則）〉，《出土文獻（第15輯）》（上海：中西書局，2019年）

[註70] 悅園：〈清華八《治邦之道》初讀〉，武漢大學簡帛研究中心網站簡帛論壇（http://www.bsm.org.cn/forum/forum.php?mod=viewthread&tid=4357&extra=page%3D1&page=4），2018年11月18日。

[註71] 魏棟：〈清華簡《治邦之道》篇補釋〉，《清華大學學報》2018年第6期。

金案：句意如劉國忠所言。「人」後可能漏字，像是如、為等字。

〔19〕侯〈医〉（殹）亂（亂）正（政）是御之

〈治邦之道〉原考釋劉國忠：「侯，疑為『医』字之訛，讀為『殹』。亂，《左傳》襄公二十八年『武王有亂臣十人』，杜注：『治也。』御，《廣雅・釋詁》：『使也。』」

武漢網帳號「悅園」：「『侯』不必視為『医』的誤字，『侯』為發語詞，猶『維』『伊』」〔註72〕

武漢網帳號「心包」將「侯」看作句首虛詞。認為「是」可起強調作用（同「實／寔」），中間可點斷，「亂正」為「百官」、「百正」，「侯」的「伺候」、「等候」、「觀察」、「甄查」等義皆可講通文意。〔註73〕

蕭旭同意「侯」為發語詞，認為簡文尤可注意者，動詞「御」下有代詞賓語「之」，則「是」決非前置複指賓語。〔註74〕

陳民鎮以《清華玖・治政之道》的「医」讀作「抑」，認為〈治邦之道〉的「医」也需要改讀。〔註75〕

季師旭昇：「亂，贊成訓為『治』，因為下面沒有提到『亂政』。」〔註76〕

金案：「侯」字圖版作，為「医」的訛字，可讀作「繄」，用作順接連詞（詳參拙作〈談《清華捌・治邦之道》的「善人」〉）。〔註77〕

〔20〕古（故）求善人，必從身訇（始）

《清華玖・治政之道》附錄釋文「古（故）求善人，必從以訇（始）」〔註78〕

〔註72〕悅園：〈清華八《治邦之道》初讀〉，武漢大學簡帛研究中心網站簡帛論壇（http://www.bsm.org.cn/forum/forum.php?mod=viewthread&tid=4357&extra=page%3D1&page=4），2018 年 11 月 18 日。

〔註73〕心包：〈清華八《治邦之道》初讀〉，武漢大學簡帛研究中心網站簡帛論壇（http://www.bsm.org.cn/forum/forum.php?mod=viewthread&tid=4357&extra=page%3D1&page=7），2018 年 11 月 20 日。

〔註74〕蕭旭：〈清華簡（八）《治邦之道》校補〉，復旦大學出土文獻與古文字研究中心網站（http://www.gwz.fudan.edu.cn/Web/Show/4340），2018 年 11 月 26 日。

〔註75〕劉信芳：〈清華（八）《治邦之道》試說〉，武漢大學簡帛研究中心網站（http://www.bsm.org.cn/show_article.php?id=3507），2020 年 1 月 23 日。

〔註76〕2020 年 4 月 4 日讀書會討論記錄。

〔註77〕金宇祥：〈談《清華捌・治邦之道》的「善人」〉，「《中國文字》出刊 100 期暨文字學國際學術研討會」（臺北：臺灣師範大學，2020 年 12 月 12 日）

〔註78〕《清華玖・治政之道》注 161：「相關編聯與釋讀詳參賈連翔〈從〈治邦之道〉〈治

劉信芳：「整理者讀為『始』，茲政讀為『治』。」〔註79〕

金案：此字原簡作 ，字跡略為模糊，比對同篇的「身」字： （簡13）、 （簡17），「以」字： （簡9），此字中間似有豎筆，應該仍是「身」字。

〔21〕攴（變／辨）亓（其）正（政）

〈治邦之道〉原考釋劉國忠：「攴，讀為『變』。」

武漢網帳號「海天遊蹤」認為讀為「變」不可從，用字習慣不合。{變}從來都用「弁／覍」表示。此處當讀為「辨」。〔註80〕

劉信芳：「對於行政不善之『變』，指向換崗、懲罰，撤職之類行政措施。」〔註81〕

金案：從楚簡用字習慣來看，禤健聰認為用「変」表示{變}，用「金」記{辨}。〔註82〕不過禤說用「金」記{辨}的說法有待商榷，像是《郭店‧六德》簡5「君子不卞如道」，此例禤書未收，〈六德〉此處「卞」字讀「變」較「辨」佳，故「卞」字可能未必都用作{辨}。〈治政之道〉的「攴其政」，既然「攴」字楚簡有讀「變」和「辨」的例子，所以從古書來觀察「變」和「辨」的使用情況，「變」和「政」搭配的文例如：《禮記‧明堂位》：「禮樂、刑法、政俗未嘗相變也」、《墨子‧非命中》：「此世不渝而民不改，上變政而民易教」。「辨」和「政」也有搭配的文例：《大戴禮記‧小辨》：「諸侯學禮辨官政以行事，以尊天子」、《大戴禮記‧少閒》：「天政曰正，地政曰生，人政曰辨。」以文意來說，「變」、「辨」皆可說通簡文，而且也都有書證，所以兩種通讀並存。

政之道〉看戰國竹書「同篇異制」現象》（待刊）。附錄乃該篇釋文全文」注釋見黃德寬主編：《清華大學藏戰國竹簡（玖）》（上海：中西書局，2019 年 11 月），頁 145，注 161；釋文見頁 146。

〔註79〕劉信芳：〈清華（八）《治邦之道》試說〉，武漢大學簡帛研究中心網站（http://www.bsm.org.cn/show_article.php?id=3507），2020 年 1 月 23 日。

〔註80〕海天遊蹤：〈清華八《治邦之道》初讀〉，武漢大學簡帛研究中心網站簡帛論壇（http://www.bsm.org.cn/forum/forum.php?mod=viewthread&tid=4357&extra=page%3D1&page=7），2018 年 11 月 20 日。

〔註81〕劉信芳：〈清華（八）《治邦之道》試說〉，武漢大學簡帛研究中心網站（http://www.bsm.org.cn/show_article.php?id=3507），2020 年 1 月 23 日。

〔註82〕禤健聰：《戰國楚系簡帛用字習慣研究》（北京：科學出版社，2017 年），頁 47～48。

〔22〕句（后）王之愻（訓）敎（教）

武漢網帳號「紫竹道人」:「『句』讀為『后』,『后王之訓教』，可能指從前的明王之遺訓之類的。」〔註83〕

金案:「句」字原考釋劉國忠釋文作「茍」。「茍」作虛詞用表示「如果」、「假若」，於簡文略不通順，故從「紫竹道人」說。

〔23〕必慮歬（前）退〈後〉

〈治邦之道〉原考釋劉國忠:「退，疑為『後』字之訛。《大戴禮記·武王踐祚》:『見爾前，慮爾後。』」

蕭旭:「『退』字不誤。退指退卻、退後，前指前進，正相對舉。」〔註84〕

網路帳號「子居」:「訓『歬』為『進』，……《太平經·音聲舞曲吉凶》:『夫和氣變易，或前或退，故下上無常。』即『前』、『退』併言用為進退之例。」〔註85〕

陳劍同意原考釋之說。〔註86〕

尉侯凱將「前退」之「退」解釋成「後」，認為所謂「前退」，實即「前後」。「必慮前退」，謂一定要考慮事物的前後兩個方面。〔註87〕

金案:「後人自公」《安大壹·羔羊》簡31，原考釋:「後人自公:《毛詩》作『退食自公』。『後人』，簡文作『』戰國文字『後』作『』(《上博六·競》簡七)、『』(《清華壹·皇門》簡七)，『退』字作『』(《上博六·用》簡一九)。二字形體相近，『後』蓋因形近被改寫作『退』。」

海天遊蹤認為「後」、「退」容易相混，舉《老子》「是以聖人後其身而身先」、馬王堆帛書乙本「後」作「退」為證。〔註88〕陳劍認為簡文「後」應為

〔註83〕紫竹道人:〈清華八《治邦之道》初讀〉，武漢大學簡帛研究中心網站簡帛論壇(http://www.bsm.org.cn/forum/forum.php?mod=viewthread&tid=4357&extra=page%3D1&page=8)，2018年11月20日。

〔註84〕蕭旭:〈清華簡（八）《治邦之道》校補〉，復旦大學出土文獻與古文字研究中心網站（http://www.gwz.fudan.edu.cn/Web/Show/4340），2018年11月26日。

〔註85〕子居:〈清華簡八《治邦之道》解析〉，中國先秦史網站(http://www.xianqin.tk/2019/05/10/735/)，2019年5月10日。

〔註86〕陳劍:〈簡談安大簡中幾處攸關《詩》之原貌原義的文字錯訛〉，武漢大學簡帛研究中心網站（http://www.bsm.org.cn/show_article.php?id=3429），2019年10月8日。

〔註87〕尉侯凱:〈說「退」、「後」〉，武漢大學簡帛研究中心網站(http://www.bsm.org.cn/show_article.php?id=3433)，2019年10月9日。

〔註88〕海天遊蹤:〈安大簡《詩經》初讀〉，武漢大學簡帛研究中心網站簡帛論壇（http://

「退」字之誤，將「後人」之「人」改釋為「以」，讀為「食」。〔註89〕有安大簡作為「後」、「退」混訛的例子，此處從原考釋之說。

〔24〕母（毋）咸（感）於窐（令）色以還（營）心

〈治邦之道〉原考釋劉國忠：「咸，讀為『感』，言動心。一說『咸』為『或』字之訛，『或』讀為『惑』。……令色，《詩・烝民》『令儀令色』，鄭箋：『令，善也。』還，《左傳》襄公十年『還鄭而南』，杜注：『繞也。』還心，指縈繞於心。」

石小力：「還當讀為『熒』，……熒，迷惑。熒心，即惑心，使心思迷惑。《莊子・人間世》：『而目將熒之，而色將平之，口將營之。』古書又作『營』，《淮南子・原道》：『不足以營其精神，亂其氣志。』高誘注：『營，惑也。』」〔註90〕

武漢網帳號「易泉」：「此字所從不是口，其寫法類于郭店語叢三42『或』字，可直接作『或』，讀作『惑』。可訓作亂、迷。」〔註91〕

《清華玖》附錄〈治政之道〉釋文「母或於窐（令）色以還心」

金案：「咸（感）」，簡文「母（毋）咸（感）於窐（令）色以還（營）心」即「不要感動於偽善的顏色而心被迷惑」（詳參拙作〈《清華捌・治邦之道》札記〉）。〔註92〕

〔25〕雯（稱）亓（其）行之厚泊（薄）以吏（使）之

金案：「行」，就此篇簡文對人才的標準來看，應指才能、能力。「厚薄」，意為好壞，《荀子・成相》：「守其職，足衣食，厚薄有等明爵服。」

---

www.bsm.org.cn/forum/forum.php?mod=redirect&goto=findpost&ptid=12409&pid=28074），2019 年 9 月 24 日。

〔註89〕陳劍：〈簡談安大簡中幾處攸關《詩》之原貌原義的文字錯訛〉，武漢大學簡帛研究中心網站（http://www.bsm.org.cn/show_article.php?id=3429），2019 年 10 月 8 日。

〔註90〕石小力：〈清華簡第八輯字詞補釋〉，清華大學出土文獻研究與保護中心網站（http://www.ctwx.tsinghua.edu.cn/publish/cetrp/6831/2018/20181117172522302458725/20181117172522302458725_.html），2018 年 11 月 17 日。

〔註91〕易泉：〈清華八《治邦之道》初讀〉，武漢大學簡帛研究中心網站簡帛論壇（http://www.bsm.org.cn/forum/forum.php?mod=viewthread&tid=4357&extra=page%3D1&page=4），2018 年 11 月 18 日。

〔註92〕金宇祥：〈《清華捌・治邦之道》札記〉，「第三十二屆中國文字學國際學術研討會」（臺北：臺北教育大學，2021 年 5 月 21～22 日）

〔26〕則□□□母（毋）從（縱）欲以䢔（枉）亓（其）道，惫（圖）冬（終）之以^祉（功）

「鬱邑齋」認為「䢔」從坒得聲，當讀為忘。意思是不要過分縱欲而忘記道。〔註93〕

武漢網帳號「汗天山」釋文「則□□□。毋縱欲【9】以枉其道，圖終之以功。」〔註94〕

《清華玖》附錄〈治政之道〉釋文「則〔母（毋）〕□□母（毋）從（縱）欲【九】以䢔（枉）亓（其）道」

季師旭昇：「『枉道』比『忘道』好，枉道是扭曲了道，意思更強烈。而且字形就從『坒』得聲，讀為『枉』更直接。」〔註95〕

金案：「䢔」字，鬱邑齋讀為「忘」，從音理上看，唇音幫母與牙喉音多有交涉，像是《郭店‧五行》32「顏色容佼」，「佼」從「爻」聲，可讀為「貌」，但是楚簡從「坒」的字多不讀「亡」聲的字。

〈治邦之道〉原考釋劉國忠釋文作「則□□□母（毋）從（縱）欲【九】以䢔（枉）亓（其）道」，與《清華玖》附錄〈治政之道〉釋文（以下簡稱《清華玖》）差別在於「則」字後的〔母（毋）〕字，但該處圖版已殘泐，文字無法識別，推測《清華玖》的釋文可能是據文意補上「母」。簡文此段行文大致上是「毋……則……」的句式，但也有例外，像此句「毋縱欲以枉其道」，後面就沒有「則」字，若此，《清華玖》補上「母」就不太合適，故從劉國忠的釋文作□。在斷句上，參考「毋懷樂以忘難」一句，從汗天山在「則□□□」後作句號，與「毋縱欲以枉其道」一句區分開來。「圖終之以功」意為謀求最後的成功。

〔27〕母（毋）面惊（諒）

〈治邦之道〉原考釋劉國忠：「惊，從心，京聲，讀為『諒』。《禮記‧樂記》『則易直子諒之心油然生矣』，孔疏：『諒，謂誠信。』面諒，指當面信誓旦旦。

〔註93〕鬱邑齋：〈讀清華簡《治邦之道》札記三則〉，復旦大學出土文獻與古文字研究中心網站（http://www.gwz.fudan.edu.cn/Web/Show/4338），2018 年 10 月 4 日。

〔註94〕汗天山：〈清華八《治邦之道》初讀〉，武漢大學簡帛研究中心網站簡帛論壇（http://www.bsm.org.cn/forum/forum.php?mod=viewthread&tid=4357&extra=page%3D1&page=12），2019 年 5 月 9 日。

〔註95〕2020 年 4 月 11 日讀書會討論記錄。

《書・益稷》『汝無面從，退有後言』，與此相類。」

羅小虎認為「毋面悬」和後文「則下不敢悬上」都讀為「倞」。《說文・人部》：「倞，彊也。」面倞，當面非常強勢，凌辱於人。〔註96〕

武漢網帳號「心包」：「『面』當讀為『偭』，訓為『違背』，『偭諒』即『背信』。」〔註97〕

網路帳號「子居」：「『悬』疑當讀為『誆』，《說文・言部》：『誆，欺也。』……故『面悬』猶言『面欺』」〔註98〕

武漢網帳號「shanshan」「悬」讀為「倞」，《廣雅》「褲（薄）也」，「倞」又作「涼」，即文獻《左傳》「虢多涼德」、《詩・桑柔》「職涼善背」的「涼」。〔註99〕

陳民鎮「悬」讀為「罔」，「面悬（罔）」猶言「面欺」。〔註100〕

季師旭昇認為：「『下不敢倞上』的『倞』是負面詞。子居讀為『誆』，兩個地方都說得通。1. 原本想法是：『母（毋）面悬（誆），母（毋）复（作）惌（偽），則身（信）長。』不要表面欺騙，不要行為虛偽，那麼信用就長久。2. 另一個想法是：『面倞』是並列的兩個字，『面』如心包所言讀為『偭』，違規之義，《楚辭》『偭規矩而改錯』。『偭誆』是既違規又欺瞞；『复』讀為『詐』，『詐偽』也是並列的兩個字。」〔註101〕

金案：「悬」字，羅小虎讀為「倞」，《說文》：「倞，彊也。」「彊」本義是強大，在人事上則有恃力凌人的意思，但簡文此處在說誠信，與「彊」較無關。心包之說，「偭」訓為「違背」見於《楚辭・離騷》：「固時俗之工巧兮，偭規矩而改錯。」王逸注：「偭，背也。」對於王逸的解釋，段玉裁在《說文》「偭」

〔註96〕羅小虎：〈清華八《治邦之道》初讀〉，武漢大學簡帛研究中心網站簡帛論壇（http://www.bsm.org.cn/forum/forum.php?mod=viewthread&tid=4357&extra=page%3D1&page=2），2018年11月17日。

〔註97〕心包：〈清華八《治邦之道》初讀〉，武漢大學簡帛研究中心網站簡帛論壇（http://www.bsm.org.cn/forum/forum.php?mod=viewthread&tid=4357&extra=page%3D1&page=8），2018年11月20日。

〔註98〕子居：〈清華簡八《治邦之道》解析〉，中國先秦史網站（http://www.xianqin.tk/2019/05/10/735/），2019年5月10日。

〔註99〕shanshan：〈清華八《治邦之道》初讀〉，武漢大學簡帛研究中心網站簡帛論壇（http://www.bsm.org.cn/forum/forum.php?mod=viewthread&tid=4357&extra=page%3D1&page=13），2019年5月27日。

〔註100〕陳民鎮：〈據清華九《治政之道》補說清華八（六則）〉，《出土文獻（第15輯）》（上海：中西書局，2019年）

〔註101〕2020年4月11日讀書會討論記錄。

字下注：「偭訓鄉。亦訓背。此窮則變、變則通之理。如廢置、徂存、苦快之例。」可知王逸以反訓來解釋「偭規矩而改錯」一句，假使接受「偭」為反訓，可訓為「違背」，但在簡文中仍有些不合，原因在於如果此處說「毋偭諒」（不要違背誠信），後文就不用再說「毋作偽」，因為「作偽」也是違背誠信的一種行為。雖然此說有些缺點，但合於此句主旨，仍可備一說。陳民鎮反對原考釋劉國忠之說的原因是不合用字習慣，所提出的說法亦不合用字習慣。

　　此從劉國忠讀為「諒」，「面諒」換句話說就是「表面上信誓旦旦」。「面」的本義是「臉」，所以有「當面」的意思，如《禮記·儒行》：「其過失可微辨而不可面數也」「面數」即「當面數落」。「面」還引申出有「表面」的意思，在《現代漢語詞典》中「表面」的詞目收有兩個義項：1. 物體跟外界接觸的部分。2. 事物的外在現象或非本質的部分。面2 這個義項即指外表與實際不符，但在「面」的詞目下，幾部詞典沒有設立面2 的義項，其實在古書中是可以找到的，如劉國忠所引《書·益稷》「汝無面從，退有後言」即是一例，不過此例也有學者認為是「當面」的意思，除了此例還有其它例子如《大戴禮記·文王官人》：「小施而好大得，小讓而好大事，言願以為質，偽愛以為忠，面寬而貌慈，假節以示人，故其行以攻其名。如此者隱於仁質也。」「面寬而貌慈」的前後句皆表示負面，像是「言願以為質，偽愛以為忠」指假裝某事使人誤以為某事，所以「面寬而貌慈」即是表面上寬厚而容貌慈祥。還有《大戴禮記·文王官人》：「自事其親，好以告人，乞言勞醉，而面於敬愛，飾其見物，故得其名，名揚於外不誠於內，伐名以事其親戚，以故取利，分白其名，以私其身。如此者隱於忠孝者也。」此段話主旨即句中所言「名揚於外不誠於內」，即表裡不一的意思，其中的「面於敬愛」即「表面上」敬愛，不會是「當面」敬愛。

〔28〕母（毋）复（作）憑（偽）

　　〈治邦之道〉原考釋劉國忠「毋复（詐）憑（偽）」

　　武漢網帳號「悅園」：「似可讀為『作』，簡12『偽不【乍＋又】（作）』，是其辭例。」〔註102〕

〔註102〕悅園：〈清華八《治邦之道》初讀〉，武漢大學簡帛研究中心網站簡帛論壇（http://www.bsm.org.cn/forum/forum.php?mod=viewthread&tid=4357&extra=page%3D1&page=4），2018 年 11 月 18 日。

季師旭昇：「下文『偽不作』的意思是『虛偽就不會發生』。這裡『毋作偽』，不要作虛偽的事。」〔註103〕

〔29〕孚（免）亞（惡）慮（勵）歖（美）

〈治邦之道〉原考釋劉國忠：「免，《史記‧樂書》『免席而請』，正義：『猶避也。』慮，《爾雅‧釋詁》：『謀也。』」

石小力：「免，當訓為除，免惡，即除惡。」〔註104〕

子居：「『免』當讀為『謾』，字又作『瞞』，《說文‧言部》：『謾，欺也。』……『謾惡』即隱匿其惡以欺。『慮美』當讀為『慮美』」〔註105〕

武漢網帳號「shanshan」：「『慮』似可讀為『勵』，助也。」〔註106〕

季師旭昇：「讀為『勵』符合這個結構（金案：偏正結構），但是這個字出現的時代稍晚。〈容成氏〉簡50『吾勵天威之』，我周武王幫助天去威嚇他。如依〈容成氏〉的『戲』就是現在的『勵』字，那就沒有時代偏晚的問題。」

金案：「謾」字意思是欺騙，段玉裁在《說文》「瞞」字下注：「今俗借為欺謾字」，「瞞」的欺謾義、隱藏實情義，見於唐以後，〔註107〕所以不採「子居」之說。「免」訓為避免或除去皆可說通文意。「慮」從原考釋訓「謀」。此句意為「避免不好的謀求好的」。下一句「憎而遠之」的「之」指前面那些不好的行為。

〔30〕則下不敢恩（詆）上

〈治邦之道〉原考釋劉國忠：「恩，疑此處義為『讒』。」

網路帳號「子居」：「『恩』疑當讀為『詆』。」〔註108〕

〔註103〕2020 年 4 月 11 日讀書會討論記錄。

〔註104〕石小力：〈清華簡第八輯字詞補釋〉，清華大學出土文獻研究與保護中心網站（http://www.ctwx.tsinghua.edu.cn/publish/cetrp/6831/2018/201811171725223024 58725/2018111717252230 2458725_.html），2018 年 11 月 17 日。

〔註105〕子居：〈清華簡八《治邦之道》解析〉，中國先秦史網站（http://www.xianqin.tk/2019/05/10/735/），2019 年 5 月 10 日。

〔註106〕shanshan：〈清華八《治邦之道》初讀〉，武漢大學簡帛研究中心網站簡帛論壇（http://www.bsm.org.cn/forum/forum.php?mod=viewthread&tid=4357&extra=page%3D1&page=13），2019 年 5 月 27 日。

〔註107〕王鳳陽：《古辭辨》（長春：吉林文史出版社，1993 年），頁 640。

〔註108〕子居：〈清華簡八《治邦之道》解析〉，中國先秦史網站（http://www.xianqin.tk/2019/05/10/735/），2019 年 5 月 10 日。

武漢網帳號「悅園」釋文「則下不敢競上」〔註109〕

武漢網帳號「shanshan」「悤」讀為「琼」，《廣雅》「裱（薄）也」，「琼」又作「涼」，即文獻《左傳》「虢多涼德」、《詩·桑柔》「職涼善背」的「涼」。〔註110〕

劉信芳：「悤讀為諒，誠也，信也。」〔註111〕

金案：從「子居」讀為「誑」，欺騙。

〔31〕母（毋）亞（惡）䌛（謠），設（察）兀（其）訐（信）者以自改（改），則怘（過）誎（希）

〈治邦之道〉原考釋劉國忠：「誎，讀為『蔽』，《爾雅·釋詁》：『微也。』」

武漢網帳號「羅小虎」認為可讀為弊。弊有停止義。過弊，即過錯停止。〔註112〕

武漢網帳號「紫竹道人」：「當隸定為『言＋希』，讀為『怨是用希』之『希／稀』。『察其信者以自改，則過希』，文從字順。」〔註113〕

魏棟認為謠言傳播，往往導致的是禍害，故「怘」讀為禍，「誎」讀為「敝」，訓為丟，「禍敝」即禍害被丟棄。〔註114〕

王佳慧「誎」讀為「揩」，「擦拭、拂拭」之意。〔註115〕

網路帳號「子居」：「『誎』疑當讀為『拂』，訓為矯除」〔註116〕

〔註109〕悅園：〈清華八《治邦之道》初讀〉，武漢大學簡帛研究中心網站簡帛論壇，網址：（http://www.bsm.org.cn/forum/forum.php?mod=viewthread&tid=4357&extra=page%3D1&page=13），2019 年 5 月 13 日。

〔註110〕shanshan：〈清華八《治邦之道》初讀〉，武漢大學簡帛研究中心網站簡帛論壇（http://www.bsm.org.cn/forum/forum.php?mod=viewthread&tid=4357&extra=page%3D1&page=13），2019 年 5 月 27 日。

〔註111〕劉信芳：〈清華（八）《治邦之道》試說〉，武漢大學簡帛研究中心網站（http://www.bsm.org.cn/show_article.php?id=3507），2020 年 1 月 23 日。

〔註112〕羅小虎：〈清華八《治邦之道》初讀〉，武漢大學簡帛研究中心網站簡帛論壇（http://www.bsm.org.cn/forum/forum.php?mod=viewthread&tid=4357&extra=page%3D1&page=3），2018 年 11 月 17 日。

〔註113〕紫竹道人：〈清華八《治邦之道》初讀〉，武漢大學簡帛研究中心網站簡帛論壇（http://www.bsm.org.cn/forum/forum.php?mod=viewthread&tid=4357&extra=page%3D1&page=6），2018 年 11 月 19 日。

〔註114〕魏棟：〈清華簡《治邦之道》篇補釋〉，《清華大學學報》2018 年第 6 期。

〔註115〕王佳慧：〈讀《清華大學藏戰國竹簡（捌）》札記五則〉，武漢大學簡帛研究中心網站（http://www.bsm.org.cn/show_article.php?id=3315#_ftnref6），2019 年 2 月 14 日。

〔註116〕子居：〈清華簡八《治邦之道》解析〉，中國先秦史網站（http://www.xianqin.tk/2019/05/10/735/），2019 年 5 月 10 日。

《清華玖‧治政之道》附錄釋文「則㦜（過）誦（希）」〔註117〕

劉信芳：「誦讀為『敝』義長，讀㦜為『禍』則不必。《左傳》僖公十年『敝於韓』，注：『敝，敗也。』」〔註118〕

駱珍伊：「謠，本為歌謠之義，可以輸抒懷（『心之憂矣，我歌且謠。』）、可以頌美、可以誣蔑（造謠）。」〔註119〕

季師旭昇：「這裡是閭巷歌謠，帶有貶義，所以說不要『惡（厭惡）』它。」〔註120〕

金案：「設（察）」字原圖版作：，同樣字形亦見於同一簡的前句簡文「必誢（察）聖（聽）」，該「（察）」字作：，兩字右半部應為「烈」字，〔註121〕可隸定作「誂」。

「誦」字原圖版作：（後以△字表示），楚簡「帗」字作〈吳命〉9，從巾、尚聲或說从釆聲，尚、釆中間作倒S形，△字右上中間未見此筆畫，因此可能不是「誦」。楚簡「希」字作〈史留問於夫子〉簡12、〈治政之道〉簡31，從「希」之字作《包山》184、《安大一》簡5、《安大一》簡5，比對後可知△字應為「希」字。另外要指出的是，△字右上與一般「希」字上半作交叉形（「絞」的初文〔註122〕）略有不同，以往學者對這種交叉形或釋為「爻」，如字左旁劉釗釋為從爻從巾，〔註123〕△字右上則是寫成

〔註117〕《清華玖‧治政之道》注161：「相關編聯與釋讀詳參賈連翔《從〈治邦之道〉〈治政之道〉看戰國竹書「同篇異制」現象》（待刊）。附錄乃該篇釋文全文」注釋見黃德寬主編：《清華大學藏戰國竹簡（玖）》（上海：中西書局，2019年11月），頁145，注161；釋文見頁146。

〔註118〕劉信芳：〈清華（八）《治邦之道》試說〉，武漢大學簡帛研究中心網站（http://www.bsm.org.cn/show_article.php?id=3507），2020年1月23日。

〔註119〕2020年4月11日讀書會討論記錄。

〔註120〕2020年4月11日讀書會討論記錄。

〔註121〕「烈」字相關文章可參蔣玉斌：〈釋甲骨文「烈風」──兼說「𡿪」形來源〉，《出土文獻與古文字研究（第6輯）》（上海：上海古籍出版社，2014年）。蘇建洲：〈試論「禼」字源流及其相關問題〉，《古文字與古代史第五輯》（臺北：中央研究院歷史語言研究所，2017年）

〔註122〕季師旭昇：〈談安大簡《詩經》「窈窕求之」、「窈窕思服」、「為絺為綌」〉，《中國文字‧2019年冬季號‧總第二期》（臺北：萬卷樓圖書股份有限公司，2019年），頁6。

〔註123〕劉釗：〈包山楚簡文字考釋〉，《出土簡帛文字叢考》（臺北：臺灣古籍出版有限公司，2004年），頁25。

「叕」、「乘」、「虞」之形，像這樣的變化，拙文〈談《上博五‧弟子問》「飲酒如啜水」及其相關問題〉曾指出「叕」訛為「爻」的現象，現在△字除了證明拙文的看法以外，還可為此類變化新增一處例證。就文意上來說，前一句「察其信者以自改」即要自己改正不好的地方，此句「則怣（過）誺（希）」表示改正後的結果，釋為「希」字，訓為「減少」之義。

〔32〕和亓（其）音燹（氣）與亓（其）虘（顏色）以腬（柔）之

劉信芳：「『和』、『與』互文，『顏色』原簡為合文。」〔註124〕

金案：「和其音氣」的「和」字為和諧之意，如《禮記‧樂記》：「其聲和以柔。」簡文「和」字也包括之後的「顏色」，「和其音氣與其顏色」即「和諧其聲音語氣以及其面色表情」。

〔33〕則眾不戔（散）

〈治邦之道〉原考釋劉國忠：「戔，讀為『賤』。《禮記‧樂記》『是以君子賤之也』，孔疏：『謂棄而不用也。』」

石小力：「當讀為『散』，散亡。」〔註125〕

武漢網帳號「羅小虎」讀為「悻」，狠戾之義。〔註126〕

魏棟「戔」讀為「殘」，訓為傷害。〔註127〕

《清華玖‧治政之道》附錄釋文「和亓（其）音燹（氣）與亓（其）虘（顏色）以腬（柔）之，則眾不戔（散）。」〔註128〕

劉信芳：「以上復句皆以『毋』領句，茲改『貧』字上屬，『廢』下點句

〔註124〕劉信芳：〈清華（八）《治邦之道》試說〉，武漢大學簡帛研究中心網站（http://www.bsm.org.cn/show_article.php?id=3507），2020 年 1 月 23 日。

〔註125〕石小力：〈清華簡第八輯字詞補釋〉，清華大學出土文獻研究與保護中心網站（http://www.ctwx.tsinghua.edu.cn/publish/cetrp/6831/2018/20181117172522302458725/20181117172522302458725_.html），2018 年 11 月 17 日。

〔註126〕羅小虎：〈清華八《治邦之道》初讀〉，武漢大學簡帛研究中心網站簡帛論壇（http://www.bsm.org.cn/forum/forum.php?mod=viewthread&tid=4357&extra=page%3D1&page=3），2018 年 11 月 18 日。

〔註127〕魏棟：〈清華簡《治邦之道》篇補釋〉，《清華大學學報》2018 年第 6 期。

〔註128〕《清華玖‧治政之道》注 161：「相關編聯與釋讀詳參賈連翔《從〈治邦之道〉〈治政之道〉看戰國竹書「同篇異制」現象》（待刊）。附錄乃該篇釋文全文」注釋見黃德寬主編：《清華大學藏戰國竹簡（玖）》（上海：中西書局，2019 年 11 月），頁 145，注 161；釋文見頁 146。

號。」〔註129〕

金案：「戔」字，石小力所引書證與「眾」較有關，故從其說讀為「散」。這段簡文雖有規律，但仍有不規律處，如「毋縱欲以枉其道」一句，所以不必那麼機械去斷句，而且「毋咎毋憲」一句也不完全吻合此段規律，故不從劉信芳斷句。

〔34〕分（貧）癏（瘉）勿彝（廢）

〈治邦之道〉原考釋劉國忠：「癏，字形亦見於包山簡、天星觀卜祀祭禱簡，病也。一說『癏』讀為『瘝』。廢，《論語·微子》『廢中權』，陸德明釋文引馬融云：『棄也。』」

武漢網帳號「紫竹道人」：「從『賣（債）』聲與『俞』聲的密切關係看，此字可能就是『瘉』的異體。《詩·小雅·正月》：『父母生我，胡俾我瘉？』毛傳：『瘉，病也。』」〔註130〕

網路帳號「子居」：「癏疑即『瘻』字異體，可讀為『窶』，《爾雅·釋言》：『窶，貧也。』」〔註131〕

金案：「癏」從「紫竹道人」讀為「瘉」，「賣」、「俞」相通見〈繫年〉簡23「𨽍（榆）關之師」。

〔35〕母（毋）咎母（毋）憲（誶），敎（教）以豐（與）之

〈治邦之道〉原考釋劉國忠：「憲，疑讀作同為月部之『輟』。《呂氏春秋·圓道》『冬夏不輟』，高注：『輟，止也。』」

武漢網帳號「紫竹道人」：「竊疑似可讀為『誶』……義為『責讓』、『罵』，與『咎』可以並提。意思大概是說不要廢棄貧病之人，不要憎惡、責讓他們，應該教而舉用他們，他們就不會怨恨了。」〔註132〕

〔註129〕劉信芳：〈清華（八）《治邦之道》試說〉，武漢大學簡帛研究中心網站（http://www.bsm.org.cn/show_article.php?id=3507），2020年1月23日。

〔註130〕紫竹道人：〈清華八《治邦之道》初讀〉，武漢大學簡帛研究中心網站簡帛論壇（http://www.bsm.org.cn/forum/forum.php?mod=viewthread&tid=4357&extra=page%3D1&page=4），2018年11月18日。

〔註131〕子居：〈清華簡八《治邦之道》解析〉，中國先秦史網站（http://www.xianqin.tk/2019/05/10/735/），2019年5月10日。

〔註132〕紫竹道人：〈清華八《治邦之道》初讀〉，武漢大學簡帛研究中心網站簡帛論壇（http://www.bsm.org.cn/forum/forum.php?mod=viewthread&tid=4357&extra=page%

蕭旭：「余謂『慮』與『咎』對文，讀為纂。《廣雅》：『纂（纂），謝也。』（從王念孫校）」〔註133〕

網路帳號「子居」：「脆字異體或作臃、脆，故慮當可讀為絕，……『毋絕』可參看《管子・牧民》：『民惡滅絕，我生育之。』」〔註134〕

季師旭昇：「舉，不能解釋為『舉用』，要理解為『幫助』的意思，所以讀為『與』，《戰國策・秦策一》：『楚攻魏。張儀謂秦王曰：不如與魏以勁之。』高誘注：『與，猶助也。』《荀子・正論》：『親者疏之，賢者賤之，生民怨之，禹湯之後也而不得一人之與。』就是幫助的意思。（不用『舉，撫養』的意思，這樣就跟『教導』顛倒順序了）。」〔註135〕

金案：「咎」、「誶」意近，「慮」從「紫竹道人」說。

〔36〕唯皮（彼）瀂（廢）民之不壑（循）教者

〈治邦之道〉原考釋劉國忠：「瀂，讀為『廢』。廢民，《晏子春秋・問上》：『治無怨業，居無廢民，此聖人之得意也。』不循教，《禮記・王制》鄭注：『謂敖狠不孝弟者。』」

王佳慧讀為「遁」，含義為「逃避」，整句文意為無業遊民中不逃避教化的人，他們就會得到教化，並服從於統治者，他們就不會再發生過錯。〔註136〕

網路帳號「子居」「壑」讀為「順」。〔註137〕

金案：「壑」從原考釋讀為「循」，後文簡12有「遠逐（邇）」一詞，拙作《戰國竹簡晉國史料研究》頁288認為楚簡「逐」字有「邇」、「遜」兩種來源，〔註138〕〈治邦之道〉同篇有「壑（循）」和「逐（邇）」或可證明拙作之說。

3D1&page=8），2018 年 11 月 20 日。

〔註133〕蕭旭：〈清華簡（八）《治邦之道》校補〉，復旦大學出土文獻與古文字研究中心網站（http://www.gwz.fudan.edu.cn/Web/Show/4340），2018 年 11 月 26 日。

〔註134〕子居：〈清華簡八《治邦之道》解析〉，中國先秦史網站（http://www.xianqin.tk/2019/05/10/735/），2019 年 5 月 10 日。

〔註135〕2020 年 4 月 11 日讀書會討論記錄。

〔註136〕王佳慧：〈讀《清華大學藏戰國竹簡（捌）》札記五則〉，武漢大學簡帛研究中心網站（http://www.bsm.org.cn/show_article.php?id=3315#_ftnref6），2019 年 2 月 14 日。

〔註137〕子居：〈清華簡八《治邦之道》解析〉，中國先秦史網站（http://www.xianqin.tk/2019/05/10/735/），2019 年 5 月 10 日。

〔註138〕金宇祥：《戰國竹簡晉國史料研究》（臺北：臺灣師範大學國文學系博士論文，2019年），頁 288。

〔37〕貴戔（賤）之立（位）者（諸）同雀（爵）者

　　季師旭昇：「『諸』，『之於』合音。爵大概有三個意思：1.五等爵；2.泛指官職；3.秦有20等爵，算是功勞的計算。這裡的『爵』大概是第二個意思『官職』。《禮記・祭義》『朝廷同爵則尚齒。』」〔註139〕

關於朝鮮文獻的資料庫分析方法及其實際——以朝鮮文人的「古文」與「古篆」關係為例〔註1〕

申世利

朝鮮大學校國際文化研究院學術研究教授

作者簡介

申世莉，民國 98 年就讀國立台灣師範大學，民國 104 年獲得博士學位，題目為《戰國楚簡代詞研究》。前任韓國外國語大學校 BK21plus 韓中言語文化疏通事業團研究教授（2017～2020），現任朝鮮大學校學術研究教授及韓國外國語大學校中國研究所兼任研究員。研究方向是戰國時代出土文獻的語法、語言、文字及韓國朝鮮文字學。

提　要

〈關於朝鮮文獻的資料庫分析方法及其實際——以朝鮮文人的「古文」與「古篆」關係為例〉考察朝鮮文人所接觸的字書所採取的具體字形，在中國文獻與朝鮮文獻中，探討「古文」及「古篆」定義發生差異的原因，得出朝鮮時代「古文」與「古篆」的具體範圍。

〔註 1〕本文已經在韓國 KCI 期刊《中國研究》2019 年第 79 集所發表的〈試論朝鮮時代「古文」及「古篆」定義的範圍〉，修正而補充的論文。

　　本文抽取朝鮮時代文人所寫的文章，先整理文字學相關詞語的來源及其定義，再考察朝鮮文人所接觸的字書所採取的具體字形，闡明朝鮮文人對文字學相關詞語的理解。本文將針對「古文」及「古篆」定義進行分析，在中國文献与朝鮮文献中，探討「古文」及「古篆」定義發生差異的原因。

　　本文將採用韓國古典綜合 DB 的朝鮮文人文集，以及《承政院日記》、《朝鮮王朝實錄》等文獻。本文將按照以下步驟來進行分析：首先，整理「古文」與「古篆」的定義；其次，分析朝鮮文獻中「古文」與「古篆」的定義；再次，透過朝鮮時代文人所接觸的字書字形，討論有關「古文」與「古篆」的觀念；最後，得出朝鮮時代「古文」與「古篆」的具體範圍。

一、引　言

　　朝鮮前期學術風格以儒學為主，且各學界皆受到性理學的影響。文字學研究也受其影響以至朝鮮後期仍然保持宋明時期的思想觀念。在此過程中，朝鮮文人（士大夫）兼用文字學術語，而對該範圍的定義廣泛而籠統，且不明確。朝鮮太祖一年之事紀於《承政院日記》：「設六學，令良家子弟肄習。一兵學，二律學，三字學，四譯學，五醫學，六算學。」，可見對文字學重視並不低。〔註2〕

　　世宗創造「Hangeul」時，鄭麟趾在《訓民正音解例》一文中，論述了「Hangeul」對子母的使用法。其中一種方法是模仿古篆字樣完成「Hangeul」的說法，對此在韓國學界持續進行研究。〔註3〕《訓民正音解例》紀錄了成「古篆」，不同時期的文獻呈現出的古篆均不相同〔註4〕，本文希望透過其用例確認其意義範圍。

〔註2〕此觀點，論述於 Shin Shang Hyeun，《朝鮮後期文字語言學研究及潮流與字書（조선후기 문자언어학 연구 흐름과 자서편찬）》一文中，詳細說明字學研究學派及學統，大部分研究字學的一家，因關主於「訓民正音」比以字學為主的經學句讀及文字、訓詁、韻書編纂，而發展該學問。Shin Shang Hyeun，《朝鮮後期文字語言學研究及潮流與字書》，漢字漢文研究，2008，pp.187～222。

〔註3〕關於「Hangeul」創制方法有幾種說法，其中有所謂「古篆」是包含蒙古語、滿州語等北京語言及字形的因素說，大部分西方學者認為「Hangeul」字母受到巴斯巴文字的影響，但韓國諸多學者認為『古篆』此本身概念反映造字方法及字體原形。洪允杓，《關於訓民正音的「象形而字倣古篆」（훈민정음의「象形而字倣古篆」에 대하여）》，第 46 輯，2005。

〔註4〕Shin Shang Hyeun 在《朝鮮後期文字語言學研究及潮流與字書》一文中，詳細說明了字學研究學派及其學統，大部分專研文字學的學派，老論系和近畿南人系以字學為主研究經學。

二、應用韓國古典翻譯院 DB

目前在韓國有 28 種以上的朝鮮及朝鮮以前時代文獻的網路資料庫。為詳細理解朝鮮文人的學風，本文將部分朝鮮文人著作作為該文獻分析的對象，其中，重點分析主題是「古文」及「古篆」的定義關係。本文為便於網路檢索應用「韓國古典翻譯院 DB（한국고전종합，DBhttp://db.itkc.or.kr/）」，該網站具備比較全面的檢索系統，尤其本網站以檢索內容為主。不僅提供古文獻的影印本，還提供數碼文本，且支持部分韓語翻譯，因此便於實際使用。尤其適合部分人文研究者進行朝鮮文獻研究。

我們當然能夠運用「韓國學數位檔案 http://yoksa.aks.ac.kr」系統，該系統提供多種數位同一系列性網站，對韓國古書研究十分有用。古書分類於經史子集部：本系統保存古書原型，即提供各種古書原文，能開放使用；也能使用繪畫、方言語音、照片、工具書等材料。由於該網站不提供電子書及韓語翻譯，所以本研究將使用「韓國古典翻譯院 DB」，該網站將用於韓國傳統的文獻檢查，進行分析和應用。

表 1　韓國學數位檔案

網站首頁：http://yoksa.aks.ac.kr/main.jsp

從資料庫方面看，可使用原文資料進行語言資料庫及韓國語翻譯文對比，即「韓國古典翻譯院韓國古典綜合 DB」電子資源實際上更實用。

在材料使用時，第一階段是選擇朝鮮文人著作，本文採用的基本原則如下：

其一、本文討論文字學上的字體定義，和不受字樣影響關係為主形成的字體。

其二、研究對象主要是朝鮮時代後期文人的作品，而不是朝鮮時期所有文獻。

本論文探討以韓國古典翻譯院所提供的電子資源，並分析其數量及範圍：

表2　第一階段分析對象及參考資料

分　類	第一階段分析對象及參考資料
文獻資料	韓國古典翻譯院 DB 朝鮮王朝實錄，承政院日記，日省錄，韓國文集總刊

上文第一階段分析對象是先考察**數量**。數量分析後進行第二階段，根據具體的古文概念，本文將重新分析，可認為有如下三類項目：其一、字體或今古文爭論；其二、古文運動之古文體；其三、書名，即古文真寶。

根據 2019 年檢索結果，得出「古文」出現於朝鮮王朝實錄 92 件、承政院日記 55 件、日省錄 45 件、韓國文集總刊 2547 件。2022 年檢索結果，得出「古文」出現於朝鮮王朝實錄 92 件、承政院日記 167 件、日省錄 61 件、韓國文集總刊 2823 件，另外，古典文獻 695 件，古典翻譯書 2,398 件，韓國古典總刊 10 件。

在檢索本網站時發現「古篆」紀錄也存在和原意不合的例子，如，詩文及作品中「古篆」常是指「古雅的風格」。

本文分析對象是以字體分析為中心，較符合古文概念的第一項內容，即篩選與字體有關的內容。根據此分類，可以進行第二階段的分析。

2019 年在本網站中「古篆」檢索得出韓國文集總刊 182 件、朝鮮王朝實錄 4 件的數據資料。2022 年檢索結果，統計出韓國文集總刊 200 件、朝鮮王朝實錄 4 件。可知韓國文集總刊中增補 18 件。除卻部分無效內容。

本文根據上文所提示的標準，即朝鮮文人所討論的以文字內容為主，可以採取資料得到朝鮮文人對「古文」及「古篆」的例句。本研究基本上篩選分析對象，研究語言術語需要嚴謹的採用，如，在第二階段分析，一般不包含「古

文體及書名」進行分析；亦不包含「詩文及作品類」等。

第三階段採選「古文」及「篆文」兩項關鍵詞語同時出現的文章，闡述其歷史性和認知觀念。

總之，本研究將探討文字學中的字體，也探討朝鮮中後時代文人的文章，其中要重視討論「古文」及「篆文」兩項關鍵詞同時出現的文章。本文著重引用以字體關係為主的文章，對其他主題暫不討論：

表3　代表涉及「古文」及「古篆」之文人

著作者	書　名	時　期
許穆	《記言別集卷之六》〈書牘二〉〈答人論古文〉	1595～1682
	《記言別集卷之九》〈海山軒古篆記〉	
	《記言別集卷之九》〈題朗善君圖書帖後〉	
	《記言卷之六七》〈自序續編〉	
	《記言卷之六○上篇》〈古文〉	
	《金石韻府》	
崔南重	〈書契說〉	1674～1740
韓元震	〈篆韻書跋〉	1682～1751
金昌協	《農巖集》〈農巖集卷之三十四・雜識・外篇〉	1651～1708
盧啟元	《息山先生文集附錄〔上〕》〈家狀〉	1695～1740
金正喜	〈尚書今古文辨〉上下	1786～1856
李圭景	《五洲衍文長箋散稿》〈洪亮吉字學辨證說〉	1788～1856
李德懋	《青莊館全書》〈盎葉記一・訓民正音〉	1741～1793

三、古文及古篆範圍

為了考證朝鮮時代「古文」及「古篆」定義，本文選擇了包含此定義的朝鮮中後期文人的觀點，釐清朝鮮時代文字定義範圍。朝鮮中後期文人接受宋明時代思想，文字學的發展也受其影響。

（一）古文的範圍

東漢許慎所說的「古文」是指「壁中書」。一般遵循王國維界定的「古文」定義，包括以下三點：第一、字體；第二、東漢以前的文獻；第三、秦國以外的戰國六國文字。〔註5〕然而王國維與朝鮮時代的文字學定義有不同之處，尤其

─────────

〔註5〕王國維，〈史記所謂古文說〉《觀堂集林》，北京，中華書局，1959，卷七。（在不同

是思想方面朝鮮重視朱子學，與清考證研究形成不同潮流，研究書體及說文六書的觀點。〔註6〕

從文字學角度，「古文」此術語初次使用於《漢書・郊祀志》〔註7〕一文：即是「張敞好古文字」美陽奉鼎得知「臣愚不足以迹古文」。對「古文」王國維認為：「太史公所謂古文，皆先秦寫本舊書，其文字雖已非不用，然當時尚非難識，故〈太史公自序〉云『年十歲則誦古文』太史公自父談時已掌天官，其家宜有此種舊籍也。」漢人雖不曾使用古文，卻能識別。〔註8〕

所謂「古文」廣義上是指「古代文字」，狹義上僅指「古代的某種文字」。以時代為基準廣義的「古文」是「殷周古文」、「晚周古文」，「秦漢古文」等則是與「隸書」相對立的，即稱為「古文字」。狹義的「古文」是以《說文》的古文為中心，廣義的意義包含石經古文，汗簡古文，戰國文字的字體。〔註9〕

Yum JungSam 認為，許慎通過「古文」結合歷史觀念與追求思想根源的傾向，整理出兩個結論：第一，通過古文字形，獲得實證性；第二，追求根源結果遵循思考理論，獲得古文作為正體地位的結果。〔註10〕

陳夢家認為西漢時應有今古之分，他探索其原因，并闡述了三個不同之處：一是字形不同；二是音讀不同；三是字義不同。〔註11〕

至於兩漢時代古文的定義，首先，陳夢家認為古文不僅是指壁中書，即是指與學孔子之事有關，此可分三類：一是指孔子壁中書，如，尚書、禮記、論語、孝經、春秋，二是，有關孔子之書籍，如，史記仲尼弟子列傳；三是六藝之學而文與壁中古文相似的，如，左氏傳、毛詩、易等。其次，今古文論爭中

　　的文獻使用中，或指古書、或指學派，或指古文字、或謂指以古文字抄寫的經本。）同上，冊二，1991 版，p.316。（許叔重《說文解字敍》言「古文」者凡十，皆指漢時所存先秦文字言之……惟『敍』末云：「其稱『易』孟氏……皆古文也」，此「古文」二字乃以學派言之，而不以文字言之，與『漢書・地理志』所用古文二字同意，謂說解中所稱多孟、孔、毛、左諸家說，皆古文學家而非今文學家也。）

〔註6〕〔韓〕金東建，〈眉叟許穆的篆書研究〉，韓國：美術史學研究，1996，pp.35〜69。
〔註7〕《武英殿二十四史》《漢書》〈郊祀志〉下25：（張敞好古文字，桉鼎銘勒而上議曰：「臣聞周祖始乎后稷，后稷封於斄，公劉發跡於豳，大王建國於岐梁，文武興於酆鎬）
〔註8〕王國維，同上，1991 版，pp.307〜309。
〔註9〕何琳儀，《戰國文字通論》，江蘇：江蘇教育出版社，2003，p.41。
〔註10〕〔韓〕Yum Jung Sam，《以文字「古文」為概念的形成過程小考（「고문」개념의 형성과정에 대한 소고）》，韓國：中國語文45輯，pp.111〜133。
〔註11〕陳夢家，《中國文字學》，北京：中華書局，2006，p.168〜175。

古文的定義，學者的分歧點在於：一是古今字的不同，二是古今語讀和書音的不同，三是官學私學的不同；四是，因此而有的釋義的不同。

然而，朝鮮時期文人之間使用的「古文」定義主要包括三種：第一、字體與關連字體的討論；第二、受宋代古文運動的影響，在實際文人的文章中所出現的文體；第三、簡稱書籍之名，如，古文珍寶、古文觀止等。〔註12〕

本文關注的是思想論爭對文字認知的影響，即今古文論爭是從《說文》與《尚書》等古文書籍傳承下來之後，一直討論為判別真偽的主題。它傳入朝鮮與朱子學的看法發生衝突，此後，此定義兼用於朝鮮文人的文章：古文是指「蝌蚪文」、「古篆」等。

由此可見，朝鮮文獻的「古文」包含「古篆」定義，據此，本文的研究範圍即得以確立。即本文要考察的「古文」可能是最晚到「隸書」階段，亦是「楷書」以前的階段。

（二）古篆的範圍

除了與古文對立的「篆」，一般傳世文獻中的「篆」是指籀文或大篆，但陳夢家認為應該以小篆為篆文的主要字體論述古篆與古文關係。據篆文特徵，陳夢家論述了實際使用關係，包括使用階層，使用單位，使用文章及地點。對朝鮮文獻與中國文獻比較時，我們能發現不少與「篆」有關的詞語，但並未出現「篆書」的說法。朝鮮文人文獻中一般出現「篆」、「篆文」、「篆字」之類籠統說法，也出現「大篆」、「小篆」之類具體說法。

世宗26年崔萬里曾說「古之篆文」，即引用江藩《國朝漢學師承記》的註疏。又世宗實錄卷第一百十三鄭麟趾〈禮曹判書鄭麟趾序〉說「象形而字倣古篆」。通過「字倣古篆」，可知朝鮮時代文人一般認為篆是未固定性的文字形式。

〔註12〕〔韓〕鄭玉子，〈朝鮮後期知性史（조선후기지성사）〉，日志社（일지사），1999，p.126。16～17世紀朝鮮的思想以朱子學作中心。此時期研究古文學的學者是留下《說文解字》校定本的南唐徐鉉（916～991），亦是寫《說文解字繫傳》及《說文解字韻譜》一書的徐鍇（920～974）。並研究古代文字的郭忠恕《汗簡》及加上解釋及考證他所收集的金石文中完成《集古錄》（10권）的歐陽修（1007～1072）。（參看，神田喜一郎著，崔長潤譯，《中國書道史》，雲林筆房，1985，pp.210～214）

表4　文字造字說明〔註13〕

	記　　錄	出　　處	記述對象
①	正音二十八字　各象其形而制之	制字解	正音28字
②	癸亥冬　我殿下創制正音二十八字 略揭例義而示之　名曰訓民正音　象形而字倣 古篆	鄭麟趾	正音28字
③	正音制字尚其象	制字解	正音
④	儻曰　諺文皆本古字　非新字也 則字形雖倣古之篆文　用音合字盡反於古	崔萬里	諺文

Yu Chang-kyun 在〈On the Origin of Hangul，the Korean Alphabet（象形而字倣古篆）〉一文中，早已涉及 Hangul 原理的形成過程，提出「象形而字倣古篆」之模仿篆字的說。後來他主張「古篆」源於「蒙古篆」的組合法，但對此觀點，Hong Yun-Pyo 等認為鄭樵的《六書略》，利用篆文說明從「象」作「文」的「起一成文圖」敘述方法。

本文先考察篆字為何種概念。《說文・竹部》說：「篆，引書也。从竹彖聲。」《說文解字・序》認為「大篆」與「古文」的字形差異如下：

> 及宣王太史籀，著大篆十五篇，與古文或異。至孔子書六經，左丘明述春秋傳，皆以古文，厥意可得而說也。

《說文解字・序》又認為「小篆」是根據「大篆」所改的字形：

> 其後諸侯力政，不統於王。惡禮樂之害己，而皆去其典籍。分為七國，田疇異畝，車涂異軌，律令異法，衣冠異制，言語異聲，文字異形。秦始皇帝初兼天下，丞相李斯乃奏同之，罷其不與秦文合者。斯作《倉頡篇》。中車府令趙高作《爰歷篇》。大史令胡毋敬作《博學篇》。皆取《史籀》大篆，或頗省改，所謂小篆也。

《說文解字・序》又說秦書有「八體」：

> 秦燒滅經書，滌除舊典。大發吏卒，興戍役。官獄職務繁，初有隸書，以趣約易，而古文由此絕矣。自爾秦書有八體：一曰大篆，二

〔註13〕〔韓〕Yun Pyo Hong，《關於訓民政音的「象形而字倣古篆」》，第 46 輯，2005。（홍윤표（洪允杓），《훈민정음의「象形而字倣古篆」에 대하여》，제 46 집，2005）；Joo Phil Kim，〈中國文字與《訓民正音》文子理論〉，人文研究48，2005（김주필，중국 문자학과《훈민정음》문자이론），인문연구 48，2005）。

日小篆，三曰刻符，四曰蟲書，五曰摹印，六曰署書，七曰殳書，
八曰隸書。

《說文解字·序》認為新莽時代的六體，此六體包含「古文」和「奇字」，
且字形不同，「篆書」，即「小篆」：

及亡新居攝，使大司空甄豐等校文書之部。自以為應制作，頗改定古
文。時有六書：一曰古文，孔子壁中書也。二曰奇字，即古文而異也。
三曰篆書，即小篆。四曰左書，即秦隸書。秦始皇帝使下杜人程邈所
作也。五曰繆篆，所以摹印也。六曰鳥蟲書，所以書幡信也。

《說文解字·序》最後關於「篆文」與「古籀」的關係：

今敘篆文，合以古籀；博采通人，至於小大；信而有證，稽譔其說。
將以理群類，解謬誤，曉學者，達神恉。分別部居，不相雜廁也。
萬物咸睹，靡不兼載。厥誼不昭，爰明以喻。其稱《易》孟氏、《書》
孔氏、《詩》毛氏、《禮》周官、《春秋》左氏、《論語》、《孝經》，皆
古文也。其於所不知，蓋闕如也。

此外，傳世文獻《尚書·序·疏》陳述了秦書有「八體」，稱作「篆文」：

秦書有八體，一曰大篆，二曰小篆。及新莽居攝，使大司空甄豐等
校文書之部，時有六書，三曰篆書，即小篆，下杜人程邈所作。五
曰繆篆，所以摹印。

《漢書·藝文志》論述了幾類「篆書」的關係，如，增損「大篆」、「籀
文」，謂之「小篆」，亦曰「秦篆」等：

《史籀》十五篇是也。以史官製之，用之教授，謂之史書，凡九千
字。小篆者，秦相李斯所作也。增損大篆、籀文，謂之小篆，亦曰
秦篆，天下行之。畫如鐵石，字若飛動，作楷隸之祖，為不易之法。
其銘題鐘鼎，及作符節，至今用焉。又轂約也。

陳夢家認為漢代「古文」及秦代「篆文」有所不同，可知古文特徵：其一、
古文是民書，篆文是官書；其二、古文是六國時「文字異形」的文字，篆文是
秦世統一的文字；其三、古文是詩書百家語的文字，所以多六藝文字，小篆
為官用日常文字；其四、古文是書於竹帛的文字，篆文最初是琢於金石的文

字〔註14〕：

時代——六國（晚期）	
地域——東土（西土也有）	
方法——書寫於竹帛	
階級——民書	

後來裘錫圭認為「大篆」的定義是難以確定「乾脆不用」。「篆」的定義範圍稍微廣泛，不只表示一種定義，而表示多種定義。裘錫圭亦不用大篆的名稱，是因為範圍及時代模糊。他認為：「所謂大篆，本來是指籀文這一類時代早於小篆而作風跟小篆相近的古文字而言的。」但列出現代研究者的觀點將「大篆」分為四大類：其一、用大篆概括早於小篆的所有古文字；其二、西周晚期金文和石鼓文等為大篆；其三、根據王國維的說法把春秋戰國時代的秦國文字稱為大篆。除此以外，唐蘭認為春秋時期至戰國初期的文字，稱為「大篆」。〔註15〕

總而言之，字體，即書體的基本定義，與《說文・序》相近。《說文》舉出秦代的書體與新莽以後的書體對字體做出了解釋。首先，秦書八體是指大篆、小篆、刻符、蟲書、摹印、署書、殳書、隸書。其次，新莽六書是指古文、奇字、篆書、左書、繆篆、鳥蟲書。〔註16〕

新莽時期的六書的意義：第一，古文則是孔壁中的書；第二，奇字則是與古文不同；第三，篆書則是小篆；第四，左書則是秦隸書，秦始皇帝程邈；第五，繆篆則是摹印，第六，鳥蟲書。〔註17〕通過朝鮮時代的文獻，本文考察解釋了「古文」及「古篆」的定義，並對二者進行了重新整理。

四、有關古文與古篆的朝鮮文人文獻紀錄

前一章，本文討論在朝鮮文獻中古文相當於奇字古文、蒼頡古文、古體等術語，術語的定義範圍極為廣泛，甚至包含漢隸。此類多種定義範圍大部分以隸書及楷書字體為標準，但古文是以具體使用時代為標準的不同定義，因此古

〔註14〕陳夢家，《中國文字學》，北京：中華書局，2006，p.168～175。
〔註15〕裘錫圭，《文字學概要》，北京：商務出版社，2007，p.51。
〔註16〕〔東漢〕許慎，《說文解字》，北京：中華書局，1963。p.1.：「及宣王太史籀，著大篆十五篇，與古文或異。至孔子書六經，左丘明述春秋傳，皆以古文，厥意可得而說也。」
〔註17〕參看：陳世輝、湯餘惠，《古文字學概要》，福建：福建人民出版社，2011，pp.23～24。

文範圍較為模糊。

　　本章節的研究範圍是 16～18 世紀即朝鮮中期至晚期的朝鮮文人許穆、李德懋、李滉、金昌協等的文章，舉出他們所使用的文章，試討論其內容，得出古文及古篆之定義。

　　關於 2006 年李佑成對許穆的解釋，我們可以考察他所要體現的「古」之意義：〔註18〕

　　　　眉叟許穆紀到文獻，自己本身樂於欣賞古文及古書，何謂「古文及
　　　　古書」？

　　第一、從文字角度看，他努力涉取了秦漢以前的文字，即蒼頡、史籀等文字。他所寫的獨特風格篆字，即眉叟體是從此學文背景產生的。但眉叟喜愛古文之原因不只是書藝性的趣味，即是趣味以上的某種觀念。

　　第二、從典籍角度看，他努力讀《詩》、《書》、《易》、《春秋》、《禮》的五經，宋儒以來，一般儒學家重視以程朱四書，但眉叟不只未涉及此類書籍，更不用提及《心經》《近思錄》等性理學書籍。雖然他喜歡古經，但未側重於漢代經師的訓詁研究，亦未側重於清代經學家的考證癖研究。

　　從而言之，「古」的觀念不限於儒學範圍遵循先秦上古之正統性，及先秦時期的古文字體和崇古精神。

　　本文認為「古」的語意呈現出一定時點及其時段，其語義範圍會廣，並將推測朝鮮文人所認識的古典範圍。

（一）古文與古篆

1. 鄭麟趾之「古篆」

　　朝鮮時代世宗創作 Hangeul 以後，鄭麟趾對訓民正音補作其解例，對此，韓國國文學研究者曾分析出其創作原理。〔註19〕大部分學者分析說，「Hangeul」的組合方法遵循了帕斯帕文字的組合法，又在佛教的翻譯過程中借用了語音的

〔註18〕韓國古典翻譯 db: http://db.itkc.or.kr。

〔註19〕但本文僅討論以其中李德茂解釋於《青莊館全書》〈盎葉記一·訓民正音〉的「古文」
　　　　及「古篆」觀念。關於古文字有關的創作 Hangeul 原理，本文單獨將討論於另外論
　　　　文，因此本文不再續述其他討論部分。韓國思想論文選集，v.147。民族文化推進
　　　　會，184，185，186，187，188，189，190，191，192，193，194，195。

使用方法〔註 20〕。接着，作為漢字文化圈一員的朝鮮社會，本應與漢字相關進行說明，但反切法比較適合說明語音組合的方法。另外，其中一個觀點就是模仿古篆字形的形象。模仿古篆不能看作是實際模仿了整個語言或字形，也可以認為解釋為解釋使用漢文的朝鮮文人的簡單方法。引文中鄭麟趾序曰字形仿造中國古篆文而遵從象形原理：

> 癸亥冬，我殿下創制正音二十八字，略揭例義以示之，名曰訓民正音。<u>象形而字倣古篆，</u>因聲而音叶七調，三極之義、二氣之妙，莫不該括。以二十八字而轉換無窮，簡而要，精而通，故智者不崇朝而會，愚者可浹旬而學。〔註21〕

朝鮮早期在 Hangeul（諺文）創造時，以集賢殿副提學崔萬理為首居多朝鮮文人（略 20 人）給世宗提出過上疏文，紀錄對古篆的認識。〔註22〕

> 我朝自祖宗以來，至誠事大，一遵華制，今當同文同軌之時，創作諺文，有駭觀聽。儻曰諺文皆本古字，非新字也，則字形雖倣古之篆文，用音合字，盡反於古。實無所據。若流中國，或有非議之者，豈不有愧於事大慕華？

對 Hangeul 的語音結合方式即仿古字本身起到語音作用合成合體字，崔萬理等諸多文人反對施行 Hangeul 視為該合成方式理論依據薄弱。立足於現代視角，此說法對字形的理解方式十分保守，有可能當時朝鮮文人視為 Hangeul（諺文）會對政事、行政（獄刑）造成混淆，他們視為一般戎狄民族才不使用漢字，有自己的文字，因此不肯接受「漢字並用 Hangeul（諺文）」的情況。

頒布 Hangeul 並施行後，在對造八個子母的方法的後續研究中，李思質在1754 年的〈訓音宗編〉中，整理 Hangeul 的十二項製作、表音、音值、標記法等原理，其中第一至第五收錄字形，子母的造字原理是：第一造字象之原；第二圓方之圖；第三點畫之圖；第四訓音字母造法；第五訓音字父造法。他主張

〔註20〕〔韓〕鄭光（Chung Kwang）著，〔韓〕曹瑞炯（Cho Sohyong）譯校，《反切考——理解「俗所謂反切二十七字」——》《國際漢學》，總第 16 期，2018 年第 3 期。

〔註21〕朝鮮王朝實錄，《世宗實錄》卷 103，28 年 9 月 29 日（庚子），（參看：https://sillok.history.go.kr/id/kda_12809029_004）

〔註22〕朝鮮王朝實錄，《世宗實錄》卷 103，26 年 2 月 20 日（庚子），（參看：https://sillok.history.go.kr/id/wda_12602020_001）

造字反切法，即口此方之本體也，ㅂ此之上畫之切而中置者也。ㄱ此口之切者
也ㄴ此ㄱ之反者也。〔註23〕

　　十八世紀末（1741～1793）李德懋在《盎葉記》一文，推測了在訓民正音
製作原理中「古篆」定義具有多種字體定義，即「古文」、「篆」、「古」等的定
義：

　　　訓民正音初終聲，通用八字，皆古篆之形也。ㄱ，古文及字，象物
　　　相及也。ㄴ，匿也，讀若隱。ㄷ，受物器，讀若方。ㄹ，篆己字。
　　　口，古圍字。ㅂ，篆口字。ㅅ，篆人字。ㅇ，古圓字。

　　根據李德懋之說法，本文將推測朝鮮文人所認識的「古文」、「篆」、「古」
等的觀念。本文雖然能夠揭示古文字的字形，推測到 8 個 Hangeul 子母來自於
中國古文字形，但的確存在片面性。

　　就李德懋的《盎葉記》說法，李圭景〈反切翻紐辨證說〉文中認為〔註24〕訓
民正音初終聲皆是古篆之形：

　　　我王考青莊公所撰《盎葉記》。訓民正音初終聲。通用八字。皆古篆
　　　之形也。ㄱ【古文及字。象物相及也。】ㄴ【匿也。讀若隱。】ㄷ【受物器。讀若方。】
　　　ㄹ【篆己字】口【古圍字】ㅂ【篆口字】ㅅ【篆人字】ㅇ【古圓字】又丨【上下通也。
　　　古本切。】

　　朝鮮末期文人對書寫法尊循《國文研究議定案》。1907 年 7 月到 1909 年
1 月 27 日期間國文研究所確立了 Hangeul 正書法以及 20 世紀初期國語發展方
向。他們認為 Hangeul 字體運用象形模仿古篆，書寫法分三種：即正體、俗體
和草體。該方案討論了書寫方式。認為正體是方圓直曲、均滿平正，與漢字楷
體相同，俗體是捷速揮灑，草體是聯絡不絕。

表 5　國文研究議定案

字體는 象形이니 古篆이니 倣造혼지라 新制其時와 由來行用되는 書法으로 三體를 可分이니 方圓直曲의 形과 均滿平正의 畫이 正體오 漢字楷書의 樣과 如히 寫홈이 俗體오 捷速揮灑ㅎ야 聯絡不絕의 形이 草體라 홀지라

〔註23〕〔朝鮮〕李思質，《翁齋稿》〈訓音宗編〉本文參看，姜信沆，Kang Sin-hang，The
　　　Invention of Hunminjeongeum（Korean Alphabet）and the History of Studies on it，
　　　published by the Gyeongjin, 2010。
〔註24〕〔朝鮮〕李圭景《五洲衍文長箋散稿》《經傳類》〈訓詁〉〈反切翻紐辨證說〉。

由此可見，「象形而字倣古篆」的句子只是起到模仿外形形象的作用，表明韓文已經具有表音功能。「象形而字倣古篆」該句與最初外交目的無關，持續進行了討論，這與世宗大王所說的創制韓文模仿人體發音器官的觀點無關，通過朝鮮末期文人的文言體「漢文」的書寫方法，體現了想要理解前人的後代們的觀點。朝鮮初期文人對「古篆」的認識通過鄭麟趾被提及，因此在本研究中，相關文獻的分析是必然的。綜合來看，鄭麟趾所說的「古篆」是指像切音法一樣，分別結合漢字的形音要素，由於很難知道形狀的意義，很難識別，僅靠字形無法直觀理解的文字，可以起到一個符號的作用。這可以從後世朝鮮文人的觀點中找到根據。

2. 許穆之「古文」

在朝鮮文人中著重於字學的研究者能舉出許穆。他在〈答人論古文〉一文中介紹古文變體，此定義與《說文》古文定義有所不同：

> 鳥跡古文。為歷代文字之祖。如龜龍麟鳳嘉禾卿雲司星之作。當時識瑞而已。皆不可用。其可用者奇字。大小二篆。薤書露文科斗垂葉之體。皆因古文而小變。中間鍾鼎文字。字體尤簡。秦時程邈作隸書。古文遂廢。〔註25〕

許穆認同倉頡鳥跡說的漢字製造原理，認為根據此原理造出的字形即是「古文」。本來《說文》認為「古文」與「奇字」是不同定義，許穆卻認為不只「奇字」屬於「古文」，且「大篆」、「小篆」皆屬於「古文」。一般來說，與中國文字學中分析六國古文或孔壁書等為古文的見解不同，整體上「楷書」之前的所有字體都只賦予了時間意義，因此被稱為「古文」。

許穆認為鍾鼎文字形成時期在「奇字」、「大篆」、「小篆」、「薤書」、「露文」、「科斗」、「垂葉」中間，鍾鼎文是根據書寫工具不同而形成的名稱，與此類字體相提並論稍有距離，但透過該句，可知朝鮮文人認為此類皆是字形之一。〔註26〕許穆對字樣學頗有造詣，他的觀點反映了當時朝鮮文人的主流思想。但他的尚古精神極為特殊，後世認為他具有不同思考理據，尤其對宋理

〔註25〕〔朝鮮〕許穆，《記言別集》卷之六〈書牘二〉〈答人論古文〉韓國的思想大全集（韓國의 思想大全集），v.23，首爾：同和出版公社，1972。http://db.itkc.or.kr/inLink?DCI=ITKC_MO_0344A_0750_010_0110_2003_A099_XML

〔註26〕其他字形皆出現於唐〈韋續《五十六種書》並序〉。

學方面，具有獨特見解。由此可見，相比於清代文字研究朝鮮中期更傾向於唐宋代字樣觀念。

許穆在〈古文〉一文中認為，「奇字古文。不知其所出。」：

> 蒼頡見鳥跡。作鳥跡書。顓頊作科斗文字。周媒氏作墳書。伯氏因鐘鼎文。作殳書。又有奇字古文。不知其所出。史籀變古文作十二篇為籀書。自軒轅以來。麟鳳，龜龍，嘉禾，雲鳥，星文之書。特記瑞而已。不可用。至秦李斯。作小篆。程邈作隸書。隸書作而古文廢。然後世慕古文。漢唐采。諸作十四。芝英，飛帛，玉箸，蟲書之類七。曹，劉，王，衛，胡母，韋史之作又七。皆非古文可見。秦，漢以降。風氣淺薄。嗟乎。太昊蒼古之氣。亡於秦。歷漢氏。無餘矣。〔註27〕

「奇字古文。不知其所出」此句中，我們可推測當時朝鮮時代文人的文字觀：其一，許穆認為「奇字」「古文」是不知其來源的，在文中亦可發現，《說文》所說的「奇字」與「古文」並不相同，但朝鮮時期習慣上將「奇字」稱為「奇字古文」；其二，朝鮮文人雖然不知「古文」來源，但用「古文」創造了新觀念及名稱，如，蒼頡古文，科斗古文等。

許穆〈海山軒古篆記〉一文提到金君願「今金君以古文，問於吾」一事，他回以「吾作古篆貽之」。可見，朝鮮時期「奇字古文」和「古篆」的定義可認為是相似的，則「古篆」包含「奇字古文」的語意：

> 考工郎金君家。在浪州之摩天臺下。山自絕頂西麓。剗巀為小山。西臨大海云。君居之。名其室曰海山軒。因求<u>奇字古文</u>為額。古文者。始皇時。程邈作隸書。自全秦之後。其法遂亡。漢時。甘泉產芝。作芝英書。唐時。作飛白文字。皆效古文為之。非古也。<u>今金君以古文。問於吾</u>。<u>亦樂古人之事者耶。吾作古篆貽之</u>。因愀然嘆息而言曰。昔周之衰。擊磬襄入海。當秦楚之際。有安期生者。隱於海上。不知今之世。亦有奇偉不遇。隱而忘世者耶。〔註28〕

〔註27〕〔朝鮮〕許穆，《記言卷之六〇上篇》〈古文〉。韓國的思想大全集（韓國의 思想大全集），v.23，首爾：同和出版公社，1972。http://db.itkc.or.kr/inLink?DCI=ITKC_MO_0344A_0080_010_0010_2003_A098_XML

〔註28〕〔朝鮮〕許穆，《記言別集卷之九》〈海山軒古篆記〉。韓國的思想大全集（韓國의

退溪李滉在〈退溪先生文集攷證卷之八〉一文中，用「雨晴漫興」形容「<u>平沙古篆</u>」，對此後人加註「（韓）<u>沙篆</u>印迴平。註。<u>鳥迹也。</u>」一句。〔註29〕以此觀點，我們可知當時人們將「古篆」釋為「鳥迹」，換言之，朝鮮文人認為「古篆」是指「沙篆」即大篆和小篆的統稱字體。

在中國傳世文獻中可以發現其內容，《群書治要》〔唐〕631年卷十一《史記上・本紀》他提到倉頡鳥迹說及其他文字：

> <u>其史倉頡，又象鳥迹，始作文字</u>，自黃帝以上，穴居而野處，死則厚衣以薪，葬之中野，結繩以治，及至黃帝，為築宮室，上棟下宇，以待風雨，而易以棺槨，制以書契，百官以序，萬民以察，神而化之，使民不倦，後作雲門咸池之樂，周禮所謂大咸者也。於是人事畢具，黃帝在位百年而崩，年百一十歲矣。或傳以為仙，或言壽三百年，故宰我疑以問孔子。

李白《游泰山》詩之二有如下詩句即：「<u>遺我鳥跡書</u>，飄然落巖間。其字乃上古，讀之了不閑。」宋陸游《題庵壁》詩也有使用該詞語：「風來松度龍吟曲，雨過庭餘<u>鳥跡書</u>。」

上述情況，同樣出現於不同朝鮮文人作品中。

綜上所述，本文認為許穆「倉頡古文」是源於「倉頡鳥跡說」包含「古文」觀念中一類，但李退溪此文註解中「古篆」釋為「鳥迹」，本文認為在朝鮮文人觀念中「古篆」定義包含「倉頡古文」的內容。

（二）蒼頡古文與古篆

眉叟許穆可謂是17世紀朝鮮南人的書法、藝術、哲學、政治家。許穆在〈題朗善君圖書帖後〉一文中，提及了「倉頡古文」，藉由「所藏圖書古篆」，可知「古篆」是指「倉頡古文」。在《說文》中一般認為「籀文」於「古篆」，而包括「古文」或「籀文」的定義：

> <u>公子朗善君好奇字。以我頗知蒼頡古文。示以所藏圖書古篆。自司馬</u>

思想大全集），v.23，首爾：同和出版公社，1972。http://db.itkc.or.kr/inLink?DCI=ITKC_MO_0344A_0780_010_0110_2003_A099_XML

〔註29〕〔朝鮮〕李滉，《退溪集》《退溪先生文集》〈攷證卷之八〉〈雨晴漫興〉。韓國歷代文集叢書，v.11，民族文化推進會，1995。http://db.itkc.or.kr/inLink?DCI=ITKC_MO_0144A_0730_010_0860_2004_A031_XML

遷，公孫弘，申屠朗以下。古今印法凡八卷。其字體奇古。刻法臻妙。

論東方近代。則金相國最大家。而皆為文房佳玩。識之。〔註30〕

但此觀點有可能是許穆的個人見解，他之所以與李德懋、金正喜具有不同
觀點，是因為許穆是朝鮮中期人物，而其他是朝鮮後期文人，即他們之間有時
代間隔，應該具有不同社會風格。且許穆創作一種書體，即「眉叟體」，願展開
自己所建立的古文觀。〔註31〕

（三）漢隸、古體及古篆

金昌協於〈雜識・外篇〉一文中引用陸游的《老學庵筆記》中的觀點敘述
了「隸書」的特徵是「無復鋒鋩」。據陸游的說法，可將其看作「古篆」特徵。
至於批評李攀龍所涉及的對「古體」的見解時，即討論杜仲微的「漢隸」以及
許穆的「古篆」簡化原理。換言之，金昌協認為許穆「古篆」也具有「往往不
可屬讀」，「此乃有脫缺」的缺點：

> 老學菴筆記云。漢隸歲久，風雨剝蝕。故其字無復鋒鋩。近者杜
> 仲微。乃故用禿筆作隸。自謂得漢刻遺法，豈其然乎。余見近世
> 許穆所為古篆，正類此，不獨篆隸為然。詩亦有之。古樂府鐃歌
> 鼓吹之類。句字多斷續，往往不可屬讀，此乃有脫缺而然耳。李
> 攀龍輩不察。乃強作佶屈語，以為古體。此正杜仲微之漢隸，許
> 穆之古篆也。〔註32〕

金昌協在上文對李攀龍「古體」說法隱喻時用貶義來說明「古體」的「作
佶屈語」特徵問題。可見，「古體」的觀念包括杜仲微的「漢隸」以及許穆的
「古篆」。

（四）八分體與古篆

通過《眉叟許先生年譜》中的加注，我們可推測八分體與古文篆書等字體

〔註30〕〔朝鮮〕許穆，《記言別集卷之十》〈題朗善君圖書帖後〉。韓國歷代文集叢書，v.23，
　　　　首爾：同和出版公社，1972。http://db.itkc.or.kr/inLink?DCI=ITKC_MO_0344A_0790
　　　　_010_0310_2003_A099_XML

〔註31〕〔韓〕金東建，〈眉叟許穆的篆書研究（眉叟許穆의篆書研究）〉，韓國：美術史學
　　　　研究，1996，pp.35～69。

〔註32〕〔朝鮮〕金昌協，《農巖集》〈農巖集卷之三十四・雜識・外篇〉。韓國歷代文集叢書，
　　　　v.5，民族文化推進會，248，249，250，251，252。http://db.itkc.or.kr/inLink?DCI=
　　　　ITKC_MO_0435A_0350_010_0010_2004_A162_XML。

皆需要習得及訓練的過程。

> 甲子。（先生三十歲。）寓居廣州之牛川。（入紫峯山中讀書經。遠近
> 學者多從遊。○<u>先生自兒時。習八分古文篆。至是體格俱成</u>）[註33]

又藉由盧啟元在〈家狀〉一文，可推論「古篆」的定義範圍；則內文不分
紀錄「古篆」與「八分體」。他所說的「古篆八分體」皆可歸結為「奇字」，即
是深入理解鐘鼎之法。由此可知，在文章中所提的鐘鼎文等於上述的三種字體，
則古篆、八分體、奇字。

> 尤善於記實文字。詩亦多本性情。往往天機自發。無世人軟熟陳腐
> 之言。<u>且喜奇字。寫古篆八分體。深得鐘鼎之法</u>。然此奚足以多先
> 生哉。[註34]

通過以上二者例文，本文可確認各時期朝鮮的文字學術語的定義有所不同，
並與基本定義不完全符合。

五、結　語

許慎在《說文》一文中，根據書體種類可知與「篆」有關的概念分為「大
篆」、「小篆」、「篆書」、「小篆」、「繆篆」等。「古篆」此概念的推測包括了表示
書寫特徵的「篆」字與表示時間的前後「古」字。但若要討論先後，則「古文」
包含「古篆」的概念，是因為「古文」的廣義及狹義的概念包含所有時代文字
即「隸書」及「楷書」以前的書體，「古篆」字體本身表示「大篆」、「籀文」的
字體。

至於朝鮮的「古文」及「古篆」定義，因許穆古文觀已成定論，以至朝鮮
中期已不區分兩個詞語的界線，即以「古篆」為代表的「古文」概念，但其兩
個詞語是以書體觀點來分別的，例如，「古篆」或「古文」。

古文體和書籍簡稱（如古文真寶，古文觀止等）之外，若只分析我們原本
要考察的對象，「古文」中有「古篆」因素，「古篆」中亦有「古文」因素。

［註33］〔朝鮮〕許穆，《眉叟年譜》卷一〈眉叟許先生年譜〔許磊〕〉。韓國歷代文集叢書，
v.23，首爾：同和出版公社，1972。http://db.itkc.or.kr/inLink?DCI=ITKC_MO_0344A
_0970_010_0010_2003_A099_XML。

［註34］〔朝鮮〕李萬敷，《息山集》《息山先生文集附錄〔上〕》〈家狀〉。http://db.itkc.or.kr/
inLink?DCI=ITKC_MO_0460A_0390_010_0010_2004_A179_XML。

表6　兩國古文、古篆的範圍

		朝　鮮	中　國
古文	時間性	今古文論爭之古文	今古文論爭之古文
	特殊性	來源：孔子壁中書 材料：蝌蚪古文（石經古文） 地域：六國文字 文獻：說文古文（《說文解字》）	來源：孔子壁中書 材料：蝌蚪古文（石經古文） 地域：六國文字 文獻：說文古文（《說文解字》）
內容 混合術語	時間性 ＋特殊性	1. 古文＞蒼頡古文＝古篆 （時間性＞特殊性＝混合術語） 2. 古文＞奇字古文＝不同古文但有關的字 （時間性＞特殊性＝混合術語）	無
古篆	時間性 ＋相對性	古文 鐘鼎文、金石文	古文
	特殊性 ＋相對性	小篆以前來源：大篆 小篆以前文獻：籀文	小篆以前來源：籀文 小篆以前文獻：大篆
	與古、篆皆 無關的字體	漢隸 八分體	無

六、參考文獻

（一）傳世文獻

1. 〔漢〕班固《漢書・郊祀志》，《武英殿二十四史》本，台北：漢書卷25下。
2. 〔漢〕許慎，《說文解字》，北京：中華書局，1963。
3. 〔唐〕韋續〈《五十六種書》並序〉。
4. 〔清〕王國維〈說文所謂古文說〉，《觀堂集林》，北京：中華書局，1991，冊二。

（二）書籍類

1. 唐蘭，《中國文字學》，台灣：洪氏出版社，1977。
2. 何琳儀，《戰國文字通論》，江蘇：江蘇教育出版社，2003。
3. 陳夢家，《中國文字學》，北京：中華書局，2006。
4. 裘錫圭，《文字學概要》，北京：商務出版社，2007。
5. 陳世輝，湯餘蕙，《古文字學概要》，福建：福建人民出版社，2011。

（三）叢書類

1. 《韓國歷代文集叢書》，首爾：民族文化推進會，1995～2008。
2. 《韓國的思想大全集（韓國의思想大全集）》，首爾：同和出版公社，1972。

（四）論文類

1. 金東建，〈眉叟許穆的篆書研究〉，美術史學研究，1996。（김동건，〈眉叟許穆의篆書研究〉，미술사학연구，1996）。
2. Yu Chang-kyun，〈On the Origin of Hangul，the Korean Alphabet〉，《Jindan》，29.30。
3. Hong Yun-Pyo，〈關於訓民政音的「象形而字倣古篆」〉，第46輯，2005。（홍윤표，《훈민정음의「象形而字倣古篆」에 대하여》，제46집，2005）。
4. Yum Jung-Sam，〈朝鮮後期文字語言學研究及潮流與字書〉〉中國語文45輯。（염정삼，《문자로서「고문」개념의 형성과정에 대한 소고》，중국어문45집。）
5. Kim Joo-Phil〈中國文字與《訓民正音》文子理論〉，人文研究48，2005（김주필，중국 문자학과《훈민정음》문자이론）〉，인문연구48，2005）。
6. Jung Ok-Ja，〈朝鮮後期知性史〉，韓國：日志社，1999（정옥자，〈조선후기지성사〉，韓國：일지사，1999）。
7. Kang Sin-hang, The Invention of Hunminjeongeum（Korean Alphabet）and the History of Studies on it, published by the Gyeongjin, 2010.
8. Shin Shang-Hyeun，〈朝鮮後期文字語言學研究及潮流與字書〉，《漢字漢文研究》，2008，（신상현，《조선후기문자언어학연구흐름과자서편찬》，한자한문연구，2008。）
9. 神田喜一郎著，崔長潤譯，《中國書道史》，雲林筆房，1985。
10. 鄭光（Chung Kwang）著，〔韓〕曹瑞炯（Cho Sohyong）譯校，《反切考——理解「俗所謂反切二十七字」——》《國際漢學》，總第16期，2018年第3期。

（五）電子資源

1. 韓國古典綜合DB，http://db.itkc.or.kr/itkcdb/mainIndexIframe.jsp
2. 小學堂，http://xiaoxue.iis.sinica.edu.tw/yanbian?kaiOrder=1567
3. 文藏，https://www.wencang.com.cn/201901/22/4ab052264db7c3e4.html

七、附　錄

1. 조선왕조실록 http://sillok.history.go.kr	국사편찬위원회
2. 공훈전자사료관 http://e-gonghun.mpva.go.kr/	공훈전자사료관
3. 국립중앙도서관 고신문 http://www.nl.go.kr/nl/data Search/dat...	국립중앙도서관

4. 국사편찬위원회 승정원일기 http://sjw.history.go.kr	국사편찬위원회
5. 규장각한국학연구원 http://e-kyujanggak.snu.ac.kr	서울대학교
6. 기초학문자료센터 http://www.krm.or.kr/	한국연구재단
7. 남명학고문헌시스템 http://nmh.gsnu.ac.kr	경상대학교 문천각
8. 독립기념관 한국독립운동사 정보시스템 http://search.i815.or.kr	독립기념관
9. 동북아역사넷 http://contents.nahf.or.kr	동북아역사재단
10. 동학농민혁명종합지식정보시스템 http://www.e-donghak.or.kr/	동학농민혁명기념재단
11. 명지대 국제한국학연구소 한국관련... http://www.e-coreana.or.kr	명지대학교 국제한국학연구소
12. 민주화운동아카이브즈 http://db.kdemocracy.or.kr	민주화운동기념사업회
13. 부산시민도서관 디지털고문헌실 http://siminlib.koreanhistory.or.kr/	부산광역시립시민도서관
14. 옛문서생활사박물관 http://life.ugyo.net	한국국학진흥원
15. 한국학 디지털 아카이브 http://yoksa.aks.ac.kr	한국학중앙연구원
16. 유교넷 http://www.ugyo.net/	한국국학진흥원
17. 육군군사연구소 군사연구지 http://www.army.mil.kr/gunsa_research.	육군군사연구소
18. 조선총독부관보활용시스템 http://gb.nl.go.kr	국립중앙도서관
19. 한국가사문학 http://www.gasa.go.kr/	담양군 한국가사문학관
20. 한국경학자료시스템 http://koco.skku.edu/	성균관대학교 존경각
21. 한국고전적종합목록시스템 http://www.nl.go.kr/korcis/	국립중앙도서관
22. 한국고전종합 DBhttp://db.itkc.or.kr/	한국고전번역원
23. 한국금석문종합영상정보시스템 http://gsm.nricp.go.kr/_third/user/ma...	국립문화재연구소
24. 한국불교문화종합시스템 http://buddha.dongguk.edu	동국대학교 중앙도서관
25. 한국사데이터베이스 http://db.history.go.kr	국사편찬위원회
26. 한국족보자료시스템 http://jokbo.skku.edu/	성균관대학교 존경각
27. 한국역대인물종합정보시스템 http://people.aks.ac.kr	한국학중앙연구원
28. 호남기록문화시스템 http://honam.chonbuk.ac.kr	전북대학교 박물관

據安大簡《柏舟》辨別楚簡的「沃（泛）」與「淋（沉）」——兼談銅器《仲啟父盤》的「沃（黍）」

駱珍伊

國立臺灣大學中國文學系博士

作者簡介

駱珍伊，臺灣師範大學國文學系碩士、臺灣大學中國文學系博士。專長為古文、詩經，著有《《上博七—九》與《清華壹—叁》字根研究》》、《安徽大學藏戰國竹簡《詩經》研究》、《上海博物館藏戰國楚竹書（九）讀本》（合撰）、《清華大學藏戰國竹簡（肆）讀本》（合撰），及相關論文十餘篇。

提　要

駱珍伊：〈據安大簡《柏舟》辨別楚簡的「泛」與「沉」——兼談銅器《仲啟父盤》的「黍」〉根據《安大簡・柏舟》將「汎」寫作「淫」，將「髡」寫作「淋」的用字現象，提出楚簡的「沃」與「淋」當區分為二字，「沃」是「泛／汎／氾」的初文，「淋」則是「沉／湛」的初文。至於《仲啟父盤》的「沃」，與楚簡的「沃」只是同形異字，仍應釋為「黍」。

一、安大簡《柏舟》的「泝」

《安大一》所收錄《鄘風・柏舟》一詩，可與今本《毛詩・鄘風・柏舟》對比參看。茲將兩本異文比對如下：

《毛詩・柏舟》	《安一・柏舟》
汎彼柏舟，在彼中河。髧彼兩髦，實維我儀。 之死矢靡它。母也天只！不諒人只！	▓皮白舟，才皮审河。淋皮兩羿，是隹我義。 死矢杮它。母可天氏！不京人氏！
汎彼柏舟，在彼河側。髧彼兩髦，實維我特。 之死矢靡慝。母也天只！不諒人只！	▓皮白舟，才皮河昃。淋皮兩羿，是隹我惪。 死矢杮弋。母可天氏！不京人氏！

《毛詩》「汎彼柏舟」的「汎」字，《安大簡》第一章寫作 ▓ ，第二章寫作 ▓ 。由於後者清晰顯明，因此整理者僅以第二章的字形為說，提出：

> 「泛」，本詩兩見，第二章字形清晰，作「▓」，戰國文字首見。……「乏」，戰國文字或作「▓」（《清華伍・命訓》簡8）、「▓」（中山王䓁方壺，《集成》09735）、「▓」（《貨系》2649），均與簡本「泛」所從「乏」小異。[註1]

《清華壹・程寤》簡7有「乏」字寫作 ▓ ，與第二章的 ▓ 字右旁「乏」寫法完全相同，可證整理者將 ▓ 釋為「泛」字正確可從。簡本的「泛」與今本的「汎」皆為敷母談部字，聲韻皆同，故可相通。[註2]

由於竹簡殘泐的關係，第一章的「泛」字僅保留部分筆畫作 ▓ ，模糊不清，學者們討論亦皆未涉及。然而此字右上的部分，明顯比第二章的「泛」字多出不少筆畫，因此整理者將此字徑隸作「泛」，實不可從。根據字表更為清楚的紅外線圖來看，[註3] 此字的原貌及摹寫當如下：

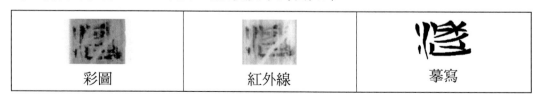

彩圖	紅外線	摹寫

〔註 1〕黃德寬、徐在國主編：《安徽大學藏戰國竹簡（一）》（上海：中西書局，2019 年），頁 126。

〔註 2〕「泛」與「汎」通假之例，可參高亨：《古字通假會典》（濟南：齊魯書社，1989 年），頁 246。

〔註 3〕黃德寬、徐在國主編：《安徽大學藏戰國竹簡（一）》，頁 284。

此字應該是由「水」、「禾」、「乏」三個部件組成，全字嚴格隸定當作「湥」。

書手第一章寫「湥」，第二章寫「泛」。第二章「泛」字的構形理據很清楚，就是從「水」、「乏」聲，是個形聲字；而第一章「湥」字除了擁有義符「水」和聲符「乏」之外，還有一個「禾」旁，這個「禾」旁究竟是用作聲符還是義符，或許可以從書手的抄寫習慣一窺究竟。

《安大一》的書手在抄寫詩文第二章或第三章的時候，對於表達同一個語詞的形聲字，往往會採取「省寫」的捷徑。試列舉如下：

1. 今本《周南・關雎》「參差荇菜」的「差」

   簡本（簡 1-3）第一章寫作「鎈」；第二、三章寫作「縒」

   →省略「土」

2. 今本《周南・樛木》「葛藟纍之」的「藟」

   簡本（簡 8-9）第一、二章寫作「壨」；第三章寫作「畾」

   →省略「土」

3. 今本《周南・芣苢》「采采芣苢」的「采」

   簡本（簡 13-14）第一章、第二章首句、第三章第二句寫作「菜=」；第二章第三句和第三章首句寫作「采=」

   →省略「艸」

   4. 今本《秦風・車鄰》「今者不樂」的「今」

   簡本（簡 42-43）第二章寫作「含」；第三章寫作「今」

   →省略「口」

5. 今本《秦風・車鄰》「逝者其 X」的「逝」

   簡本（簡 42-43）第二章寫作「邋」；第三章寫作「𧗵」

   →省略「欠」

6. 今本《魏風・伐檀》「不素 X 兮」的「素」

   簡本（簡 78-79）第一章寫作「傃」；第二、三章寫作「索」

   →省略「人」

7. 今本《魏風・碩鼠》「碩鼠碩鼠」的「碩」

   簡本（簡 80-81）第一章寫作「䂩」；第二、三章寫作「石」

   →省略「口」

8. 今本《鄘風‧牆有茨》「牆有茨」的「茨」

　　簡本（簡85-86）第一章寫作「蒺蔾」；第二、三章寫作「蒺蟄」

　　→「蟄」省略「蔾」的其中一個「虫」

9. 今本《鄘風‧桑中》「沬之 X 矣」的「沬」

　　簡本（簡89-91）第一章寫作「𧶼」；第二、三章寫作「㙷」

　　→省略「言」

10. 今本《唐風‧揚之水》「素衣朱 X」的「朱」

　　簡本（簡104）第一章寫作「絑」；第二章寫作「朱」

　　　→省略「糸」

11. 今本《唐風‧鴇羽》「肅肅鴇羽」的「鴇」

　　簡本（簡115-116）第二章寫作「䮼」〔註4〕；第三章寫作「橐」

　　→省略「鳥」

書手偶爾也會「增寫」偏旁，見於以下幾例：

1. 今本《召南‧殷其雷》「振振君子」的「振」

　　簡本（簡32-33）第一章寫作「蜄」；第二、三章寫作「遷」

　　→增加「辶」

2. 今本《魏風‧陟岵》「嗟予 X」的「予」

　　簡本（簡72-74）第一、二章寫作「余」；第三章寫作「舍」

　　→增加「口」

3. 今本《魏風‧伐檀》「坎坎伐檀兮」的「坎」

　　簡本（簡76-79）第一章寫作「歁」；第二、三章寫作「塹」

　　→增加「土」

　　由此觀之，書手在抄寫表達同一個語詞的形聲字時，大部分時候都會圖求便捷而採取省寫偏旁的捷徑，而增寫偏旁的情況相比之下很少。而且，不管是省寫還是增寫，這些有變動的偏旁部件無一例外，都沒有表達該字讀音的功能。至於擁有記音功能的聲符，在書手重複抄寫時幾乎都會被保留。〔註5〕也就是

〔註4〕本詩第一章有殘缺，推測書手第一章書寫{鴇}亦當是用「䮼」字。

〔註5〕筆者最初以為這種現象跟《詩經》是韻文有關，然而參看其他楚簡，以《清華貳‧繫年》為例，書手在重複書寫同一個地名而採取省寫時，如「鄭」省寫作「奠」、「武𥺊」省寫作「武易」，也是省略義符而非聲符；又如「賻闈」之「賻」或作「傅」，

說，被書手省略或增加的偏旁部件，在該字的結構中都是沒有音韻功能的義符。

以此推之，《鄘風·柏舟》「汎彼柏舟」的「汎」，簡本第一章寫作「澐」，第二章寫作「泛」，從「澐」字中被省略掉的「禾」旁，應該就是「澐」字的義符。「澐」字應分析為从「水」、从「禾」；「乏」則是「汸」字疊加的聲符，因此書手在第二章重複書寫{汎}時，才會省略義符「禾」而不省略聲符「乏」。

二、清華簡《繫年》的「汸」

在以往所見的楚簡中，也有从水、从禾的「汸」字，讀音亦與「泛」相同，即《清華貳·繫年》簡85的 ![字] 與簡130的 ![字]。

簡85的辭例為：「楚龍（共）王立七年，命（令）尹子襗（重）伐奠（鄭），為 ![字]（汸）之自（師）。」整理者指出：

> 楚共王七年為魯成公七年。《春秋》成公七年：「秋，楚公子嬰齊帥師伐鄭。」同年《左傳》：「秋，楚子重伐鄭，師于氾。」……汸，《左傳》作「氾」，杜預注：「鄭地，在襄城縣南。」楊柏峻《春秋左傳注》：「氾有二，僖二十四年傳與此傳之氾是南氾，在河南襄城縣。僖三十年傳之氾是東氾，在河南中牟縣。南氾離楚較近。」[註6]

簡130的辭例為：「朗（明）散（歲），郎臧（莊）坪（平）君衍（率）自（師）戝（侵）奠＝（鄭，鄭）皇子＝（子、子）馬、子沱（池）、子垟（封）子衍（率）自（師）以这楚＝人＝（楚人，楚人）涉 ![字]（汸），牂（將）與之戤（戰），奠（鄭）自（師）逃內（入）於戴（蔑）。」整理者指出：

> 汸，見本篇第16章85號簡，此「汸可能就是新鄭東北的氾水。[註7]

《繫年》整理者以簡85的「汸」為南氾；以簡130的「汸」為氾水。董珊提出，楚人攻鄭應由南往北，不可能先到新鄭東北再向南進攻，因此兩處的「汸」都應該是指南氾。[註8]董說為是。從簡文辭例來看，「汸（氾）」地應在鄭、楚兩國之間，就是位於河南襄城的「氾」地。

或省寫作「韋」；「蔑」地寫作「戴」或作「鄹」，皆更換義符而聲符不變之例。蓋書手重複抄寫形聲字時，首要以記音為主。

〔註6〕李學勤主編：《清華大學藏戰國竹簡（貳）》（上海：中西書局，2011年），頁174～175。

〔註7〕李學勤主編：《清華大學藏戰國竹簡（貳）》，頁199。

〔註8〕董珊：〈讀清華簡《繫年》〉，復旦網（http://www.fdgwz.org.cn/Web/Show/1752），2011年12月26日。

「有鬲散人」認為「沃」右旁為「朿」的訛體，蘇建洲已駁其非，即「朿」並無省寫為「禾」形之理；子居認為「沃地恐非氾地，兩地當是相鄰極近的關係」；蘇建洲認為「沃讀為氾只是一種可能，嚴格來說聲韻條件並不好。」〔註9〕劉剛將「沃」釋為「染」字讀為「湛」，認為「湛水」位於「氾」之南，是楚軍在「氾」攻鄭的必經之地。〔註10〕李松儒指出銅器《仲戲父盤》亦有「沃」字，應用為「黍」，後又認為劉剛之說有些道理，並謂「尚不能確定，現在也難於判定『沃』是否一定與《左傳》的『氾』相應。」〔註11〕董珊後來將「沃」釋為「稻」，並認為劉剛讀為「湛」釋為湛水之說不刻意趨同於《左傳》，是比較好的意見；若不立異，則仍可將「沃（稻）」讀為「氾」。〔註12〕

今據《毛詩·鄘風·柏舟》的「汎」字《安大簡》寫作「淫」與「泛」，前文已分析「淫」字是在「沃」字之上疊加聲符「乏」，可知楚簡「沃」字本身即讀如「泛／汎」。那麼，《繫年》的「沃」，很明確就是《左傳》的「氾」。「泛／汎」與「氾」皆為敷母談部字，聲韻皆同，故可相通。〔註13〕過去學者們將《繫年》的「沃」字釋讀為「黍」、「染」、「湛」、「稻」或認為「沃地恐非氾地」等等，諸說皆非。

三、天星觀簡的「沃」

天星觀卜筮簡的「沃」字作 ![圖] （簡26），其下一字作 ![圖]。目前所看到的釋文整理可歸納為兩種版本：〔註14〕

〔註9〕以上諸說均參蘇建洲、吳雯雯、賴怡璇：《清華二《繫年》集解》（臺北：萬卷樓，2013年），頁639～644、899。

〔註10〕劉剛：〈釋「染」〉《「中國文字學會第七屆學術年會」會議論文》（長春：吉林大學古籍研究所，2013年），頁249～251。

〔註11〕李松儒：《清華簡《繫年》集釋》（上海：中西書局，2015年），頁231～233。

〔註12〕董珊：〈釋「沃」——兼說哀成叔鼎銘文〉《紀念清華簡入藏暨清華大學出土文獻研究與保護中心成立十週年國際學術研討會論文集》（北京：清華大學，2018年），頁111。

〔註13〕「泛」與「氾」通假之例，可參高亨：《古字通假會典》，頁246。「乏」與「巳」的字形來源和通假關係，可參陳劍：〈「尋『詞』推『字』」之一例：試說殷墟甲骨文中「犯」「圉」兩讀之字〉《中國文字·2020年冬季號》（臺北：萬卷樓，2020年），頁110～111。

〔註14〕天星觀簡的「沃」字字形，滕壬生：《楚系簡帛文字編》（武漢：湖北教育出版社，1995年），頁596摹寫作「![圖]」；滕壬生：《楚系簡帛文字編（增訂本）》（武漢：湖北教育出版社，2008年），頁950摹寫作「![圖]」，本文字形使用後者；竹簡簡號則依據朱曉雪的整理，見氏著：〈天星觀卜筮祭禱簡文整理〉，武漢網（http://www.bsm.org.cn/?chujian/7720.html），2018年2月2日。下文三條釋文，皆出自這三份材料。

A. 滕壬生（1995）：罷禱<u>黍京</u><u>戠</u>豢酉飤

　　朱曉雪（2018）：罷禱<u>泍亲</u><u>戠</u>豢酉飤

B. 滕壬生（2008）：罷禱<u>泍京</u><u>漀</u>豢酉飤

A 版的兩種釋文只是對「淰亲」二字的釋讀不同，祭祀動作「罷禱」與祭祀物品「戠、豢、酉、飤」都是一樣的；B 版的釋文除了將原本所釋「黍」字改釋為「泍」字，還將原本作祭祀物品的「戠」字改成了「漀」字。

「淰亲」二字，滕壬生原本隸作「黍京」，並認為「黍京」是鬼神名；後來他將 淰 改釋為「泍」，並引《玉篇·水部》將泍視為水名。〔註15〕邴尚白認為「黍京」是指儲藏黍的方形穀倉，此為祭穀倉的記載。〔註16〕晏昌貴將二字釋為「泍亲」，並認為此神靈待考。〔註17〕朱曉雪將二字釋為「泍亲」。〔註18〕黃德寬用 B 版的釋文，將「泍」釋為「湛」，認為是指沉祭，又謂「京漀」是沉祭之水，「豢酒飤」是所薦祭品。〔註19〕董珊也用 B 版的釋文，認為「泍」是水名，「京」訓為大，「京漀」是對大河的尊稱，但「泍京漀」不知是楚境內的哪一條河。〔註20〕

　　從辭例來說，天星觀簡的卜筮祭禱文例在「罷禱（禱）」後面一般是接罷禱的對象，因此「泍亲」應該是被祭禱的神名。黃德寬將「泍」釋為「湛」，認為是指沉祭，不太符合卜筮祭禱文例。而且，將上文所列 A 和 B 兩個版本的釋文比對來看，B 版的辭例不無問題。滕壬生《文字編（增訂本）》的釋文將祭品「戠」改為「漀」，不但與原先《文字編》的釋文不同，也與朱曉雪所整理的釋文不同。再者，《文字編》本無「漀」字，《文字編（增訂本）》新增了「漀」字，並且就位於「泍」字的左列，而「漀」字下根本沒有收天星觀簡的字形與辭例。〔註21〕

〔註15〕滕壬生：《楚系簡帛文字編》，「亲」字見頁 421，「泍」字見頁 596；《楚系簡帛文字編（增訂本）》，「泍」字見頁 950，此書未收「京」字，故不見「亲」字。

〔註16〕邴尚白：《楚國卜筮祭禱簡研究》（新北：花木蘭文化出版社，2012 年），頁 145。

〔註17〕晏昌貴：〈天星觀「卜筮祭禱」簡釋文輯校〉，武漢網（http://www.bsm.org.cn/?chujian/4282.html），2005 年 11 月 2 日。

〔註18〕朱曉雪：〈天星觀卜筮祭禱簡文整理〉，武漢網（http://www.bsm.org.cn/?chujian/7720.html），2018 年 2 月 2 日。

〔註19〕黃德寬：〈釋新出戰國楚簡中的「湛」字〉《中山大學學報（社會科學版）》2018 年第 1 期，頁 51。上引諸說又參何相玲：《天星觀卜筮祭禱簡集釋及研究》（泉州：華僑大學碩士論文，2021 年），頁 63。

〔註20〕董珊：〈釋「泍」——兼說哀成叔鼎銘文〉，頁 111。

〔註21〕滕壬生：《楚系簡帛文字編（增訂本）》，頁 950。

由此可見，B 版釋文中的「潯」字可能有誤，不能據以為說。

就字形而言，「𥁕」並非「京」字，朱曉雪將其嚴格隸作「亲」為是。至於「𣴵」字，滕壬生後來改釋為《玉篇》作為水名的「沃」字，然而《玉篇》的「沃」字與「禾」字皆音「胡戈切」〔註22〕，可見《玉篇》的「沃」當是個從水、禾聲之字。今據《安大一·柏舟》與《清華貳·繫年》的用字可以斷定，天星觀簡的「沃」字亦應讀為「汎／泛／氾」或是與「汎／泛／氾」相通之字。故舊釋為「黍」，或釋為從禾聲之水名「沃」，或釋為「湛」，諸說皆非。

四、「沃」的本義並與「淋」的關係

楚簡中還有個從禾從林的「淋」字，見於以下材料：

𣲗　新蔡簡·甲三 414＋412

𣲗　上博八·蘭賦 2

𣲗　清華壹·楚居 9（又見簡 8、13、14）

𣲗　安大一·柏舟 84

黃德寬根據《毛詩·鄘風·柏舟》「髧彼兩髦」的「髧」，《安大簡》皆寫作「淋」而提出，楚簡「淋」字可分析為從「林」從「禾」，是以會意方式構成的「湛」字，也就是「沈（沉）」的古字，其構形模式與甲骨文表示沉祭的專用字𣲗（淋，合 780）、𣲗（淋，合 16186）、𣲗（淋，屯 2232）構形模式一脈相承，大概就是楚文字中表示「貍沉」之{湛}的專字。他認為「淋」字從「禾」，是為了突出沉祭的本來功能，乃沿襲了沉祭於河以求豐年的傳統。〔註23〕

黃德寬對「淋」字的釋讀，在新出《清華簡》中也得到了印證。《清華玖·治政之道》簡 43 記載：「𣲗（沉）磊（瘞）珪辟（璧）、我（犧）全（牷）、饋𥰦，以忎（祈）亓（其）多福。」〔註24〕「沉瘞」之{沉}寫作𣲗，從水、禾、

〔註22〕〔南梁〕顧野王：《宋本玉篇》（北京：中國書店，1983 年，據張氏澤存堂本影印），頁 286（禾）、頁 358（沃）。

〔註23〕黃德寬：〈試釋楚簡中的「湛」字〉，復旦網（http://www.fdgwz.org.cn/Web/Show/ 3062），2017 年 6 月 6 日；此文刊於〈釋新出戰國楚簡中的「湛」字〉《中山大學學報》2018 年第 1 期，頁 49～52。又參黃德寬：〈略論新出戰國楚簡《詩經》異文及其價值〉《安徽大學學報》2018 年第 3 期，頁 76。

〔註24〕清華大學出土文獻研究與保護中心編，黃德寬主編：《清華大學藏戰國竹簡（玖）》（上海：中西書局，2019 年），頁 71。讀為「瘞」之字原考釋本未釋出，筆者認為當隸作「磊」，見駱珍伊：〈《清華玖·治政之道》「瘞」字擬補〉，復旦網

牛，黃德寬認為此字傳承了甲骨文「淋」的寫法，確立了甲骨文「淋」與楚文字「淋」作為「湛（沉）」字形體的聯繫。〔註25〕「㪔」就是「淋」與「淋」結合的寫法，因此黃德寬將楚簡的「淋」字釋為沉祭之{沉}的專字，正確可從。

然而黃說與過去學者一樣，將「淋」與「沭」相提並論，視為一字之繁簡，則有待商榷。李松儒曾指出：「『淋』不知何義，或可讀為『黍』，以上諸字與『沭』相比，只右旁多一『水』，似是一字，當然，『淋』與『沭』也有並非一字的可能。」〔註26〕李說謂「淋」或可讀為「黍」，今已知其非；然李說謂「『淋』與『沭』也有並非一字的可能」，當是。

楚簡「沭」與「淋」二字，畢竟有從一水之「水」與從二水之「㳄」的區別。楚簡的「湛（沉）」字，除了上文所舉的「淋」字以外，還有寫作「潚」 （清玖・成人9），以及「灁」 （清玖・辿二9）者，字皆從二水之「㳄」。前引《清華玖》的 （㪔—沉）字雖從一水，但此字有「牛」旁作為「淋」與「淋」糅合的連接繫帶，在「牛」的偏旁部件制約之下，故「㳄」可省略為「水」以容納「牛」旁，也就是說「㪔」字所從的「沭」只能視為「淋」的省體，與讀為「泛」的獨體「沭」字仍有區別。

如今，根據《安大簡・柏舟》的用字現象來看，書手將「汎彼柏舟」的{汎}寫作 ，用「沭」字；將「髧彼兩髦」的{髧}寫作 ，用「淋」（沈）字通假為「髧」，在同一篇詩文裡，「沭」與「淋」的用字與讀音皆有別，由此可以斷定「沭」與「淋」應該區別為二字。書手在「沭」字之下疊加「乏」聲，估計也是為了與下文的「淋」字作出區別之故。

如前所述，楚簡的「沭」字本身即讀如「泛／汎／氾」。然而從水、從禾的「沭」何以讀如「泛／汎／氾」，陳劍曾推測說：「禾較輕，所以會漂浮在水面上。『氾』本有漂浮的意思，如《國語》：『是故氾舟於河』。」〔註27〕陳說應是。「淋」字表示將「禾」沉於河中以祭，推測「沭」字從「水」而不「㳄」，或許是因為當沉之禾有未沉入河中者，為了表示「浮泛未沉」之義，故將「淋（沉）」

（http://www.fdgwz.org.cn/Web/Show/9896），2022 年 4 月 6 日。
〔註25〕黃德寬：〈清華簡新見「湛（沉）」字說〉《清華大學學報（哲學社會科學版）》2020
　　　年第 1 期，頁 35～36。
〔註26〕李松儒：《清華簡《繫年》集釋》，頁 233。
〔註27〕蘇建洲、吳雯雯、賴怡璇：《清華二《繫年》集解》，第 641 頁。

字的「㭊」旁省掉一水作「沐」，以示其意。

王寧提出：「『沐』字或作二水夾禾形，是洪水氾濫之『氾（泛）』的表意字」〔註28〕。本文前已指出「沐」與「淋」應屬二字，故王寧所言「『沐』字或作二水夾禾形」之說不可從。但他後來說「沐」字「象大水氾濫淹沒禾稼之形，是個表意字。」〔註29〕可備為一說。

楚簡「沐」的造字本義仍可待考。《說文》曰：「汎，浮皃。」「泛，浮也。」「浮，氾也。」若據陳說，「沐」本為浮泛義之{泛}所造之字，則《安大簡‧柏舟》的「浧」、「泛」與《毛詩‧柏舟》的「汎」；《清華簡‧繫年》兩處的「沐」與《左傳‧成公七年》的「氾」，這些異文並不是單純的同音通假字，它們都是浮泛之{泛}的形聲異體字。「泛」「汎」「氾」在「浮泛」這一義項裡可視為同源異體字，只是替換聲符而已。

五、清華簡《心是謂中》的「浧」

《清華捌‧心是謂中》簡3有 字，辭例為：

> 心，中。尻（處）身之中以君之，目、耳、口、繻（肢）四者為𢎺（相），心是胃（謂）中。……心欲見之，目古（故）見（視）之；心欲聶（聞）之，耳古（故）聖（聽）之；心欲道之，口古（故）言之；心欲甬（用）之，繻（肢）古（故）與（舉）之。心情母（毋）又（有）所至，百體、四𢎺（相）莫不嚞 （浧）。為君者亓（其）監於此，以君民人。〔註30〕

簡文「心情母又所至，百體四𢎺莫不嚞浧」，原考釋斷讀為「心，情毋有所至，百體四相莫不嚞浧」，認為「情」謂人之欲，「百體」指全身，「四相」指四官，對於「嚞浧」二字則謂：「嚞，從馬省形，從田，疑為『奔逸』之『逸』字。浧，疑即『沐』字繁體，讀作『湛（沉）』。根據文意，『逸沉』疑指放縱沉淪。」〔註

〔註28〕簡帛論壇：〈清華簡八《心是謂中》初讀〉第10樓「王寧」，武漢網（http://www.bsm.org.cn/forum/forum.php?mod=viewthread&tid=4373&extra=page%3D1&page=1），2018年11月19日。

〔註29〕簡帛論壇：〈清華簡八《心是謂中》初讀〉第12樓「王寧」，武漢網（http://www.bsm.org.cn/forum/forum.php?mod=viewthread&tid=4373&extra=page%3D1&page=2），2018年11月20日。

〔註30〕李學勤主編：《清華大學藏戰國竹簡（捌）》（上海：中西書局，2018年），頁149。

〔註31〕李學勤主編：《清華大學藏戰國竹簡（捌）》，頁150～151。

31﹞

賈連翔認為「心情」即感情亦即「性」，「至」讀作「致」訓為「送」，並指出清華簡《管仲》有「心亡（無）悉（圖）則目、耳豫」一語，與本簡對讀可知「噕沃」應與「豫」義近。其引馬曉穩指出「噕」字曾見於左冢棋枰，以棋枰「噕豫」一詞亦可證「噕」和「豫」義近。簡文此句乃謂「如果沒有心性情感的輸送，周身上下都會肆意消沉。」﹝註32﹞

陳偉斷讀為「心情（靜）毋（無）有所至」，認為此句「與上文列舉心的各種欲望對應，是指心靜無欲的情形。」﹝註33﹞陳民鎮贊成陳偉之說，並斷讀為「心情（靜），毋（無）又（有）所至，百體四叟（相）莫不噕（恬）沃（湛）」，他認為「噕」若分析作從田得聲，或可讀作「恬」，《說文》：「恬，安也。」「沃」可讀作「湛」，《廣雅·釋詁一》：「湛，安也。」二字皆訓為「安也」，是指身體諸器官失去心的支配後的止息狀態。﹝註34﹞

王寧認為「噕」當是從馬田聲，疑是「騏」字或體；「沃」是「沃」字繁體，「沃」是「氾（泛）」的表意字，他提出：「『騏氾』即『顛愛』亦即『顛覆』，謂顛倒混亂也。蓋古人認為心產生思想（情）指揮行動，如果沒有思想的指揮，百體四相（目耳口踵）的行動就會顛倒混亂」。﹝註35﹞

珍伊案：從簡文上下文意來看，前文先說「心欲見之，目故視之；心欲聞之，耳故聽之；心欲道之，口故言之；心欲用之，肢故舉之」，乃謂心之所欲，則四相（目、耳、口、肢）皆作而應之，是從正面來說。接著說「心情毋有所至，百體四相莫不噕沃」，這兩句應該是與前面幾句相對而言，是從反面來說。此「心」既然能有「欲」，則「心情」一詞似應理解為「心之情」、「心之欲」。陳偉和陳民鎮將「情」讀為「靜」，「心靜」表示心止息，亦可從。要之，「心情

﹝註32﹞賈連翔：〈《心是謂中》中的「身命」及相關問題研究〉《紀念清華簡入藏暨清華大學出土文獻研究與保護中心成立十週年國際學術研討會論文集》，頁 153～154。

﹝註33﹞陳偉：〈《心是謂中》「心君」章初步研讀〉，武漢網（http://www.bsm.org.cn/?chujian/7980.html），2018 年 11 月 17 日。

﹝註34﹞陳民鎮：〈清華簡《心是謂中》首章心論的內涵與性質〉《中國哲學史》2019 年第 3 期，頁 14～16。

﹝註35﹞簡帛論壇：〈清華簡八《心是謂中》初讀〉第 10 樓「王寧」，武漢網（http://www.bsm.org.cn/forum/forum.php?mod=viewthread&tid=4373&extra=page%3D1&page=1），2018 年 11 月 19 日。其他諸家之說，可參陳姝羽：《《清華大學藏戰國竹簡（捌）》集釋》（上海：華東師範大學碩士論文，2020 年），頁 400～405。

毋有所至」或「心靜毋有所至」，皆指「心毋有所欲見／欲聞／欲道／欲用」。循此，下一句「百體四相莫不囂淩」則應與前文所言四相（目、耳、口、肢）的反應相對，「囂淩」當即指「目無所視」、「耳無所聽」、「口無所言」、「肢無所舉」的狀態。

六、銅器《仲叙父盤》的「沝」

《仲叙父盤》（三代 17.10／總集 6753）有「沝」字，銘文辭例為：「中（仲）叙父乍（作）婦姬障（尊）般（盤），▨（沝）▨（剌—梁）▨（遙—稻）▨（麥），用旤議中（仲）氏饔（饊）。」〔註37〕

先說▨字，周忠兵釋為从辵、采聲，讀為「菽」。〔註38〕周說對字形的分析正確可從，然而讀為「菽」則未必。此字隸作「遙」，所從的聲符「采」本為摘取禾穗之「撜」的初文，音同「秀」，〔註39〕從「秀」聲的「透」為透母幽部字，「稻」為定母幽部字，將「遙」通讀為「稻」，並無不可，且「稻麥」一詞文獻常見。銘文謂「沝梁稻麥」，四者都是穀類，中間不應出現「菽」這一豆類。

▨（沝）字，周忠兵指出吳榮光始釋為「黍」，吳闓生釋為「禾」。〔註40〕從銘文下一字「梁」即從「水」為義符來看，吳闓生將「沝」釋為「禾」，不無道理，「沝」左旁所從「水」可視為義符，然而《說文》曰：「禾，嘉穀也。」「禾」一般是作為穀物的通稱，不太會和「梁」、「稻」、「麥」並提。

甲骨文「黍」字寫作▨（合 24431）、▨（合 32534），或加小點寫作▨（合 10037），其中「黍」形或省變為「禾」形寫作▨（合 20649）、▨（合 21221）、▨（合 32459），或加「水」旁寫作▨（合 10021）、▨（合 10001 正）、▨（合 795 正）等等。〔註41〕盤銘的▨字應是源自甲骨▨形，在左邊加「水」旁而右邊「黍」省變為「禾」並省略小點的寫法。裘錫圭曾指出：

〔註37〕羅振玉：《三代吉金文存》（北京：中華書局，1983 年），頁 1764；又見嚴一萍：《金文總集》（臺北：藝文印書館，1983 年），頁 3664。

〔註38〕周忠兵：〈金文所見「菽麥」考〉《考古與文物》2016 年第 3 期，頁 106～109。

〔註39〕裘錫圭：〈甲骨文中所見的商代農業〉《裘錫圭學術文集·第一卷》（上海：復旦大學出版社，2012 年），頁 268～269。又見周忠兵：〈金文所見「菽麥」考〉，頁 108。

〔註40〕周忠兵：〈金文所見「菽麥」考〉，頁 109 注 3。

〔註41〕劉釗、洪颺、張新俊編纂：《新甲骨文編（增訂本）》（福州：福建人民出版社，2014 年），頁 435～436。

「加『水』形或水點形的『黍』字，由於已經具有『禾』字所沒有的組成部分，黍形往往簡化成跟『禾』相似。金文『黍』字作 ，也是從『禾』的。」〔註42〕裘說甚是。

「黍粱」一詞文獻多見，《儀禮・聘禮》曰：「黍、粱、稻皆二行，稷四行。」〔註43〕「黍、粱、稻」並稱，穀物之名稱與順序，跟盤銘「泛（黍）、梨（粱）、遙（稻）」三者完全相同。因此將盤銘的「泛」字釋為「黍」，不但在字形上可以溯源，在文例中讀作「泛（黍）梁稻麥」也文從字順，應屬可信。

至於楚簡的「黍」字寫作 （新蔡・零415），或加「田」旁寫作 （清華柒・晉文3），或筆畫粘連寫作 （安大一・詩經81），與盤銘的「黍」字寫作 不同。這是因為戰國楚簡的「黍」與西周盤銘的「黍」，各有其源的緣故。楚簡的 顯然是源自甲骨 形的寫法；盤銘的 則是源自甲骨 形（左邊加「水」旁）的寫法。

銅器的時代跟楚簡的時代遠隔，銘文的書手與簡文的書手也非一人。據此，盤銘的「泛」與楚簡的「泛」，當非一字。周忠兵將銘文「泛」與楚簡「泛」字牽合，認為應讀若「氾」，〔註44〕但是這麼一來，銘文反而無法通讀了。董珊將銘文「泛」與楚簡「泛」字改釋為「稻」，〔註45〕也沒有堅強的證據。

七、總　結

不同時代的文字、不同材料的文字、不同書手所寫的文字，以及偏旁部件的增加或省略，偶爾會導致兩個本來完全不同的字，形成偏旁結構完全相同的字，此即所謂「同形異字」。遇到這種情形時，不能全部一概等同而論，應該要予以區分。以下試對從「禾」從「水」為構形部件之諸字，列表加以辨別：

時　代	字　形	材　料	釋　字
西周	泛	仲虢父盤	「黍」字，源自甲骨「黍」形而省變。
春秋	盙	哀成叔鼎	待考。應是從皿、泛聲之字。〔註46〕

〔註42〕裘錫圭：〈甲骨文中所見的商代農業〉，頁234。
〔註43〕〔漢〕鄭玄注；〔唐〕賈公彥疏：《儀禮注疏》（臺北：藝文印書館，影印清嘉慶二十年江西南昌府學刊本），頁261。
〔註44〕周忠兵：〈金文所見「菽麥」考〉，頁109注3。
〔註45〕董珊：〈釋「泛」──兼說哀成叔鼎銘文〉，頁110～111。
〔註46〕哀成叔鼎（集成2782）：「正月庚午，嘉曰：余鄭邦之產，少去母父，作鑄飤器黃鑊。

戰國	沫	《清華簡·繫年》《天星觀簡》	从水、从禾，讀為「氾／汎／泛」或與「氾／汎／泛」音近之字。
	㳇	《安大簡·柏舟》*	从水、从禾，加「乏」聲，讀為「氾／汎／泛」。
	㵣	《新蔡簡》《上博簡·蘭賦》《清華簡·楚居》《安大簡·柏舟》*	从林、从禾，讀為「沉／湛」或與「沉／湛」音近之字。
	㹠	《清華簡·治政》	从林省、从禾、从牛，讀為「沉／湛」。
	㳇	《清華簡·心中》	待考。可能是「沫（泛）」字加義符「又」，也可能是「㵣（沉）」字省略「林」以容納「又」。
	沫	《古璽彙編》	待考。〔註47〕
秦漢	沫	《關沮秦漢簡》	「染」字，舊誤釋為「沫」。〔註48〕
南梁	沫	《玉篇·水部》	从水、禾聲，水名。〔註49〕

本文的主要觀點，則總結如下：

1. 安大簡《柏舟》的 ▉ 當摹寫作 ▉（㳇），字形从「沫」，右下疊加

君既安，惠亦弗其盨簋嘉，是惟哀成叔。」「盨」字作 ▉ 形，筆者曾考慮是「盂」字增「水」為義符，然而檢銅器「盂」字一般皆寫作 ▉ 形，構形方式與「盨」不同，所以「盨」還是應視為从皿、从沫之字。參董蓮池：《新金文編》（北京：作家出版社，2011 年），頁 610～612。李學勤將「盨簋」隸作「盨簋」讀為「顧護」，文意較通順。參李學勤：〈考古發現與東周王都〉《新出青銅器研究》（北京：文物出版社，1990 年），頁 237、244 注 4。

〔註47〕璽印中的「沫」字見於 ▉（璽彙 18）、▉（璽彙 55）、▉（璽彙 5545）、▉（全集 439），國別歸屬為燕。參劉正成主編：《中國書法全集 92：先秦璽印卷》（北京：榮寶齋出版社，2003 年），頁 78；施謝捷：《古璽彙考》（合肥：安徽大學博士論文，2006 年），頁 86。此「沫」字作地名，具體當如何分析，待考。

〔註48〕《關沮》簡 315 原整理者的釋文作：「去黑子方：取棗（棗）本小弱者，齊約大如小指。取東（棗）灰一升，漬之，沫（和）棗（棗）本東（棗）灰中，以靡（摩）之，令血欲出。」參湖北省荊州市周梁玉橋遺址博物館：《關沮秦漢墓簡牘》（北京：中華書局，2001 年），頁 127。所謂「沫」字作 ▉，陳劍、陶安已指出此字「禾」旁左上角明顯多出一筆，實乃从「朵」聲的「染」字，在簡文中的用法與古書中濡染食物於豉醬之「染」字相同。參陶安、陳劍：〈《奏讞書》校讀札記〉《出土文獻與古文字研究·第四輯》（上海：上海古籍出版社，2011 年），頁 395。據陶安、陳劍的釋讀，則 ▉ 當摹寫作 ▉，分析為从水、朵聲。此字與从禾的「沫」字完全無關。

〔註49〕《玉篇》「沫」與「禾」二字的反切皆作「胡戈切」，故《玉篇》的「沫」當分析為从水、禾聲。參〔南梁〕顧野王：《宋本玉篇》，頁 286、358。

「乏」聲。根據書手用「溚」字為{汎}，用「淋」字為{髡}，二者用字與讀音皆有別，可以推斷楚簡「沑」與「淋」應區別為二字。

2. 楚簡的「沑」字，是從水、從禾的會意字，或是浮泛之{氾／泛／汎}的初文，或是氾濫之{氾／泛／汎}的初文。

3. 楚簡的「淋」字，是從林、從禾的會意字，是沉祭之{沉／湛}的初文。但在偏旁中，「淋」或省略水旁而寫作「沑」以容納其他偏旁。

4. 楚簡的「沑」與銅器的「沑」為同形異字。仲爯父盤的「沑」實為「黍」字，是源自甲骨文 形而略有省變的寫法。

5. 楚簡的「沑」與《玉篇》的「沑」為同形異字。《玉篇》的「沑」是從水、禾聲的形聲字。

【補記】

本文初稿作於 2022 年 2 月，對於《安大簡》「溚」字的摹寫與討論已收入博士學位論文《安徽大學藏戰國竹簡《詩經》研究》（2022 年 7 月 7 日答辯通過）第 284～285 頁。近日（2022 年 11 月 6 日）於「中國古文字研究會第二十四屆年會」見徐在國先生〈談安大簡「泛皮（彼）白（柏）舟」之「泛」〉的線上報告，對該字亦隸作「溚」，可謂閉門合轍。然而徐說與本文的觀點仍有不同之處：（1）對「溚」字的字形摹寫略有不同；（2）徐說仍將「沑」、「淋」視為一字，並將「溚」字分析為「從泛、沑（湛）聲」，與本文將「沑」、「淋」分為二字，並將「溚」字分析為「從沑（汎）、乏聲」不同；（3）對於《安大簡·柏舟》第一章寫作「溚」而第二章寫作「泛」的異文現象，徐說提出：「『泛』加注『沑（沈）』聲，有可能是受下文『淋』的影響。」本文則認為，第一章「溚」在「沑（汎）」的右下增寫「乏」聲，是為了與「淋」作出區別；第二章寫作「泛」，是省寫義符「禾」旁的緣故。特此說明。

2022 年 11 月 15 日完稿